ハヤカワ
時代ミステリ文庫
〈JA1487〉

姉さま河岸見世相談処　未練づくし

志坂 圭

JN092335

早川書房

8674

目次

姉さま河岸見世相談処　未練づくし

登場人物

七尾……………………………………………千歳楼の主。元花魁
たまき…………………………………………七尾お抱えの娘
文吉……………………………………………目明し。吉原番屋の親分
牧穂……………………………………………万寿楼の座敷持ち
半次……………………………………………文吉の子分。下っ引き
室井……………………………………………万寿楼の部屋持ち
正照……………………………………………万寿楼の部屋持ち
三吉……………………………………………大門の門番
儀兵衛…………………………………………村上屋の大旦那
卯之吉…………………………………………村上屋の大番頭
美雪……………………………………………品川楼の座敷持ち
初音……………………………………………千羽屋の座敷持ち
万作……………………………………………大工
吉三郎…………………………………………口入れ屋。桂屋の主人
松尾……………………………………………辰巳屋の座敷持ち
春乃……………………………………………辰巳屋の振袖新造
トメ吉…………………………………………七尾の金魚

嫌われ女郎の焼き骸《むくろ》ひとつ

《一》

霜月《しもつき》（十一月）に入りまして朝晩の吐く息も白くなり、冬の気配を感じさせる今日このごろとなりました。ですが、七尾《ななお》姉さんの懐はいつになく温かく、はしたないとは思いつつも、ついお顔がほころんでしまうのでございます。というのも先だって続けざまに起こった事件を落着に導いた折《おり》のご褒美《ほうび》がまだ残っておるからでございます。世間様は「今年の冬は寒くなるでしょうかね」とか「雪はたくさん降りますでしょうかね」などと心配をするような時期でございますが、七尾姉さんのお頭《つむ》の中では「今晩の晩酌のお供は何にしましょうかね。おでんを突《つつ》きながらきゅーっなんて、乙《おつ》ですな」などと悠長に考えておるのでございます。

「とーふー、とーふー。豆腐はいらんかねー」と棒手振《ぼてふ》りの豆腐屋が声を上げながら千《ち》歳楼《とせろう》に近づいてまいります。朝四ツ（午前十時ごろ）時のことでございます。

「豆腐かね……いいですね。味噌を塗って、串に刺して火鉢で炙《あぶ》る……田楽といきましょうかね。山椒《さんしょ》と胡麻《ごま》はまだ残っておりましたね」などと呟《つぶや》きながら七尾姉さんは窓から豆腐屋を呼び込もうと待っているところ、どんどんとせわしなく戸を叩く音にじゃまされてしまいましてかちんとお頭に来てしまいました。

「だれじゃね。開いておるよ」と声を掛けると同時に押し入るように入ってきたのは井《い》筒屋《づつや》の雑用、仙吉《せんきち》さんでございました。

「よう、姉さん起きてたかい」と仙吉さんは驚いたように言いました。鷲鼻にきりっとした目の男前でございまして、七尾姉さんの好みの若い衆の一人でございました。年は二十七、八だったと思います。

「あたりまえでしょ。なん時だと思っておるのかね……でも珍しいですね仙吉さんの方から来てくれるなんて。早速、床のご用意をいたしますね」

「何を寝ぼけたことを言ってるんでぇ。こないだ約束したろ」

「何をですかね?」七尾姉さんは素早く頭の中を浚《さら》ってみますが、とんと思い出せません。お金をお借りした覚えはありませんし、喧嘩《けんか》の助っ人に呼ばれた覚えもありませんし、さて、なんでしたっけ?

「まさか忘れたなんてことはねえだろうな。あしたの……」と仙吉さんは勿体《もったい》付けるように言葉を止めました。

「あした……？　あした、あした……」

あしたは何の日でしたっけと七尾姉さんは平静を装いながらも必死に思い出そうとしますが、見世の前を通り過ぎて行く豆腐屋が気になって、どうしても思い出すことができません。

「姉さん。ひょっとして、今晩の酒のあてのことしか考えていねえのとちがうかね？」

「何を言ってるんですか。このわたしをだれだと思っているんですか。仙吉さんが生まれる前からこの吉原でおまんまを食べさせていただいているんですよ。千歳楼の七尾姉さんですよ。あんまり見くびらないでいただきたいですね」と言いながらも胸の内ではひどく動揺しております。

「まあいいや」と言いながら仙吉さんは七尾姉さんの胸の内を慮《おもんぱか》ってか面倒だからか「あしたの酉《とり》の市のことだがな」と呼び水を差してくれました。そこで七尾姉さんはようやく思い出しました。

明日は酉の日でございます。吉原のすぐ裏手に鷲《おおとり》明神《みょうじん》様が鎮座しておられまして、十一月の酉の日には市が立ち、たいそうな賑わいとなります。その市では派手に飾られた大小様々な熊手がばら撒《ま》かれるように売られます。開運、商売繁盛を祈願される方々がお参りしがてら買われていかれるのでございます。

「姉さん、その顔は、すっかり忘れていなさった顔だね」

「いえ、忘れてなんていませんよ。しっかりとあしたの準備はできておりますよ」

「そうかい？」と仙吉さんは見世の中へと目を遣《や》ります。「……見回したところ、そのようには見えねえがな」

「心の準備ですよっ」と七尾姉さんは声を荒《あら》らげたかと思うと右の眉が吊り上がりました。

「いいんだ、いいんだ。それならいいんだ。ではこれだけ頼むぜ。うちだけで二十四本だ」と仙吉さんが言い終えたところで、また別の顔が現れて、「うちは十九本だ」と割り込んだのは万寿楼《まんじゅろう》の見世番、源次《げんじ》さんでございました。それからも次々と若い衆が来られまして、大変な賑わいとなりました。毎年のことなのでございますが、七尾姉さんはうっかりすることがたびたびなのでございます。

「賽銭《さいせん》と願掛けも忘れずに頼むわ」と源次さん。

「へえ、わかっておりますよ」

「賽銭をケチるんじゃねえぜ」と仙吉さん。

今晩の田楽が遠のいていきます。

酉の市とは日本武尊《やまとたけるのみこと》が東征の戦いに勝利したことを感謝し、お礼参りの際、熊手を奉納したことが由来とされておりまして、いつのころからか市が立ち、縁起物を飾り付けた熊手が売られるようになりました。そのご利益に与《あずか》ろうと熊手を買い求める慣わしとなっております。とにかく酉の日、つまり、あしたなのでございます。

吉原の女郎衆も御多分に漏《も》れず、開運、商売繁盛の御利益に与ろうと熊手を手に入れようとするのですが、なに分、籠《かご》の鳥、金魚鉢の金魚でございますから、吉原大門から外へは一歩も出られませんで、「だったらわたしが買ってきてやるわね」と言い出したのが七尾姉さん。三年前のことでございました。それ以来「だったら、わっちも」「わっちも」「こっちも」「おいらも」と次々に手が挙がりまして、その話は瞬く間に周辺の妓楼に広がりまして、去年などは五十本以上もの熊手の注文を受けることとなった次第でございます。

若い衆が帰った後、見世へと引っ込んだ七尾姉さんはあらためて五枚の注文書を見直します。集計しますと、熊手の松、七本。竹、十五本。梅、三十九本。締めて六十一本となります。

七尾姉さんは「こんな面倒なお仕事は今年で最後にしましょう」と独り呟《つぶや》きました。そんな呟きを聞いていた者がおりましたようで、笑い声が聞こえまして、七尾姉さんのお頭にカチンと来ました。たまきでございます。閉められたままの戸からすーっと入ってくるとくすくすしながら七尾姉さんを見上げました。

「ご多忙でございますね、姉さん」

「おお、やっと来たかね。おぼろ娘。来たところでなんも役に立たんがな」

「そういう言い方はないと思いますよ。いつも心配しながら来るんですから」

「なんの心配なのかわたしにはようわからんがね。自分の心配をしなさいな」

途端にたまきはむっとした顔をしましたが、あえて平静を装うとちゃっかり上がり込みました。

「姉さん、毎年同じこと呟いておりますな。姉さんは頼まれたら断れないんですよ。みんなそのことをよーく知っておられるんですよ」

「来年ははっきり言うてやるよ。だれか他の人に頼みなさいってね」

「簡単なことじゃありませんよ。只《ただ》で働いてくれるような人は他にはおられませんからね」とたまきは小馬鹿にするように七尾姉さんに言いましたが、七尾姉さんはそれを聞いて「そうじゃな。そうじゃよ。たまきどん良いことを言ってくれなさった。ありがたい禿《かむろ》じゃこと」とほくそ笑んだのでございます。

きょとんとしたのはたまきでございました。

「どうしたのでございますか姉さん」

「そうじゃよ。只で働いてくれるお人はおらんのじゃ。つまり、女郎衆から手間賃を取ればよいのじゃよ。願掛け賃も別料金でな。なぜ気づかなんだのじゃろうか。わたしよりずっと稼いでおる女郎衆に、なんぜわたしが只で扱《こ》き使われんといかんのかね」

たまきはなんだか呆れてしまいました。そのようなことをお金儲けにつなげようとは、我が主人ながら情けないとさえ思ったのでございます。

「なんじゃ、その目は……昨日の晩に食べた秋刀魚《さんま》の目にそっくりじゃぞ」七尾姉さんは同じような目を作ってたまきを睨《にら》みつけました。

七尾姉さんはたまきを尻目にお使いの支度を始めました。

「姉さま、どちらへ？」

「ちょっと相馬屋さんへ行ってくるでな。留守番を任せるで」

相馬屋さんというのは京町二丁目にある貸し物屋でございまして、必要な物はここで借りることにしております。狭い河岸見世には普段必要ないものを置いておくような場所はありませんので。

そこで何を借りるかと申しますと、酉の市に備えまして、大きな竹籠《たけかご》を借りるのでございます。六十一本の熊手を買って抱えて持って帰るわけにはまいりません。その竹籠に入れて背負って帰ってくるわけでありますが、それで間に合うかどうかはわかりません。念のため、風呂敷を二、三枚用意していくつもりではあります。備えあれば憂いなしでございます。

翌日、七尾姉さんは竹籠を背負いますと昼少し前に千歳楼を出まして、すぐ裏手の鷲明神様へと向かいました。そこはもう、人人でごった返しております。市が軒を連ねる境内は押し合いへし合い罵声《ばせい》と悲鳴が入り乱れております。

七尾姉さんが贔屓《ひいき》の店へたどり着くのに四半時を要したほどでございます。たどり着くそうそう、七尾姉さんは注文書を片手に熊手を竹籠に放りこむと「こんなにたくさん買うんだから負けなさいよ」とここぞとばかりに値段の交渉を始めます。酉の市では値引き交渉することが慣例となっておりまして、値引きさせればさせるほど縁起がいいとされているわけでありますし、しかも、値引きした分は七尾姉さんの懐に入る仕組みになっておりますので自然と熱が入ります。

売り子の顔が青くなるほど値引きさせまして三本締めしますと今度は社殿に向かい、賽銭を投げて手を合わせます。「ご利益があるんでしょうかね」などと不届きな内心を見透かされないよう神妙な面持ちで手を合わせます。

やれやれと思いながら大荷物を背負って帰途につく途中、ふと思いつきまして、おみくじを買うことにしました。このお代は自腹でございます。この年にもなると自力での開運がなかなかむつかしくなりますので、ちょっとでも手助けがほしくなるというものでございます。

社殿横の社務所でおみくじを買いますと、「どれどれ」とさっそく開いてみました。

おみくじには次のように書いてありました。

『凶。春、身にキケンあり。刃物近し。酒におぼれるべからず』

「なんじゃねこれは……身にキケンなど、生きていれば当たり前のことじゃぞ。わたしが酒なぞにおぼれるわけなかろうに。賽銭とおみくじ代を払ってこれかね。お代だけでも返してもらおうかね」と思いましたが、それは無理な話のようで、七尾姉さんは不満と怒り渦巻く胸の内のまま帰途へと就《つ》きました。ですが、やはり気になりますようでお侍様の刀を目にするたびにどきりとします。

帰途の中、七尾姉さんはふと思いました。神様は、わたしが大酒飲みであることを知っておられるのかね、わたしの身を案じてくれておるのかねと。神様は、どこかで見ておられるのかもしれんなと思うと、なんだか怒りも収まってまいります。

竹籠だけではやはり足りなかったわけでありまして、両手に風呂敷包をぶら下げ、それでも間に合わず、髪に十本ほど簪《かんざし》のように差して大門を潜ったときには人だかりができたほどでございます。

「七尾姉さん、熊手の行商に鞍替えかね」と門番の三吉《さんきち》さんに笑われたほどでございます。以前、やり込めてやったあの三吉さんでございます。

「あんた、いつまで根に持っているんだね。男らしくないですよ」と言いますが、「三吉さんはひくひくと笑うばかりでございました。「来年は、只ではやらん」と肝《きも》に刻み込んだ七尾姉さんでございました。

それから、注文を受けた妓楼へと滞りなく配り終えたころには既《すで》に暮れかかっておりました。これだけ骨を折っても只働きでございます。なぜこのようなことになったのか、ちょっと考えてみないといけませんねと七尾姉さんは思いました。習慣というのは恐ろしいものでございます。少しずつ数が増えていつの間にか抱えきれなくなったわけであります。湯の中の蛙《かわず》の気分でございました。人がいいのも限度というものがありますね。

ですが、やはりその晩も七尾姉さんは晩酌をいただき、昼間の疲れも相まって、深い熟寝《うまい》へと落ちていかれました。

《二》

前日の大仕事で大汗を掻き、しかも雑踏の土埃《つちぼこり》で汚れ、さらに差した熊手で乱れた髪を鏡で見て、七尾姉さんの寝起きの姿はひどいものでございました。そこでひらめいたのは髪洗いでございました。

「今日は、髪を洗いますよ。支度をなさい」と言いますが、すべて自分の手で行うのが千歳楼のしきたりでございます。朝っぱらから来ているたまきでございますが、見ているだけでございます。

七尾姉さんは相馬屋さんへ竹籠を返すと同時に盥《たらい》を借り受けまして、髪を洗う用意を始めました。手伝ってくれる人がいるわけでもなく、すべて七尾姉さん一人で行いますので一日仕事になります。玄関先に『髪洗い』と書いた木札をぶら下げると、早速、湯を沸かし始めました。その間、七尾姉さんとたまきはにらめっこをしております。たまきも七尾姉さんの言いたいことはわかりますが、あえて黙っております。

「まあ、よいけどな」と七尾姉さん。

浴衣《ゆかた》をはだけますと、もろ肌を脱いで七尾姉さんが髪を解き、ふのりとうどん粉を塗《まぶ》して揉《も》み洗いを始めます。

すると、たまきが「姉さん、姉さん、どこかでなにか鳴ってませんかね」と声を掛けてきました。

「なんじゃね、今、忙しいんじゃよ。見てわからんかね」

「髪なんて洗ってる場合じゃないかもしれませんよ。逃げた方がいいかもしれませんよ」

「なんじゃね。もっと大きな声で言わんかね」と七尾姉さんは髪をかき分けて言いました。

「どこかで半鐘《はんしょう》が鳴ってますよ」とたまきどん。

「半鐘?……なんぜもっと早く言わんかね」

半鐘が鳴っているということは、つまり「火事ですよ」という意味でございます。ですが、火事とは「夜」と相場は決まっております。

「なんぜ、昼間から」と「しかも、髪洗いの真っ最中に」と七尾姉さんの口からは不平が次々と零《こぼ》れ落ちます。

「今年は三の酉まであったかね」

「いえ、二の酉まででございますよ、姉さん」

三の酉まである年は火事が多いと言いますが、「迷信などあてになりませんな」と七尾姉さんは決め台詞《ぜりふ》のように言い切ります。

湯にふのりとうどん粉を混ぜて髪に塗したばかりで、どうしましょう。濯《すす》いでいる暇などありません。急いで浴衣を整え、髪を束ね、丸めて頭へのせると、手ぬぐいでほっかむりをします。

「たまき、ぼーっとしてないで火事がどこか、見てきなんせ」

「あいあい」と言いながらたまきはすっと消えました。

外が騒がしくなっておりまして、河岸見世の女郎衆が騒いだり走ったりしております。千歳楼の窓から、隣で笹屋を営む広江《ひろえ》姉さんが声を掛けてくれます。既に風呂敷包を担いでおります。

「七尾姉さん、呑気《のんき》に髪洗いなんてしてる場合じゃありませんよ。勢いよく燃えてるようですよ」

「今日、火事が起こるってわかっていれば呑気に髪なんて洗いませんよ。わからないんだから仕方がないじゃありませんか」と七尾姉さんは腹立ち紛《まぎ》れに言います。「火事はどこですかね？」

「江戸町の方みたいですよ」

「遠いね。ゆっくり荷造りできそうですね」と七尾姉さんはいささかほっといたしました。

「相変わらず呑気ですね七尾姉さんは」

七尾姉さんにとって何度目でしょうか、慣れたものです。火事場が近ければそんな悠長なことは言っておられませんが、江戸町なら一町ほど離れていますからここまで火が回るのは四半時はかかるでしょうと算段した次第でございます。

「わっち、お先に……」と広江姉さんは風呂敷包を背負い直すと足早に駆けていきました。広江姉さんは雇われ楼主ですから気楽なものです。身一つで逃げればいいわけですから。七尾姉さんはそうはいきません。身の回りの物はすべて七尾姉さんの物でございますから。七尾姉さんが身の回りの物をまとめておりますと、たまきが戻ってまいりました。

「江戸町の方らしいが、どんな様子じゃった？」と七尾姉さんが荷物をまとめながら聞きますと、「二丁目の万寿楼さんでございますよ」とちょっと怪訝な顔つきでたまきが答えました。

「あの万寿楼さんかね。……災難ですな。で、その顔はなんじゃね？」

「へえ、二階がよう燃えておりましたが、若い衆が一生懸命に水を掛けて消そうとしていなさったよ」

「へえ〜、珍しいですな。消そうとしていなさったかね」と七尾姉さんも驚きを隠せません。なぜなら、ここ吉原では一旦火が付けば、小火《ぼや》でない限り消そうとすることはまずありません。

なぜかおわかりになりますでしょうか？　……実は、燃えてしまうことを喜ぶお人が大勢いらっしゃるからでございます。特に売り上げの落ちている妓楼の楼主さまでございます。吉原はなにかと決まり、しきたりが厳しくて「吉原は堅苦しくていけねえ」と嘆《なげ》かれる客様が多ございます。吉原が燃えてしまえば、本所、深川あたりの旅館や料亭を借り切っての仮宅営業が許されるのでございます。これが吉原とは比較にならぬほどの盛況となりまして、赤字を挽回できるからでありまして、それを望む楼主さまがことのほか多ございます。ですから、燃え始めたら消さぬこと、などとのよからぬ暗黙の約束があるのでございます。

町奉行所から仮宅の許可を得るには条件がいくつかありまして、最も大事な条件が、一軒残らず燃えてしまうことなのでございます。でないと仮宅営業の許可が下りないのでございます。

ですが、ここ吉原は公許でございます。お上、つまり幕府がそのようなことに良い顔をするわけがございません。お上からしてみれば、吉原というところは悪所でございますから盛況となることなどまかりならぬ、とのことで、このころ「火事は努めて消すこと」などとのお触《ふ》れが出ていたのでございます。当たり前のことなのですが、このあたりをみても世間との違いがおわかりになるかと思います。

「で、どうなったね？」

「さあ、どうなったでしょうかね？」とたまきは首を傾《かし》げました。

「もう一度行って、見てきなんせ」

「あいあい」と不満気な顔をしながらも本当は野次馬になりたくて仕方がないたまきでございます。

そして、しばらくすると、外の様子が静まりまして、皆がぞろぞろと歩いて戻ってくるではありませんか。たまきの報告を待つまでもなく、どうやら火の広がりは収まったようでございます。

四半時もたって、たまきが戻ってまいりまして聞きますと「消し止めたようでございますが、万寿楼さんの二階だけが燃えちまったようですよ」とのこと。

万寿楼さんには気の毒でございますが、吉原の若い衆も火消組同様にやればできるんですなとちょっと感心した七尾姉さんでございました。もともと吉原には火消組はありませんので若い衆の功績が大なのでございましょう。

「失火の原因はなんなのかね？」
「さあ、なんでしょう」とたまきは顎《あご》に手を当てて考えますが、わかるわけもありませ
ん。「文吉《ぶんきち》親分がうろうろしてましてね、きっと検分しなさるんですよ。そのうちわか
ると思います。もう一度行って見てきましょうか」
「ああ、そうしなんせ……どうせ暇でしょ。しっかり見てきなんせ」と言いながら七尾
姉さんははっと気づきました。「駄目ですよ。たまきが文吉親分の近くをうろうろする
と、わたしが問い詰められますから、文吉親分がいなくなってからにしなさいな」
　七尾姉さんはようやく、そこで自らの頭の上の一大事に気がつきました。ふのりとう
どん粉が冷えて固まってしまいまして、髪がまるで海苔むすびのようになってのってお
ります。さてどうしましょうか。

《　三　》

　万寿楼は江戸町二丁目にある中見世でございまして、比較的新しい見世でございます。
創業者の重造さまが一代で河岸見世から中見世にまで大きくしまして、その手腕が話題

にもなっておる見世でございます。花魁《おいらん》は三人おりまして、以下、女郎が二十数人と新造、禿《かむろ》が十五人ほどおられます。

　七尾姉さんに熊手を注文した最初の見世が万寿楼でございまして、火事の話を聞いた時には驚いた次第でございます。さらには火を消し止めたことにも驚きでございまして、その上、万寿楼だけが燃えたことにもそれはそれは驚きでございました。このような驚きの連続はなかなかあるものではございません。

　七尾姉さんは、たまきから話を聞きながら二日がかりで固まった頭を解《ほぐ》し、馴染《なじ》みの髪結いさんに横兵庫に結い上げてもらったのは火事から三日目のことでございました。髪結いから帰るその足で江戸町二丁目を訪ねました。物見遊山ってところでございますが、とりあえず今後のことを考えて一言お見舞いを申し上げておこうと思い立ったわけでございます。再建できるかどうか心配なところでもございます。

　万寿楼に近づきますと焦げた炭の臭いが漂ってまいりまして、七尾姉さんは思わず鼻と口を袂《たもと》で覆いました。角を曲がると見世の様子が目に飛び込んでまいります。

　ぽっかりと二階部分だけが焼け落ちておりまして、お豆腐をお玉で掬《すく》い取ったような形になっております。よくこれだけで消し止められたもんですねと感心させられるばかりでございます。

見世の若い衆が後片づけに追われる中、目明しの文吉親分の姿も見られます。丸に文の文字を背中に入れた印半纏《しるしばんてん》を羽織っておられますのですぐにわかります。

七尾姉さんの姿を見つけると文吉親分の方から声がかかりました。

「おう、七尾じゃねえか。真っ先に見物に来るかと思っていたが、三日もたってからは、ずいぶんとのんびりしていたもんだな。地獄巡《めぐ》りでもしてなさったか」

「ここは地獄ですよ。わざわざそんなところを巡る必要がありますかね。わたしだって、いろいろと事情があるんですよ」と詳しくは話せませんので語尾は濁《にご》させていただきました。

「なんだい、事情というのは?」と文吉親分はそんなところに食いつくのでございます。

濁したところが目明しの鼻を掠《かす》めたのでしょうか。

「なんでもありません。詳しくは聞かないでくださいな」

「ふん、まあいいや。ろくなことじゃねえにちがいねえからな」

なぜにこのような猿男にこのような言われ方をしなければならないのか、納得できません。七尾姉さんの腹の虫がぐるりとのたうち回りましたが、ぐっと力を入れて抑え込みました。この文吉親分と付き合っていくには、いろいろな技を習得しなければならないようでございます。

「火事の原因はわかったんですかね？」と七尾姉さんが探りを入れてみました。特に気になったわけではありませんが、話を逸《そ》らすためでございます。

「それがな、ちっともわからねえんだ。昼間の出火だ。二階では火など使っちゃいねえ。だけど火が出たんだな」

「煙草《たばこ》でも吸っていなさったんじゃないですかね」と七尾姉さんが当てずっぽうで言ってみました。

「牧穂は煙草は吸わねえとのことだ」

「牧穂さんの部屋から火が出たんですか」

文吉親分は口をへの字にしながら頷《うなず》きました。

牧穂さんとは万寿楼の座敷持ちで、少々気は強いですが、芸事、客あしらいがうまく、行く行くは花魁と噂されていた女郎さまでございました。ですが、気が強いせいかたびたび朋輩と諍《いさか》いを起こし、決して評判がよかったとはいえません。とはいえ、七尾姉さんとは妙に馬が合い、七尾姉さんのことを「姉さん、姉さん」と慕《した》ってくれるのでございます。

「牧穂さんはどうしておられるんですかね」と七尾姉さんが文吉親分に聞きます。

「知らねえのかい。牧穂は死んだよ」

七尾姉さんは呆然とし、ふわりと意識が遠のきました。ですが、ぐっと足を踏ん張りまして気を立て直しました。たまきには文吉親分に近づかないように言いつけてありましたのでネタが仕入れられなかったのでございます。しばらくしてようやく言葉を見つけた七尾姉さんが聞きました。

「火事で焼け死んだんですか」

「ん……？」と文吉親分の唇は結ばれたまま言葉が出ません。

「どうしたんですか？」

「んん……さあな今は何も話せねえ。これはお上の仕事だ」と言うと文吉親分は検分のため崩れかけた万寿楼へと入って行きました。半纏を着た文吉親分の背中が妙に男らしく見えた刹那《せつな》、すぐに踵《きびす》を返して出てまいりました。

「実はな、どうやら殺されたようだ」と呆気《あっけ》なく口を割る文吉親分でございます。

「なんと……」再び七尾姉さんは呆然となさいました。「……焼き殺されたということですかね」

「そうじゃねえな。殺された後に火を付けられたらしいとしか言いようがねえんだ」

「焼き殺されたか、殺されてから焼かれたか、そんなことがわかるもんですかね？」

文吉親分は小馬鹿にするように鼻で笑いました。

「ああ、俺ぐれえになるとわかるんだな……つまりだ、生きているうちに火を付けられた場合には、息をしているから鼻や口の中が吸い込んだ煤《すす》で黒くなるわけだ。ところがどっこい、死んでから火を付けられた場合には、息をしていねえから、鼻も口の中もきれいなままってことだ、つまり、そういうことだ。生焼けだからわかるんだな。こんがり中まで焼かれるとちょっとわからねえがな」と文吉親分は得意気に語りました

「へー、さすが文吉親分。親分ともなると目の付け所がちがいますね」と持ち上げますが、実は、その程度のことは七尾姉さんも心得ておりました。知らない振りをして聞いてあげると文吉親分に限らず殿方というのは機嫌がよくなるのであえて聞いてさしあげたのでございます。これも手練手管のひとつでございます。覚えておくとよろしいかと。

文吉親分によると、牧穂さんは焼け死んだのではないとのことでございます。

「焼け爛《ただ》れてはいるが、首のところに紐のようなもので絞められた痕が見られたぜ。だれぞに首を絞められたらしい」とのことでございます。そして、「あっという間に火が回ったことなどから鑑《かんが》みると、油が撒《ま》かれた可能性が大ってことだ」と読んだのでございます。

文吉親分もなかなかやりますね、と七尾姉さんは見直した次第でございます。

「だれが火を付けたかをつきとめることができれば一件の落着よ。火を付けた者が牧穂

を殺めたわけだからな」と文吉親分は渋く笑いながら顎を掻きました。

七尾姉さんはそれを見ながら鳥肌が立ちました。これほど気味の悪い笑みにお目にかかることはそうあることではございません。

それとは別に、七尾姉さんにはちょっと引っ掛かることがありましたが、その件については後回しにさせていただきます。

「俺は忙しいんでぇ。あんまり七尾の相手はしてられねえが、知りてぇことがあったら番屋まで来な。ちょっとぐれえなら相手してやるわ。ちょっとだぜ。俺は忙しいんでな」

これは文吉親分からの「知恵を貸してくれねえか」という遠回しの申し入れと受け取っていいかと思います。ですが、文吉親分に知恵を貸しても返していただいた例《ためし》はございません。ご褒美《ほうび》はあまり期待できません。精々、金魚の餌でしょうね。ですのでちょっと突き放しておきましょうと七尾姉さんは思いました。それにしても、牧穂さんは気の毒でございます。果たして成仏できるでしょうか。

《四》

七尾姉さんが晩酌片手に田楽を炭火で炙《あぶ》っております。翌晩のことでございます。今日、ようやく豆腐屋を捕まえて「よくも先日はうちの前を素通りしてくれましたな。田楽を楽しみにして買おうと待っていたんですよ。負けなさいよ」と凄《すご》んでみました。

「先日っていつの話ですかね。こっちとら毎日来てるんだ、都合はそちらでなんとかしてもらわねえと」ともっともな話で、結局、負けてくれませんでした。

たまきが見世の中から冷ややかな目で見ておりましたので無理強いはしませんでした。とりあえず、その晩は田楽にありつくことができまして、気分よく……ではありませんが、おいしいお酒をいただいておりました。気分よくではない理由というのは、やはり牧穂さんの一件が頭のどこかに引っ掛かっていたからでございましょう。一杯お猪口《ちょこ》を呷《あお》ってはちょっと考えておりました。これを繰り返しておりました。

「姉さん、姉さん。お楽しみのところ申しわけないのですが」とたまきが玄関先から声を掛けました。今日はもう帰ったと思ったたまきでございましたが、珍しく夜更けに千歳楼へと戻ってまいりました。

「なんじゃね。いつものたまきらしくないね。構わないから遠慮なく入りなさいな」と七尾姉さんは一杯を呷りました。

「あい、じゃあ」と入ってくると「あのな、姉さんにお客さんなんじゃよ」と申しわけなさそうにたまきが七尾姉さんの顔を窺《うかが》いました。刹那、「たまき、いい加減にしなさいよ。帰ってもらいなさい。今日はもう見世仕舞いなんじゃよ」と七尾姉さんはたちまちたまきの魂胆を見抜きました。

「姉さん、姉さん」と続いて入ってきたのは牧穂さんでございます。牧穂さんは四日前に亡くなっておりますので、当然、この世の方ではありません。

七尾姉さんの酔いがいっぺんに醒《さ》めてしまいました。せっかく頂《いただ》いたお酒が勿体《もったい》なくてしかたがありません。

「やめてくださいな」と途端に七尾姉さんの顔色も曇りました。当然といえば当然でありましょう。たまきだけでも手を焼いているのですから。

火鉢を挟《はさ》んで七尾姉さんと牧穂さんが向かい合って座っております。たまきは牧穂さんの後ろで他人事のようにかるたを眺めています。そんな中、田楽が焼けるよい香りが漂っております。味噌がぷくぷくして湯気を噴いております。

「姉さん、何とかしてください。わっち、このままでは成仏できんせん。わっちの骸はどうなったと思いますか？　浄閑寺ですよ。筵《むしろ》に巻かれて投げ込まれてそれっきりですよ」

「まあ、そうじゃろうな。犬や猫のように葬《ほうむ》ることで祟《たた》らんようにするわけじゃからな」

「祟りますよ。わっちの骸見ましたか？」

「いや、おまえさんが死んだことを知ったのはつい昨日じゃったからな。わたしは自分のことで精一杯じゃったからな」

　そこでたまきが口を挟みます。「七尾姉さん、頭がおむすびのようになってしまってな、大騒ぎじゃったよ」

「たまきっ、余計なこと言わんでよい」と七尾姉さんはたまきの口を封じました。

「わっちな、焼け爛《ただ》れて焼きすぎた秋刀魚のようになってしまったんじゃよ。そりゃもうひどいのなんのって。もう死んでおりましたから熱くはなかったですがね」

「やめてくれんか、秋刀魚が食えんようになる。今が旬じゃぞ……でもな、下手人を捕まえるのは簡単じゃろ。だれがおまえさんを殺めたんじゃ？　おまえさんの口から聞けば一件落着じゃよ。……で、だれじゃね？」と七尾姉さんはこれ見よがしにお猪口《ちょこ》を呷《あお》りました。牧穂さんもお酒は大好物でございます。ですが残念ながら御呼ばれすることはできません。それも恨めしいのでしょう。

「それが……わからんのですよ」と牧穂さん。

そのお答えに七尾姉さんはびっくりしました。

「わからんですと？　呆れたもんじゃな。だれに殺められたかもわからんのであれば、祟るに祟れんわな」と七尾姉さん思わず笑ってしまいました。たまきも傍《かたわら》で声を押し殺して笑っております。

「仕方がないでしょ。寝ているところを顔に着物を被《かぶ》せられて首を絞められたんですよ。気がついたら三途の川の畔《ほとり》にいましたよ。船頭さんに、舟に乗るか乗らぬか聞かれましたよ。わっちは迷いましたよ。しばらく考えてな、『いや、まだ乗らんでな』と言って戻ってきましたよ。そうそう、船頭さんの顔がな、イノシシのような顔でしてな……」

「たまきに入れ知恵されたじゃろ。もうその先の話は端折《はしょ》ってくれんかね」

「殺められたんですよ。細い……帯締めのようなものでですよ」

「帯締めですか……そんなことは手掛かりにはならんな。帯締めくらい、禿でも持っておるわ。悪いことは言わん、忘れて成仏しなんせ。輪廻転生といってな、死んだら生まれ変わるそうじゃよ。今度は真っ当な人間に生まれ変われるかもしれんぞ。……六文の持ち合わせが無けりゃわたしが……」

「姉さんは鬼畜ですか」と牧穂さんは七尾姉さんを睨みつけます。

「幽霊に鬼畜などと呼ばれたくないわ」

「何とかしてください。姉さん。後生ですから」

「幽霊から、後生ですと言われてもな。わたしにどうしろというんかね？」

「わっちを殺めた下手人を見つけてくださいな」

「文吉親分に頼んでみたらどうかね。今ごろ、金魚と一緒に晩酌でもやっていなさるころじゃ。その後ろに立って、脅かしてみたらどうじゃ」

「わっち、あのサル吉親分、大嫌いですわ」

「嫌いでもしかたなかろう。わがままじゃな……で、わたしに願掛けかね」

牧穂さんはにっこり笑いながら頷きなさいました。

それからというもの牧穂さんの思い出話や恨《うら》み話や辛《つら》み話を夜更けまで聞かされたせいで少々お酒を過ぎたようでございます。

たまきはいつの間にか消えておりました。勝手なものです。


翌朝、朝の四ツ、深酒のせいと、妙な依頼を受けてしまったことからの後悔の念とで重い頭を抱えながら文吉親分が詰める番屋を訪ねました。

「とんとん。文吉親分はいらっしゃいますかね」と七尾姉さんが声を掛けて番屋の戸を開けます。

出迎えたのは半次《はんじ》さん、文吉親分の子分でございます。

「七尾姉さん。ごぶさたですね」

いつもさわやかで七尾姉さんを会うたびに若返るような気分にさせてくれるお人でございます。

「半次さんも元気そうでなにより。文吉親分はご在宅でしょうかね？」

「夜が明ける前から七尾姉さんをお待ちですよ」

「あらまあ、来るってことがわかってたんですかね」

七尾姉さんは意地悪っぽく聞きました。

「待っちゃいねえよ」と奥から文吉親分が怒鳴ります。どうやら随分と頭を悩ませたご様子でございます。声が嗄《か》れ目がうつろでございます。

「どうしたんですか？　随分とお疲れのご様子ですが」

「ちと、風邪を患っちまったようだ」

「それはいけませんね。じゃ、また、出直してきましょうかね、明日にでも」

「いいんだ、いいんだ。何でも聞いてくれ。俺のお役目に明日はねえんだ」と文吉親分は渋く決めたつもりでしょうが、鼻水が垂れて光っております。

文吉親分が見世の者たちから当日の万寿楼の様子を聞きましたところ、状況がぼんやりとではありますが、わかってまいりました。まとめますと次のような様子でしたとか。

火事の当日のことでございます。七尾姉さんが髪洗いのために湯を沸かしているころでしょうか、万寿楼の女郎衆がこぞって湯屋へ向かいまして、残った新造や禿が、廊下や、姉さまの部屋を掃除などしておりました。この様子はいつもと何らお変わりなかったようでございますが、ひとつ違っておりましたのは、牧穂さんのご様子でございましたとか。なんだか顔色がすぐれませんで禿のこのはが「姉さま、いかがしんした？」と聞きましたところ「なんだか頭が重くてな……少し横になるでな、静かにしておくれ」と言い、部屋に引っ込んでぱしゃっと障子を閉めたそうでございます。仕方がないので、牧穂さんの部屋は後回しにして、できるだけ音を立てないように掃除を始めたそうでございます。

皆が持ち場の掃除を一通り済ませるまでが四半時と、今度はその者たちが湯屋へと出かけ、牧穂さんの部屋のある二階にはほとんど人がいなくなったそうでございます。時折、二階廻しの弥之助《やのすけ》さんや雑用の喜六《きろく》さんが上がるだけでございました。そんな様子がまた四半時ほどあったそうでございます。

万寿楼の女衆が湯屋から戻ると、下の大広間で火照りを冷ましたり、髪を整えたり、双六やかるたで各々《おのおの》暇をつぶしておられたようで、これも普段の光景でございました。

そんなとき、突然、二階から階段を伝って煙が下りてきたそうでございます。二階の窓から吹き込んだ風に押されたのでございましょう。たちまち大広間も煙に覆われてすぐ目の前も見えぬほどとなったようでございます。

「二階が火事だっ」との若い衆の声に大広間は蜂の巣を突《つつ》いたような大騒ぎとなったそうでございます。

「火元はどこだ?」の声に、「牧穂の部屋だ」と返答があったそうでございます。

後の検証でも火元は牧穂さんの部屋だったそうで、そこで休んでいた牧穂さんが亡くなったとのことでございました。

他の女衆はすぐに逃げて煙に巻かれることも火に焼かれることもなく、みな無事でございました。

火は若い衆が並んで桶を運んで半時を掛けて消し止めましたが、二階のほとんどが焼けたそうでございます。

万寿楼の楼主、重造さまはその様子を見て複雑な気持ちだったでしょうねと、後で話を聞いた七尾姉さんは思いました。「燃やした方がよいのか、消した方がよいのか……しかし、うちから火を出したとなると肩身が狭いし……」などとの様々な気持ちが去来したにちがいありません。

牧穂さんが「少し横になるでな」とこのはに言って部屋に戻ったのは朝四ッ半（午前十一時ごろ）でございます。このころにはまだ、二階にはたくさんの女郎衆や新造、禿がおりましてそこにいただれもが牧穂さんに近づくことができたわけでございます。つまり、このときだれもが牧穂さんを殺す機会があったわけでございます。

さて、下手人はだれでございましょうか。

たくさんの人がいて、その人たちがどんな行動を取ったかなど、今となっては再現などできるわけはありません。ひとまず、これは置いておいて、火を付けたのはだれかというところから考えてみてはどうでしょうかと七尾姉さんは思いました。火が出たときにはほとんど人はいなかったわけでございますから、そのとき、そこにいた人を特定しさえすれば解決ですねと七尾姉さんは思ったわけでございます。であれば文吉親分と同じではありませんか。なんだか癪《しゃく》でございます。

火が出て大騒ぎになったのがそれから一時《いっとき》（約二時間）ほどたってからでございます。その間に何があったのでしょうか。その時分、二階にはほとんど人がいなかったとのことですから何事もなければ火事は起こらなかったことでございましょうが、そこで何かが起こったからこそ火事となったわけでございます。それをああだこうだと考えることは、なかなかどうして興味深いことでございます。七尾姉さんはいろいろと想像してみますが、今の段では、なんの手掛かりもありません。ですが、熱燗のあてになりそうで、ちょっと嬉しくもあります。

一つ言えることは、牧穂さんを殺めた件と万寿楼に火を放った件が同じ人の仕業とは限らないわけでございます。なんだか、七尾姉さん自身で勝手に複雑にしているような気がして、頭がますます重くなってまいりました。


お酒を飲みながら、牧穂さんからなんだかんだと聞いたことを思い出してみますと、牧穂さんというのは随分と人から恨まれていたようで、それにも呆れました。

「そうなんです、わっちは子供のころから欲張りで、意地汚くて……でも、どうしようもないんです」と自分でもよくわかっているようで、そのせいで他の女郎衆とたびたび諍《いさか》いがあったようで、「わっちを恨んでいる人を数えると両手でも足りんせん」と自慢げに言います。七尾姉さんから見れば特別でなく普通のように聞こえるのですが、ひょっとすると同じ類《たぐい》の女子なのかと思ってしまいます。

「わたしも実は嫌われているのでしょうかね」と七尾姉さんは憂鬱になりかけております。実のところ、七尾姉さんを嫌っているお人も多ございますが、そんなこと怖くて言えません。牧穂さんと違っているところは慕《した》っている人も多ございますから、滅多なことが言えないのでございます。どこからどのように七尾姉さんの耳に入るかわかりませんので。

牧穂さんは、お酒の飲みすぎで気が大きくなって些細なことから喧嘩をふっかけたり、賭け事でいかさまを仕掛けて見破られて喧嘩になったり、借りたお金を返さなかったり、貸したお金の取り立てに脅しをかけたりと、なかなかのことをやられてこられたようですが、七尾姉さんにも思い当たることがありまして、聞いている七尾姉さんのお顔がお酒のせいばかりでなく、赤くなるのがわかりました。

「天罰ですよ。諦《あきら》めなさいな」と自分にも言い聞かせるように牧穂さんに言ってやりましたが、「いーや。諦めません。下手人がわかるまで、わっち、ここに居座ります。たまきどんも居座っておるんでしょ。聞きましたよ。一人も二人もいっしょですよ」

「大きな違いです。たまきはそのうち成仏すると言っております。これは約束ですから」

牧穂さんは顔を手で覆うと、「わっちね、もっと長生きしたかったんですよ。こんな地獄のようなところでも……」と泣き始めました。今度は泣き落としの手練に打って出たようでございますが、そんな程度の手練に落とされる七尾姉さんではございません。

ですが、もう既に折れかかっておりました。泣き落としのせいではありませんので誤解のないように。やはり、人を殺めるということは許しておけません。下手人には、それなりの罰を受けていただかないといけませんねと思ったわけでありまして、已《や》むなく引き受けた形となりました。

それからも、ああだ、こうだとつまんない話を酒の肴にしながら飲んでいたのでございます。悪酔いするわけです。

《 五 》

牧穂さんの話の中で出てきた諍いのあった女郎、一人一人に会って話を聞いてみようかとも思いましたが、はたして正直に話してくれますでしょうか。とりあえず、当たってみましょうかねと七尾姉さんは思いまして、早速、万寿楼へと出向きましたが、万寿楼は今まだ検分の最中でございました。

関係者で無い者は立ち入りまかりならんとでも言いたげに六尺棒を持った役人が立ちはだかっております。その奥の上がり框《がまち》に、文吉親分が険しい顔をしながら胡坐《あぐら》を掻いて座り込んでおります。ひょっとすると寝ておいでですしょうか？

「文吉親分、まだ検分は続いているんですかね?」と七尾姉さんが文吉親分に声を掛けますと文吉親分は冷や水でもぶっかけられたようにびっくりなさいまして、飛びあがるように立ち上がりました。

「なんだ定吉」

「定吉? 定吉ってだれですか」

「………」

「寝てたんですか?」

「……馬鹿野郎、寝てるわけねえだろ。考え事だ」と涎《よだれ》を拭く文吉親分でございます。

「お疲れですね……定吉ってだれですか」

「……お疲れだ。当たり前だ、楽なわけねえだろ。お上から十手を預《あず》かってるんだ。なんだ七尾か……」今さらわざとらしいですね。「俺に何の用だ」と言いつつも、待ってましたと言わんばかりに文吉親分の顔の下半分がにやけております。

「おじゃまでしたか。ではまた別の機会にでも……定吉さんによろしく」

「いや、待て待て。ちょうど昼時だ。一休みしようと思っていたところだ。話くれえなら聞いてやるが。ちょっとだぜ、忙しいんだ。ちょっとだぜ」と文吉親分の方から七尾姉さんへと駆け寄ってきました。まだ、昼時には早いですが、文吉親分も気を使っておられるんですねと七尾姉さんは思いました。見栄を張らずにもう少し正直に振る舞った方が可愛気があるというもんですが、文吉親分には無理なことでございましょう。

「下手人の目星は付いたんですかね？　定吉さんですかね？」と七尾姉さんはつかみどころのない問いをぶつけてみました。

「まだ、なにもわからねえんだ」

「この見世は建て替えられるんですかね。いつごろになりますかね」

「そんなことはわからねえ。下手人が挙《あ》がるまでは建て直しはおろか、取り壊しも許さんとの同心の佐竹様のきついお言葉だ」

当然でございますね、取り壊してしまえば一件の証《あかし》となるものが無くなってしまうかもしれませんので取っておくのが賢明な措置でございましょう。一方、楼主の重造さまは青くなっておられることでしょう。今になって「燃やしてしまえばよかった」と臍《ほぞ》を嚙んでおられるに違いありません。

「中を見せてもらってよろしいですかね」と七尾姉さんが聞いてみますと。

「何だと？　おまえに見せてどうなる。見たところでどうにもならんだろ。だが、ちょっとくれえなら見せてやらねえこともねえ。ちょっとだぜ、ちょっとだぜ」と言いつつも文吉親分は「さあ、どうぞどうぞ」とでも言うように七尾姉さんを招き入れます。ロで言ってることと、その仕草がなんだかちぐはぐに見えて滑稽です。ほんとうに困っているんでしょうねと七尾姉さんは文吉親分の心の内を垣間見ました。

「草履のままでいいぜ」と文吉親分はいつになく気を使っている様子でございます。

見世の中へ入らなくても鼻を突くひどい臭いです。入ればさらにひどく焼け焦げた煤と脂の臭いで充満しております。消火のために水を運んだんでしょう。いまだにそこら中が湿っております。しかも撒いた水が二階から流れ落ちてくるのでしょう。墨汁のような水が柱や襖に垂れて大きな染みとなっております。修復程度ではとても間に合いませんことは素人目にもわかります。

「万寿楼の女郎衆は、今どこにおられるんで？」

「ここの女か。みんな、三日月屋に引っ越しだ。そちらを仮宅としてしばらく営業するらしい」

三日月屋は仲之町にある茶屋でございます。本来は引手茶屋と呼ばれまして、女郎さんを呼んで芸事を見たり食事をしたりするところでございます。おそらく、楼主重造さまが借り切ったのでございましょう。重造さまにとっては踏んだり蹴ったりでございます。

七尾姉さんは文吉親分の案内で二階へと上がりましたが、階段を上がったところで文吉親分はそれ以上に先へは進みませんでした。その先の部屋と廊下がところどころ焼け落ちておりまして、虫食いのような状態でございました。

七尾姉さんはその様子をじっと見ておりました。

「二つ先が牧穂の部屋だ。勝手に見てもいいが、落っこちてもしらねえぜ。その辺りも踏み抜かねえように気をつけな」と文吉親分は嫌らしく笑いました。

七尾姉さんは、ちょっとでも近くで見ようと、抜き足差し足で牧穂さんの部屋の前まで行きました。もう草履の裏は炭で真っ黒でございます。

「七尾が熱心なのはわかるが、それ以上先へ行くと墨壺の中へ落っこちるぜ。黒狐になっちまうぜ」

「だれが狐ですか」

文吉親分はしらっと天井を見上げました。

「火が出た時分のことは楼の人たちから聞いたと思うんですけどね、そのころ二階にはだれがいたんですかね」

「その時分にはだれもいねえんだな。死んだ牧穂以外は」

「牧穂さんが自ら火を付けたと文吉親分は考えてるんですかね」

「いや、こないだも言ったが、牧穂はその時には骸となってたんだぜ。そんなことができるわけがねえ」

確かに、自分で火を付けたんなら千歳楼へ来たときにそのように言うでしょうね。隠す必要なんてありませんので。火を付けたのが牧穂さんでないことは明白です。

「外から人が忍び込んで牧穂さんを殺めて、火を付けたという可能性はどうなんでしょうかね」

「無いとは言えねえな。だが、そこまでして女郎を殺めるものかな。普通の御仁には無理だ。昼間に妓楼の二階へ、だれにも悟られず知られず忍び込むなんてことは、くノ一か忍《しのび》か……」

確かに文吉親分の言い分は一理あります。それほどの危険を冒して殺めるとは考えられません。やんごとなきお方が刺客《しかく》を雇われたのなら別でございましょうが、牧穂さんには悪うございますが、そこまでするに値する女郎さんでしょうか。中見世の座敷持ちでございます。やんごとなき方との関係があったという話も聞いておりませんし。それはまずないでしょうねと七尾姉さんは考えました。身内の恨み辛みが濃厚でしょう。どこかで聞いてますかねと七尾姉さんは周囲を窺《うかが》います。

下手人は牧穂さんを殺めてその所業を隠すために火を付けたと考えるのが賢明だと思います。おそらく下手人の知識の中には鼻や口の中の煤までの知識はなかったのでしょう。殺めた後に火を付けて焼かれたことが文吉親分に呆気なく見破られることになるとは予想もしておらなかったでしょうと七尾姉さんは察しました。

ですが、どのようにして誰もいないところから火を起こしたのでしょうか。七尾姉さんにはさっぱり思いつきません。昼間ですから、ろうそくも行灯《あんどん》もつけておらなかったはずでございます。十一月とはいえ、朝晩こそ冷えますが、昼間は日差しが差し込むぽかぽか陽気でございました。ですから火鉢も使っていなかったでしょうし……。

下手人は牧穂さんを帯締めのようなもので絞め殺し、何食わぬ顔で他の女郎衆に紛れて行動を共にしていたのでしょう。何らかのからくりを仕掛けて……。

「許せませんね。人を一人殺《あや》めておいて、何食わぬ顔で晩酌ですか？」

だれも晩酌を楽しんでいたとは言っておりませんが、七尾姉さんの頭の中では下手人がおでんを突きながら晩酌しているような妄想が繰り広げられておるのでございます。

「こんなにわたしを悩ませておいて、許せません。下手人をひっ捕らえて、今度は、わたしがおでんで晩酌ですよ」と七尾姉さんは心に誓いました。

《六》

七尾姉さんは万寿楼の女郎衆が身を寄せる三日月屋へと出向き、話を聞こうとしましたところ、玄関を入るや否や、いきなり楼主の重造さまに「ちょうどよいところへ。今、お宅へ伺おうと出かける支度をしていたところなんですよ。折り入ってお話が……」とのことで若い衆に取り囲まれて奥へと通されました。久しぶりに男衆に囲まれて一瞬どきりとしました。この「どきり」にはいろいろな心情が含まれております。

茶屋の奥座敷へと連れていかれましたが、奥座敷というのは七尾姉さんに限らず女郎にとっては良い思い出のあるところではございません。女郎にとって奥座敷とはお説教か折檻《せっかん》の場所と相場が決まっておるのでございます。三つ子の魂、百までと申しますが、女郎の魂も百まででございます。ですが、若い衆の愛想もよく対応も丁寧ですので知らず知らずのうちに七尾姉さんのお顔がほころんでまいります。例のあの一件のご依頼ですねと。

「なんの御用でございましょうね？」と廊下の途中で七尾姉さんは惚けてみます。

ご依頼にお金が絡むのと絡まないのとでは力の入り具合が一桁ほどちがってくるのでございます。七尾姉さんのお顔がほころんでくるのも無理はありません。話がまとまるといいのですが。

奥座敷で重造さまと七尾姉さんが対座すると「七尾姉さんにお願いがありましてな、

じつはな……」と七尾姉さんが出されたお茶の一口を啜《すす》る間もなく一件の話でございます。

長々と重造さまはお話をなさいます。

「そうでしょ、そうでしょ」もう七尾姉さんはお気持ちをお察しし、頷《うなず》くばかりでございます。それにしても、おいしいお茶ですこと。万寿楼はよほど儲かっておる様子でございます。さぞかしご褒美は期待できることでございましょうと七尾姉さんの胸の内では皮算用が始まっております。

つまり、町奉行所に言わせますと、牧穂さんが殺された一件と火付けの一件、二つまとめて一件なのかどうかわかりませんが、解決しないことには万寿楼の建て直しはまかりならんということでございます。ですので、早く、町奉行所が納得するような解き明かしをしていただけないものかというのが重造さまのご依頼なのでございます。

三日月屋を借り切る料金も馬鹿になりませんし、ここでの営業も不慣れなせいで期待できそうにないとのことで、このままでは赤字が膨らむばかりで、万寿楼は、そう遠くない将来に潰れかねないとのことでございます。重造さまは笑顔を引きつらせながら握り拳を作ってお話になられました。

重造さまが懐から出した紙包を開くと、そこには三両が輝いておりました。枯れ野に咲く一輪のお花のように七尾姉さんの目には映りました。思わず「きれいだこと」と声が洩れそうになりました。

解決した暁にはもう三両をいただけるとのことですから、ほころんだ顔を元に戻すに必死でございました。であれば俄然闘志が湧《わ》くというものでございます。ご依頼にお金が絡むのと絡まないのとでは力の入り具合が一桁ほど……先ほど申しましたね。

「任しておくんなさいな。見事解決してみせましょう」と三両に手を伸ばした七尾姉さんでございました。この一件でのご褒美《ほうび》は六両と金魚の餌ということに納まりそうでございます。一旦、懐に入れたものは死んでもお返しするつもりはありませんので、是が非でも解決させていただく所存でございますと七尾姉さんは胸の内でお叫びなさいました。

しかし、解決の糸口など、これっぽっちも見えておりません。さてどうしましょう。

殺された牧穂さんという女郎さんとはどんなお人なのでしょうか。

知る人から聞いた話をまとめさせていただきますと、生まれは安房勝山《あわかつやま》（千葉南部）だそうでございます。安房勝山では鯨漁が盛んでございまして貧しい漁村ではありましたが、親父様は某鯨組の頭領で数十人の漁民を率いておったそうでございます。牧穂さ

ん は本名、牧といいまして十一人兄姉《きょうだい》の八番目だそうで、兄が四人、姉が三人、そして弟が二人、妹が一人おられたそうでございます。親父様は気風《きっぷ》のいい頭領だったそうですが、ある日、鯨漁にて大波に遭い、親父様の乗る船は転覆、そのまま海深くへ持っていかれたそうでございます。

同じ船に乗っていた七人の命も失われたそうでございます。大黒柱を失った一家は途方に暮れたことは言うまでもありません。母親様も海女として働いておりましたが、それだけではとても子供十一人を養っていくだけの稼ぎにはなりません。しかも、部下である七人の命をも失ったことの責任から、それはそれは肩身の狭い思いで暮らさなければならなかったそうでございます。

村に居づらくなったこともあり上の三人の兄は丁稚《でっち》奉公や他の漁村へ漁師見習いに出、姉二人は吉原へ奉公に出たそうですが、当時十二歳だった牧穂さんは、その様子からただ事ではないと察したようで、いずれ自分も売られると思い「そのような地獄とよばれるところなど、まっぴらごめんじゃ」とばかりに、わずかな金と着物だけを携《たずさ》えて家を飛び出し、野宿をしつつ、命からがら江戸へと流れついたとのことでございます。

一年ばかりは掏摸《すり》やかっぱらい、食い逃げで生き延びましたが、やがて性質《たち》の悪い女衒《ぜげん》に取っ捕まり、あっけなく岡場所へと売られたとのことでございます。

そこで三年ほど女郎をさせられた後、警動《けいどう》に遭いまして……警動というのは、町奉行所が行う私娼窟に対する取り締まりのことでございます。これで取っ捕まりますと吉原で競売に掛けられまして三年間の無賃労働となります。牧穂さんはそのような経緯でこの吉原へとやってきたわけでありました。いろいろな経緯があるものでございます。

もともと素行が悪い女子さんでございましたから、家を出てから掏摸やかっぱらいなどができたようで、そこは生きるための強さとして役に立ったかもしれませんが、他人さまとはなかなかうまくやっていけなかったようで、諍いが絶えなかったようでございます。お酒が入りますとさらに手が付けられなくなりまして、お客さまに対しても乱暴な振る舞いなどしまして、客様、妓楼の双方ともに大変なご迷惑をかけたようでございます。

このあたりは七尾姉さんも同じでございまして、話を聞いていていささか耳が痛い七尾姉さんでございました。それだけではございませんで、枕探《まくらさが》しの噂もあります。これは客の財布からお金を盗み取ることで、もちろんご法度でございまして、二度三度厳しい折檻《せっかん》を受けておりますが、治らなかったようでございました。目の前に欲しい物があると我慢できなくなる性質なのでございましょう。

「ですが、わっちは、そんなことやってませんよ」と頑《かたく》なに言い張ったようでございます。往生際が悪いことでも有名であったようでございます。それが本当かどうか、追及するようなことは、ここではしませんが……。

こんな女子さんでございますから、まあ、殺《あや》められてもしかたありませんなと片付けることもできそうでございますが、やはりそれではかわいそうなので、成仏して生まれ変わっていただくことを願って探索を続けることにいたします七尾姉さん。

まずは、一人一人に会って話を聞くところから始めないといけませんねと思いました。大広間でくつろいでおられる女郎衆に話を聞きますが、だれもよくは言いませんね。牧穂さんは、よほど嫌われていたようですね。どこかで聞いてますでしょうかね。

「わっちなんか、いかさま博打でお金を巻き上げられたんですよ。いかさまですよ、いかさま。返していただきたいもんです」

「わっちは借金の形に、気に入っていた簪《かんざし》を取り上げられたんですよ。地獄に落ちていただきたいでありんすよ」

「わっちは一両二朱の借金がたったひと月で五両一朱になったんですよ。そんな高利貸しって聞いたことありますか。ですが、死んだ人にはもうお金を返す必要はありませんよね」とほくそ笑む方もいらっしゃいました。部屋持ちの一美さんでございます。ひょっとすると借金を返すのが嫌になって殺めたかと七尾姉さんは勘繰ってみました。

「なんですかその顔は。七尾姉さん、わっちを疑っておるんですか？　わっちそんなことしてませんよ。わっち、その時分、湯屋で湯船につかっていたんですからね。みんなに聞いてみてくださいよ」

「はいはい、後で裏は取りますが、そう向きにならないでくださいな。皆様から話を聞いてるだけですから」憎まれていたお人の探索はいささかやりにくいものでございます。ですが、七尾姉さんは聞けば聞くほど腹が立ってきました。そんな牧穂さんから鬼畜呼ばわりされたんですから。楼主重造さまのご依頼は適当にお茶を濁して切り上げましょうかとも考えました。そうすると毎夜毎夜、幽霊の牧穂さんに押しかけられるかもしれませんね。もう板挟みの身でございます。今度、現れたらちょっと説教をしてみましょうとも思いました。

「最後に牧穂さんに会ったのはどなたですかね？」

「それは、文吉親分にも聞かれたんですが、禿のこのはどんですよ」と女郎さまの一人がおっしゃいました。

「今、どちらにおられますかね、このはどん」と七尾姉さんが聞きますと、「姉さんの後ろにいますよ」と言われて振り返ると、十歳くらいのおかっぱが七尾姉さんを見上げておりました。

「おまえさんがこのはどんかね」

「あい」とちょっと不安げにこのはは頷きました。

「ちょっと聞きたいことがあるんじゃがな」

三日月屋の二階、よく日の当たるところに床几が二つ置かれておりまして、その場所をお借りし、このはどんと対座しました七尾姉さんはいくつかの問いを投げかけてみました。

「このはどんが牧穂さんから『少し横になるでな、静かにしておくれ』と言われた時、近くにだれぞおらんかったかね？」

「おりましたよ。部屋持ちの室井姉さんと正照姉さん、それに新造の五月さん、ちょっと離れたところには他の姉さん方もおりましたよ」とこのはは丁寧に答えました。

「その人たちは、おまえさんらの話を聞いてたじゃろか」

「聞いていた人も、そうでない人もおると思いますが。すぐ隣のお部屋で掃除をされてた室井姉さんと正照姉さんはちゃんと聞いてなさったと思いますよ」

「なぜ、そう思うんじゃ」

「なぜでしょう」このはどんはちょっと首を傾げると「なんとなく、耳を澄ましているような……気配でしょうか。そう思っただけでございますが」

「なるほど、おまえさん、なかなか賢い禿どんじゃな」

「そうでございますか」このははちょっと嬉しそうに俯《うつむ》きました。

「五月さんはどうかね」

「どうでございましょう。盥《たらい》で水を運んでおられましたから……そっちに気を取られていて聞こえなかったかもしれませんな」

「ほかに気づいたことはあるかね」との曖昧《あいまい》な問いにこのはは困った顔をして、七尾姉さんの期待に応えられないことを悔しく思ったようでございます。

二人の話を聞いていたからと言ってその者が怪しいとか下手人と決めつけるのはちょっと乱暴ですねと七尾姉さんは思いましたが、ひとりひとりの行動を人の話から推測するなんてことはどだい無理な話でございます。さて、どうしましょう。

このはには礼を言って引き取ってもらいました。このはは丁寧《ていねい》にぺこりとお辞儀をして戻っていきました。

「このはを、うちの禿にできんじゃろか」と七尾姉さんのお頭に妙な考えが掠《かす》めました。さぞかしたまきは怒るじゃろうなと思い、思わず笑いがこみ上げました。

さてと……、ここはひとつ、湯にでもつかって、そのあと、お酒でもいただきながらゆっくりと考えることにしますか。急いだところでご褒美が増えるわけでもありません。

懐が痛むわけでもありません。こんなところが七尾姉さんのいい加減なところでございますが、これが意外と大事なところでもございます。

《七》

湯から上がって、冷たすぎない北風を受けながら火照りを冷まし冷まし、千歳楼へと戻って戸を開けましたところ、三和土《たたき》に草履が脱ぎ捨ててあるではありませんか。ぎょっとして座敷の奥へと目を遣りますと、小男の後ろ姿がありました。

「だれじゃね、泥棒かね。役人を呼びますよ」

誰何《すいか》の声に振り返った顔が、「役人はみな忙しいんでぇ。話なら俺が聞くが」と答えたのは文吉親分でございました。後ろ姿を見ればすぐにわかりますけどね。

「なになさっておるんですか、勝手に見世に揚がり込んで」

「悪かったたな、おウメの様子が心配になってな、ちょうど近くへ来たもんだから寄ってみたってわけだ。物騒だぜ、戸締りくれえしねえと。それと妙な空気が漂っているな。一度、お祓《はら》いをした方がいいかもしれねえ」

「おウメってだれですかね……」と、七尾姉さんは話を逸らします。

「なに言ってやがる。この金魚だよ。おウメって名だって言ったろ」

「そんなの初耳ですよ」

「いや、確かに言った。この金魚の名はおウメだぜって」

千歳楼の窓際には金魚鉢が置いてありまして、その中に、頭から尾まで四寸五分くらいの、やや大振りの金魚が一匹泳いでおります。文吉親分からある一件の解決に協力？

——協力と言っても協力したのは文吉親分の方で、ほぼ七尾姉さんが解決したようなものでございます——のお礼にいただいた金魚でございます。この千歳楼へ来た時には三寸ほどでしたが、餌がいいのか、水がいいのか、相性がいいのか、すくすく育ちまして、もうあと一年もたちますと、頭が金魚鉢から出るかもしれません。

「この金魚はメスですかね」

「あったりめえだ。一目見ればわかるだろ。オスだと思っていやがったのか」

「金魚のオス、メスなんてわかるわけないじゃありませんか」

「そんなこともわからずに金魚を飼っていやがるのか」

「文吉親分が勝手に持ってきたんでしょ。わたしがほしいと言ったわけではありませんよ」

「不服か。……そうかい、わかった今日をもって俺が引き取るぜ」

「今さら、引き取るはないでしょ。タメ吉は、もうわたしの金魚です」

「タメ吉ってだれでぇ」

「この金魚ですよ。オスメスわからなくてもかわいいんですよ。なんですか、一旦、あげると言ったものを返せとは、それでも男ですか、江戸っ子ですか」と文吉親分の一番気にしている気概を突いて差し上げました。

「なななななんだと？……男か？　江戸っ子か？　……だと、よーうしわかった」

「なにがわかったんですか？」

「今度の、万寿楼の一件が解決したら、正式におめえの金魚だと認めてやる」

「べつに文吉親分に認めてもらわなくても、わたしの金魚ですよ……ところで今日はその万寿楼の一件のことで寄ったんじゃないんですか？」

「それなんだがな……なかなか厄介でな……」と文吉親分は急にしょんぼりして声を潜めました。あいかわらず面倒くさい文吉親分でございます。素直に知恵を貸してくれと言えばいいんですがそれができないんですね。

「わたしは一杯いただきますよ。風呂上がりの一杯のために生きているようなものですからね」

文吉親分の顔を酒の肴にして飲むのは乙ではありませんが、この一時《いっとき》を逃すことはできませんからね。

「よしわかった。しかたねえから、俺も付き合うとするぜ」

「付き合ってもらわなくても結構です。お役目の途中じゃないんですか」

ですが、文吉親分から話を聞きたいのも山々です。ちょっと付き合ってもらうことにしましょう。

手際よく熱燗の用意をして火鉢を挟んで文吉親分と向かい合わせになった七尾姉さんですが、まさか、文吉親分と差し向かいで飲むことになるなんて思ってもおりませんでしたのでなんだか悪い夢を見ているような気分でございました。果たして酔えるでしょうか。気持ちよく酔うことなど期待してはおりませんが。

文吉親分は茶碗に酒を手酌で注ぐと、勝手にぐいぐいといきました。一杯を呷ると、

「でな、俺が思うには、下手人というのは、ひょっとすると二人いるかもしれねえんだ」

その言葉を聞いて、七尾姉さんはどきりとしました。それについては七尾姉さんも勘繰っておりまして、以前、ちょっと引っ掛かったところでございます。文吉親分が「だ

れが火を付けたかをつきとめることができれば一件の落着よ」なんて吹いていたときでございます。ですが、ちゃんと文吉親分は見切っておりますところは、猿のような面構えながらなかなかの知恵者ですなと見直した七尾姉さんでございました。

「つまりだ、寝ている女とはいえ、一人でいきなり絞め殺すなんて、そう簡単にできることじゃねえと思うんだな。下手人は二人いて力を合わせたにちがいねえ。これは女の仕業だ」

妓楼には女だけではなく、若い衆もおりますので、男の仕業ということもありますが、それに関しては一致しております。男なら刃物で一突きか滅多刺しが相場でございますから。

ですが、なんだか、目の付け所がちょっとずれておりませんかと七尾姉さんは思いました。火事場の馬鹿力なんていう言葉もあるくらいでございますから、人を殺めるときの力というのはその人の恨《うら》み辛《つら》みがひと思いに出て、とんでもない力が出るんじゃないでしょうかね。可能性としては文吉親分の説も全く無しではないとは思いますが、七尾姉さんは一人で絞め殺すのを無理とは思いませんでした。

七尾姉さんが引っ掛かったところというのは、牧穂さんを殺めた下手人と、火を付けた下手人が別々の人かもしれないと勘繰ったわけでございまして、つまり、火を付けた人が牧穂さんを殺めた人とは限りませんなと思ったわけであります。牧穂さんを殺めるにはそこに人がいなければできない所業でございますが、火を付ける所業というのは、人がそこにおらなくてもできることでございます。火が上がった刻限というのが、ちょうど人がいないときでございますから、七尾姉さんはそう勘繰ったわけでございます。ちょっとしたからくりを思いつけばできそうではありませんか。もちろん、その両方を同じ人が行ったという可能性もあります。それはまだ、今のところはわかりません。もう少し時《とき》を必要とすることでございましょう。

文吉親分と差し向かいで飲むことは、無駄な時と、無駄なお酒を費やすことになりそうですねと七尾姉さんの胸の内では忌々《いまいま》しく思い始めておりました。文吉親分の徳利のお酒を水で薄めておけばよかったと今さらながら思いました。

「おまえさん、いつもこんな上等な酒を飲んでいやがるのか。贅沢な姉さんだな」

お酒だけは安物で間に合わせられない七尾姉さんでございます。

「上方からの下り物ですよ。高いんですからがぶがぶ飲まないでくださいな。ちびりちびりと味わうんですよ」

「どうりでうまいわけだ……千歳楼の見世番に雇ってもらおうか」と文吉親分。

お断りさせていただきます。言葉に出さずともわかっていただけると思うほど七尾姉さんのお顔は歪《ゆが》みました。

「七尾、おまえ知っていなさるか。牧穂を恨んでいる女郎がいたってことをよ」

「ええ、知っていますよ。随分と阿漕《あこぎ》な真似をしてきたようで、たくさんの女郎衆から恨まれていたようですね」

「知っていやがったか。だれから聞きやがった……そうか、万寿楼の女郎だな。さすが、同じ穴の狢《むじな》だ。聞き出すのがぅめえや。俺なんぞ、二日がかりで聞き出したんだからな」

文吉親分の言い草になんだかカチンときました七尾姉さんです。狐とか狢とか、散々な言われ方です。わたしもいつか牧穂さんと同じような最期をとげるのでしょうかねと七尾姉さんの胸の内でございます。

「それにしても、殺されるなんて……恨みでもピンからキリまでありますが、とんでもなくキリの方ですね。絞め殺すほどの恨みを持つお方とは、どなたさんですかね」

「それがわかれば落着よ」と言いながら文吉親分は茶碗酒を一気に呷りました。「ちびちび飲んでたら、ちっとも酔わねえ。江戸っ子がそんなしみったれた飲み方なんぞできやしねえ」

この親分さん、お酒の味わい方といい、一件の調べ方といい、わかっておられません。

このお人とはうまくやっていけませんねと、ちびりやりながら思いましたが、七尾姉さんも徳利を二本、三本と空けるうちに牧穂さんと変わらないようになっていきますので、人のことは言えません。七尾姉さん自身が気づいてないだけでございます。

七尾姉さんは白けたようにそっぽを向きながら一人お酒を舐めました。

「もう一本つけてくれねえか。なかなかの酒だ」

「もうありませんよ」

「いやまだあるはずだ。おまえさんがこれっぽっちの酒で飲み始めるはずはねえ」

なかなか鋭い指摘でございます。七尾姉さんが徳利一本二本で満足するわけがありませんので。

七尾姉さんは渋々と席を立ってもう一本を文吉親分のためにご用意いたしました。腹が立ってしかたがありません。こんな猿のために買ってきたお酒ではありません。なんだか悪酔いしそうでございます。最初から断るんでしたと思いましたが時すでに遅しでございます。

それからの文吉親分の話というのは「金魚というのはな、愛情を込めれば込めるほど美しくなるってもんだ」ってところから始まり、最後はどじょうの話になりまして、なんだか生魚を肴にして飲んでいるような気分になっておりました。

結局、二人して夕方まで、買い置きのお酒が無くなるまで飲み続けることとなりました。どういうわけか仕舞には七尾姉さんの三味線による文吉親分のどじょう掬《すく》いで盛り上がってしまいました。何年ぶりでしょうか、これほどの賑わいは。近所の女郎衆がその騒ぎを聞きつけて覗きに来られたくらいでございます。これが酒好きの良いところでもあり、悪いところでもあるのでしょう。

《　八　》

翌日、朝四ツでございます、たまきがやって来まして七尾姉さんのその、その行いを見て目を丸くしました。

「姉さん、どうしんした。気は確かでありんすか。折檻でありんすか、それともなにかの八つ当たりですかね」

七尾姉さんは巻きずしのように丸めた布団を壁に立てかけ、その真ん中あたりに帯締めを巻き、それを両手で締め上げております。

「おぼろ娘かね。久しぶりじゃの」と言いながら七尾姉さんは締め上げます。

「昨日も伺ったんですがね、猿親分がおられまして、入りにくかったんでありんす。随分と楽しそうにお相手されておられたようでありますし」

「嫌味かね」と言いながらも七尾姉さんは締め上げます。

「で……何をしていんすか？」とたまきは七尾姉さんを覗き込みました。「お布団とお相撲を取っておられるんですかね。それともやっぱり折檻ですか、八つ当たりですか」

「どう見るかはおまえさんの勝手じゃね。それでいいわね」と言いながらも尚も七尾姉さんは締め上げます。

「教えてくれてもいいじゃないですかね。最近の姉さんはわっちに冷たいでありんすよ。わっちへの面当てでありんすか」

「そういうつもりはないがね……」と言うと、ようやく七尾姉さんは布団から離れました。そして大きく息をつくと、「人を絞め殺すにも結構な力がいりますな。恨み辛みがあればこそなせる業でしょうな」と独り言ちました。

布団と人は異なりますが、人を絞め殺す気分というものをちょっと試してみたのでございました。なにかわかるかもしれませんのでね。それをたまきに言うと「で、なにかわかったんですかね、姉さん」と聞いてきました。

「ああ、いろいろとわかったわ。でもな、それですぐに下手人がわかるというもんでもないわ。ですが、ちょっと聞き回ってみようと思っておる。留守番を頼むでな、たまきどん」

「あい」とたまきはにっこりしました。ご機嫌な七尾姉さんに仕事を任せられて嬉しくなったのでございます。

「それとな、文吉親分が言うことにはトメ吉はメスじゃと」

やっぱりと言いた気にたまきは顔を作りました。「だから言ったじゃないですか。わっちはメスじゃと。赤い着物着て物欲しそうに人を見つめるのは女子でしょうからな」

「何じゃと？　わたしがいつも物欲しそうに窓から見つめておると言いたいのかね」

「そんな意味じゃありんせん。勘繰り過ぎでありんすよ」

「戻ったら話がありますのでわたしが帰るまでずっと待っていなさい。いいですね」

たまきの返事はありませんでした。たまきは引きつったような顔で固まったままでございました。一言多いのがたまきでございます。


七尾姉さんは足取り軽くすたすたと三日月屋へ向かいました。仮宅とされている茶屋でございます。

三日月屋では、大広間で女郎さまや新造、禿たちが昼見世までの間、各々くつろいでおられる最中でございました。本を読んだり、占いをしたり、かるたをしたり、書の稽古をする者たちがすし詰めのようになりながら過ごしておるのでございます。一見楽しそうではございますが、実は憂鬱が渦巻いております。当然でございます。ここは地獄とか苦界と呼ばれるところでございますから。

七尾姉さんが玄関先で格子戸に雑巾がけする見世番の源次さんに「やっぱり茶屋でも、拭き掃除、掃き掃除はするんですかね」と不思議に思って聞きました。

「七尾姉さんか。当たり前でえ。家賃からその分は引いてもらわねえといけねえからな。でないと人手が余っちまう」だそうでございます。「それにしても相変わらず別嬪《べっぴん》だね。昔は花魁だったんだってね。もう一度、うちで張ってみる気はないかね。留袖くらいならまだまだいけそうだよ」

「なんですか、留袖って。随分と見くびってくれますね。座敷持ちくらいならって、ちょっとは気を使ったらどうですかね」

失礼な見世番でございます。喧嘩を売られたかと思いましたが、ここは姉さまの度量を見せてにっこり「まあ、考えておきますよ」といなしました。留袖というのは留袖新造のことで、つまりうだつの上がらない女郎さまのことでございます。

七尾姉さんは「このはどんはどこですかね」と唐突に用件へと入りました。

源次さんもこれ以上に弄《いじ》ると火が付きそうなことがわかりましたので、「このはならさっき二階へ上がっていくのを見たから、きっと二階だろうよ。勝手に探してみな」と顔を引きつらせながら話を変えました。七尾姉さんは眉を吊り上げながらもにっこりしながら礼を言うと、玄関を入り、二階へと上がりました。

階段を上がった廊下の先で雑巾がけをしているのがこのはでございました。このはは手を真っ赤にしながら額に汗を光らせて雑巾がけに勤しんでおります。

「たまきに、このはどんの健気な姿を見せてあげたいものですわ」と独り言ちる七尾姉さんの声に気がついたこのはが振り返りました。

「あや、いつぞやの狐姉さん」

「七尾姉さんですよ」むっとしまして「先ほどの言葉は取り消しじゃな」と七尾姉さん。

「なんでございましょう」

「掃除の最中、悪いんじゃが、もう少し、詳しく聞きたいんじゃが」

「あい、よろしいですが」

廊下の先のいつぞやの所に七尾姉さんとこのはが向かい合わせに腰掛けますと、七尾姉さんが口を開きました。

「あの日、このはどんが掃除を終えると湯屋へ向かったと思うんじゃが、そのあとで湯に入ってきた姉さまを覚えておるかね」

「後に湯へ入ってきた姉さままですか……」とこのはは宙を見上げまして記憶を浚《さら》っておりまして「そうじゃ、室井姉さんがすぐ後に……しばらくして正照姉さんが入って来られましたね」と思い出したように言いました。

「室井さんの顔色はどうじゃったね？　なにかいつもと違うように感じなかったかね」と七尾姉さん。

このはは小首を傾げますが、「いつもとお変わりなくというか、そこまでよく見ておりんせんでした。申し訳ございません」

「いやいや、おまえさんが謝《あやま》ることではないわ。そんなことは気にして見てないのが普通じゃ。ついでにもう一つ聞くが、正照さんの様子はどうじゃったね？」

「申し訳ありません。そこまでは見ておりんせん」とそれでもこのはは頭を下げます。

「なんでもいいんじゃがな、なにか覚えておらんかね」と平静を装いますが、七尾姉さんはちょっと苛々来てます。このはにもそれがわかったようでさらに深く頭を下げました。

「申し訳ありません」

「いや、いや、だからな……謝ることじゃないからの」と七尾姉さんの言葉が次第にきつくなります。

「そうじゃ、こんなことでもよいですかね」

「なんじゃ？　なんでも言ってみてくれ」と七尾姉さんの目が輝きました。

「正照姉さん、占いをするんですが、牧穂さんに占ってあげてたらしいんですが、それが大外れしたご様子で、見世の廊下で怒鳴られておりんしたな」

「いつのことじゃね」

「前の日のお昼ごろです」

「前の日かね」

「あい」

「何を占ったのかね？」

「さあ」とこのはは再び小首を傾げました。ここ吉原で占うと言えば九分九厘、好いたお相手とうまくいくかどうかということでございます。九分九厘うまくいかないのですが、それで外れたとなると、どんな占い方をしたのでございましょう。それにも興味が湧いてまいります。しかし、占いが外れて大声で怒鳴るなんて、牧穂さんもなんと大人げないんでしょうかねと七尾姉さんは呆れてしまいました。嫌われるはずでございます。

そして「あっ」とこのはどん。

「なんじゃね」

「室井姉さん、湯に入る時、手の甲を気にしてましたな。手の甲が擦《す》り剝《む》けたように赤くなっておりましたな」

「なんと」七尾姉さんにとってどきりとする話でございました。今、七尾姉さんの右手の甲も赤くなっております。

「七尾姉さんの手を見て思い出しましたよ」

「そうかね。試した甲斐があったというもんですね。その室井さんは、今、大広間におりますかね」

「ええ、先ほどいらっしゃいましたよ。御本を読んでおられました」

「このはどん、ちょっと、ここへ室井さんを呼んできてもらえんじゃろか」

「あい」と小気味よい返事を響かせてこのはは廊下を駆けていきました。

《　九　》

このはに案内されて連れてこられた室井さんは不安気な表情で七尾姉さんに対座いた

しました。

「なんでございましょう。まさか七尾姉さんに御呼出しいただけるとは……」室井さんは皮肉交じりに言いました。七尾姉さんはかつては花魁でありまして、しかも数々の伝説、武勇伝、失敗談で語り継がれております名高い女郎さまでございますが、嫌われる一面もございますので、ありがた迷惑といった気持ちなのでございましょう。

「くつろいでいるところ申し訳ないがな、ちょっと聞きたいことがあってな……おまえさんの手の甲のことじゃ。もう、赤みは引いてるようじゃが、皮がささくれておるな。どうしたんじゃな」

室井さんは右手を隠すように左手を添《そ》えましたが、左手にも同じような擦り傷がありました。

「じつはな、わたしもあるんじゃ」と七尾姉さんも見せてあげました。「この擦り傷はどうして付いたと思うかね？」

室井さんは「わかりませんわ」と言うように小さく首を振ると視線を七尾姉さんから逸らしました。

「わたしはな、試しに布団を相手に帯締めで締めてみたんじゃよ。握っただけじゃと力が入らんでな。両手にぐるりと巻いて力いっぱい締めたんじゃよ。するとなこんなふうに赤い擦り傷ができたわけじゃ」

「だからなんですか。手が赤いから、わっちが牧穂姉さんの首を絞めたことになるんですか。こんなことで下手人にされては堪ったもんじゃないですよ。いい加減にしてくださいな」

七尾姉さんは大きなため息を洩《も》らしました。

「わたしは、いつ牧穂さんの一件のことと言いましたか？」

「七尾姉さん、牧穂さんの一件を楼主さまに依頼されて探索されておられるんでしょ。その一件と思いますよ」と言い七尾姉さんを睨みました。

「そうじゃよ。だがな……おまえさん、牧穂さんが首を絞められて殺《あや》められたことをなぜ知っておるんじゃ？」

室井さんの顔から血の気がさっと引くのがわかりました。七尾姉さんはあたりですなと胸の内で呟きましたがなぜか気分が晴れません。下手人を見つけたということは、その下手人を冥土へとご案内することと同じなのでございますから。人殺しは死刑と、ほぼ決まっております。

「牧穂さんが首を絞められて殺められたことは文吉親分と周辺のお役人、そしてわたしくらいしか知らないはず。そうそう、もうおひと方、牧穂さんを殺めた下手人ですね」

「そんな引っかけで、わっちを獄門台に乗せようとしなさるんですか？　ひどいじゃないですか。なんとなくそう思っただけですよ」

「じゃあ、その傷はどうしてついたんですかね」

「知りませんよ。気がついたらこうなってたんです。どこかで擦《こす》ったんですよ」

「両手ともですか？」七尾姉さんは自分の手の甲を見せて首を傾げました。

「……だいたい変ですよ。万寿楼から火が出たとき、わっちは湯屋にいたんですよ。湯屋にいたわっちが、どうやって牧穂姉さんを殺めて火を付けられるんですかね」今度は室井さんが七尾姉さんに詰め寄りました。

七尾姉さんの頭では、それに関してのからくりはまだ解き明かされておりません。

「どうやったんでしょうね」と七尾姉さんは小首を傾げました。

「なんですか姉さん。案外といい加減なんですね」と室井さんは嘲《あざけ》るように笑いました。

そうです、案外といい加減なのが七尾姉さんでございます。

「また聞くことがあるかもしれません。その時は笑顔でお願いしますよ。室井さん」と言いこのあと七尾姉さんは独り言のように言いました。「……ほんとに牧穂さんもまぬけですよね。自分を絞め殺した下手人もわからないなんて……今度、来たら教えてあげますよ」

「何をだれに教えるんですかね」と室井さんは怪訝な顔つきで聞き返しました。

「……ああ、牧穂さんがね、よくわたしの所に現れるんですよ」

「死んだ人が……ですか？　そんなことあるわけないでしょ」と室井さんは言いましたが、心なしか声が震えておりました。

「そうですかね」と七尾姉さんは笑いました。「室井さんの夢枕に立って恨みごとのひとつでも言ってやればいいのに……」

「七尾姉さん、……馬鹿ですかね」室井さんは精一杯強がり「ふん」と鼻であしらいますと、お別れの挨拶もしないまま、大きな足音を響かせて戻っていきました。

まだまだ詰めが甘いようでございます。お酒の量が足りなかったのでしょうか。文吉親分に半分ほど飲まれてしまいましたから無理もありません。


やはり、最初にひらめいたことが正しかったようでございます。牧穂さんを殺めたことと火付けは別件ではないかということです。

牧穂さんを殺めたのは室井さんで間違いないと思いますが、火を付けたのはいったいだれなのでございましょうか。

七尾姉さんが、なぜ別の件と思ったかと申しますと人を殺めたあと、普通ならすぐにでもその場から逃げ出そうと考えるものでございます。妓楼の部屋など、いつだれが入って来るかもわかりませんので、その場で見られたらそれでおしまいなのでございます。その場で冷静に火付けからくりを企む余裕などありましょうか……と薄ぼんやりと感じたのでございました。

ですが、今の段ではまだまだですね。七尾姉さんは再びお酒の力を借りなければなりませんねと思いました。

「それでは、いただきましょうかね」と天袋を開けてびっくりでございます。買い置きのお酒が一滴も残っておりません。そうでした。昨夜、文吉親分といっしょに飲み干してしまったからでございます。まことに迂闊《うかつ》でございました。しかも、あのお酒はなかなか手に入らない上等なお酒でございまして、他のお酒では代用が利きません。ですが、この際、仕方がありません。別のお酒を買いに出かけまして、準備万端整えまして、おでんを突きながら飲み始めますと、結構、別の銘柄のお酒でもいけるもんですねと七尾姉さんは嬉しくなりました。やはり、飲まず嫌いはいけません。

結局、何も考えることなく、夜更けまで飲むことになりました。もう、いつ正気を失ったかもわかりません。

翌朝には、骸のような七尾姉さんの姿が千歳楼にありました。火鉢の炭火はとっくに消えて座敷は寒々としておりました。

「姉さん大丈夫ですか。お風邪をひいてませんか？　昨夜は冷え込んだでしょうに」とたまきの声で目覚めました。

糸で吊り上げられるようにゆらゆらと起き上がった七尾姉さんが蚊の鳴くような声で呟きました。「おいしいお酒は身体に悪いわね」

「今さら何を言ってるんですかね。姉さま」

窓を開けると差し込んだ日差しが七尾姉さんの淀んだ気分を一新させてくれます。何かひらめきそうでございます。

このはが牧穂さんから「なんだか頭が重くてな……少し横になるでな」と言って最後にその姿を見たのは今時分でございましょう。それから掃除を済ませて、湯屋へ出かける用意をするとして四半時。それから湯屋へ向かって、湯につかっているとき室井さんを見た。ここまでで半時（約一時間）ほどということでございます。

簡単に火を付けるようなからくりがあるのでしょうか。昼間でございますから、ろうそくも行灯の火も付けられておりません。さてどうしましょうかと七尾姉さん。自分ならどのように何もないところから火をつけましょうかとまだはっきりしない頭で考えてみます。

木と木で擦ってみますか。いやいや、そんなことしなくてもできそうでございます。あんなものがあれば……。ですが、あんなものがありますかね？

なにか見えてきたようでございます。七尾姉さんの顔色が明るくなってきました。十も若返ったようにたまきには見えました。ぼんやりしたものが靄の向こう側でゆらゆらしています。

「はは～ん」と七尾姉さん。

「わかったんですかね、姉さん。わっちにも教えてくださいな。自分だけわかってずるいですよ」

「まだ、そうと決まったわけではないんでな」

「いつもそうですよ。自分だけ嬉しそうなんですから」とたまき。

千歳楼の戸が突然、勢いよく開きまして、七尾姉さんは腰を抜かさんばかりに驚きました。突然、入ってきたのは文吉親分でございました。

「わかったのか。決まったわけでなくてもいい。独り言か。それで十分だ」

戸の心張り棒をするのを忘れたのでしょうか。お酒を買いに出かけて、帰ってきて、お酒のことで頭がいっぱいで忘れてしまったらしいのです。

「なんですか、いきなり。とんとんくらいしたらどうですか」

このお方に説教は無駄なようですと、七尾姉さんはその場で肩の力を抜くと大きく息を吐きました。「わかったといっても、薄ぼんやりとわかっただけで、いろいろと証を集めないといけませんので」

「そんなことは必要ねえ。薄ぼんやりとでも下手人がわかれば、後はそいつの口から聞き出せばいいだけのことだ。任せてくれ」

「だめですよ。そんなやり方では、潔白でも『やりました』と言わせかねませんよ」

「そりゃ十に一つくれえはあるかもしれねえが、それくれえは大目に見てもらわねえと。後は閻魔様にお任せするだけよ」

「だめです。それじゃお話しできませんね」と七尾姉さんはそっぽを向きました。

「なに言ってやがるんだ。目の前で大股開いておきながら、今さら、お預けってことねえだろ」

「大股なんて開いておりません。外に聞こえるでしょ。そうですね、では……では一日待っていてもらえませんか。確かめたいことがありますので」

「おう、わかった。じゃ、ここで待たせてもらうことにするぜ」

「だめです」

……たまきが嫌がります。と七尾姉さんの口から出そうになったのをぐいと飲みこみました。

「まあ、お座りなさいな文吉親分。今、お茶を淹《い》れますから、お茶でも啜りながら待っていてくださいな。支度をしますので」

「そのままでも十分、別嬪《べっぴん》だぜ」と文吉親分は上がり框《かまち》に半尻を掛けます。

文吉親分がお茶を啜《すす》り終えたころ「では出かけます」と先ほどとは別人になられた七尾姉さんが上がり框に立ちまして文吉親分を誘いました。

「どこへでも付き合うぜ。お役目のためなら地獄の果てでもな」と文吉親分は洟《はな》を勢いよく啜りました。

「文吉親分は番屋で待っていてください。そうですね。夕方にでも来ていただければ」

「なんだと。俺は置いてきぼりってことか？ ……ようしわかった。番屋から一歩も出ずに待っていてやる。約束だ」

相変わらず面倒くさいお人ですねと七尾姉さんは胸の奥で呟きました。

「留守番、お願いしますよ」と七尾姉さんは声を掛けます。

「だれかいるのか？ ひがみっぽいだれか？」と文吉親分が奥の部屋を覗き込みます。

「いいえ、おりませんよ。人がいるように見せかけているだけですよ。物騒ですから」

「なるほど、さすが七尾姉さんだぜ」と納得の文吉親分でございます。

《十》

七尾姉さんは三日月屋までやってくると、見世番の源次さんにこのはを呼んでいただきました。このはは嫌な顔一つせず「なんでございましょう。き……七尾姉さん」と愛想よく対応してくれます。

「いくつか聞きたいことができてな。こないだ正照さんが、以前、牧穂さんを占って、それが大外れして怒鳴られてたって話してくれましたな」

「あい、確かにそう言いんした」

「正照さんの占いというのはどんな占いじゃったね」

「なんていう呼び名かは知りんせんが、ビードロのように透き通っている球で占うんでありんす」とこのはは指で丸を作って見せました。差しわたしが二寸（約六センチ）ほどでしょうか。「そんな球で占うんです。でも、ビードロではないそうです。きれいな石の球でありんす」

水精（水晶）占いですねと呟き、七尾姉さんは内心ほくそ笑みました。推測が的中したのでございます。しかし、また珍しい物を……。この時代では、水精で先行きを占うということは非常に珍しいことでございました。ですが、ここは吉原でございます。様々なお客様が様々な知識や珍なるものを持ち込まれますので、よくよく考えればそれほど不思議なことではないのかもしれません。それが西洋からの物であったとしても。

「わたし、それに関心がありましてな、ちょっと正照さんにいろいろと聞いてみたいんじゃがな、ちょっと呼んできてもらえんじゃろか。このはどんはもうええよ」

このはは、丁寧にお辞儀をすると、正照さんを呼びに走りました。

正照さんの様子は七尾姉さんと対座した時から視線が定まらず、手をどこへ持っていっていいやら落ち着きがなく、心なしか声も上ずっておりました。

「お初にお目にかかります。噂はかねがね聞いておりますよ、七尾姉さん」

「わたしが一件について探索を任されていることは知っておるでしょ」

このはにしろ室井さんにしろ、ちょっと話を聞けば、瞬く間に妓楼中に広がるのは必至でございますので探索のことはわかっておるはずでございます。それはいいのですが、それによってあらかじめ辻褄合わせされては困りますね。

「ええ……」と言葉少なに正照さんは答えられました。

「正照さん、おまえさん、占いをするそうじゃな。どんな占いかね？」

「七尾姉さんも占ってほしいんですかね。水精占いですが……」と、なにか言い淀んだように言葉を止めました。七尾姉さんは「はは〜ん。あたりですかね」と内心、我ながらあっぱれと思いました。

「その水精は、今、ありますかね。わたしも占ってもらいましょうかね」

「それは無理ですよ。あの火事で焼けてしまったようで……もうありませんよ」

「そうですか……ちなみに、その水精はどのようにして手に入れたんですかね。そうそう簡単に手に入るものじゃないでしょうに」七尾姉さんも噂にしか聞いたことがございません、ビードロのように透き通っている不思議な力を持つ石だそうでございます。それに手を翳すと占い相手の先行きが見えるというものらしいのですが。

「ええ、贔屓《ひいき》にしていただいている客様にいただいたものです。なんでも西洋から入ってきたものだそうで、大変に貴重なものだとか。占い方も教えていただいたんです。といっても見よう見真似で、当たるか当たらないかなんて、わっちにもわかりませんがね」

「ほう、貢物《みつぎもの》ですかね。そんなに大事なものを持ち出さなかったんですかね」

「ええ。わっちが湯屋から戻った時には、もう火が回ってしまっていて、入ることができんせんでした。わっちの部屋は牧穂さんの部屋の先にありますので、わっちの物はすべて燃えてしまいんした」と正照さんは淡々とお答えになられました。

「牧穂さんが体の具合を悪くして部屋で休んでいることは知っておりましたな」

「いえ……」

「知らなかったのかね」

「ええ……」と正照さんはくぐもった声で答えました。

「隣の部屋で掃除をしているとき、このはどんと牧穂さんの話を聞いていたじゃろ」

正照さんはわざとらしくきょとんとして首を横に振りました。

そう言われてしまえば、それ以上に問い詰めてもしかたありません。さて、どうしましょう。

七尾姉さんは、一か八か、外れても損はありませんのでと思い、ひらめいたことを口に出してみました。

「おまえさん、その水精の球を牧穂さんに取り上げられたんじゃないですかね」

正照さんははっと目を見開いたと思うと、力なく俯いてしまいました。あたりですね。

なぜそう思ったかと申しますと、七尾姉さんだって水精のような、きれいで不思議なものでしたら欲しくなります。喉《のど》から手が出るほど欲しくなるでしょう。ですから牧穂さんほど意地汚くて欲張りなお人なら「これ、もらっておくよ。占いが外れた罰じゃ。おまえさんには必要ない物じゃ、がはははは……」くらいのことは言いかねないと思ったからでございます。いろいろ言ってみるものですねと七尾姉さんは思いました。

そこまでわかれば、次の行動は想像にかたくないですね。

「取り上げられて、それに収まりがつかず、牧穂さんのところに取り返しに行ったんじゃないですかね。寝ている間に取り戻すことができるかもしれんと、牧穂さんの部屋にそっと忍び込んだ。違いますかね」と七尾姉さんは正照さんのお顔を覗き込みました。

正照さんからはそれを否定するお顔を窺うことはできませんでした。

七尾姉さんはほっと胸を撫でおろしました。違うと言われたらそれまででございます。しかし、女郎の皆さんは案外と正直でございます。七尾姉さんが当の本人ならすべて首を横に振り、後ろ足で砂を掛けるようにその場を立ち去ることでしょう。

「わっち、なんのことかさっぱりわかりませんよ。水精は牧穂さんに取られてはおりません。七尾姉さんの、とんでもない勘違いでございますよ」とそこで正照さんが否定なさいまして、なにかを吹っ切ったかのようにお顔をあげました。

あらら、ここで否定ですか……七尾姉さんは困ってしまいました。

正照さんの一か八かの抵抗なのでございましょう。吹っ切ったり、開き直ったお人は手ごわいですね。この先は、そう簡単ではございませんようで。ですが、ここで打ち切ることはできませんで、とりあえず、続けてみます。どこかで突破口が見つかるかもしれませんので。

「正照さんが牧穂さんを殺めたとは思っておりませんよ」

「へえ、牧穂さんだれかに殺められたんですかね。ちっとも知りんせんでしたよ」と正照さんは半笑いさえ浮かべて言いました。うまく躱《かわ》された返答となっております。ひょっとすると、室井さんからわたしとのやり取りを聞いたかもしれませんねと七尾姉さんは思いました。となると、二人が協力してこの一件を企んだと勘繰るのは必然の道理というものでございます。二人の仲は親密で、そして信頼し合っている仲と読みました。

七尾姉さんが、どのように攻略しようかと考えあぐねていたところ足音がしまして、その方へ目を遣ると、室井さんの姿がありました。

「七尾姉さんは、もう、お見通しですよ。諦めましょうよ。菊」と力なく室井さんは言いました。

正照さんが「お姉ちゃん」と呼びかけました。

「もうよしましょうよ。わっちも疲れましたよ」と言う室井さんの顔には明らかな疲れの表情が見受けられました。「わっちが牧穂さんを殺めて火を付けたんですよ」

「違います、わっちですよ。姉ちゃんやめてよ」と今度は正照さんが言いました。

室井さんと正照さんは本当の姉妹だったんですね。七尾姉さんもようやくわかりました。しかし、まだよくわかりません。室井さんが牧穂さんを殺めたことは確信しておりますが、その後、火を付けたのは、さて、どちらでしょうか。

室井さんが思い余ったように口を開きました。

「お菊はね、牧穂さんから水精の球を返してもらうために部屋へ行っただけです。そこで、事切れた牧穂さんを見てびっくりして、水精の球を落として逃げかえっただけですよ」

「ちょっと違いますすね」

牧穂さんの部屋には油が撒かれていたことを知っておりますから、七尾姉さんはそれが真実でないことをすぐに見抜きました。

「そういうことにしてもらえませんか。七尾姉さん後生ですから。わっちがすべて引き受けて獄門台に上がりますので。菊だけは見逃してやってくださいな七尾姉さん」と、室井さんは手を合わせます。

もう、覚悟の上のようでございます。

「やめてよ姉ちゃん。わたしのことはいいから……」

人を殺めたことに目をつむることはできませんが、火を付けたことは……小火《ぼや》程度でございましたので、なんとか胸の中にしまっておけるかと七尾姉さんは算段したのでございます。

「わかりました。わたしの胸の奥深くにしまっておきましょう。でもどうして急にご自身の口から？」

「それなんですよ、七尾姉さん、恨みますよ。あれから毎日、牧穂さんが枕元にやって来るんですよ。よくも殺しましたね。恨みますよって。もう、耐えられません。こんな思いでは生きていけません」

あの一言がよほど効いたようですね。室井さんの言葉に思わずかちんとお頭に来ましたので捨て台詞のように言ってやっただけですが、それが功を奏したのでございました。本当に牧穂さん、室井さんの夢枕へ通ったんでしょうかね。牧穂さんならやりかねませんねと七尾姉さんは思いました。

七尾姉さんは詳しい経緯を話してくれるなら、約束しましょうと取引のようになりました。閻魔様もこれくらいは許してくださいましょう。

詳しい経緯はこうでございました。

牧穂さんが警動に遭い、競りにかけられて万寿楼へやってくる二年前に室井さんと正照さんは万寿楼へやってきておりました。どこからかと申しますと、なんと、安房勝山でございます。覚えておられますでしょうか、牧穂さんの故郷のことを。そうでございます。同じ村の出でございます。ですが、牧穂さんはご存じありませんでした。室井さんと正照さんは一目見て、ピンと来たそうでございます。頭領の娘のお牧であると。家出をしたとは噂では聞いていましたが、まさかこんなところで会うことになるとは夢にも考えておりませんでした。お二人は牧穂さんと諍いになることを避けるために同じ村の出であることを黙っておりました。頭領の娘であることを鼻にかけていたせいか、同じ世代の娘との付き合いが少なかったせいか、牧穂は二人に気づくことはなかったようでございます。

室井さんと正照さんがなぜ吉原へと来る破目になったかと申しますと、親父様を亡くしたからでございます。なぜ亡くなったかと申しますと、牧穂さんの親父様が頭領を務める鯨船に水主《かこ》（漕ぎ手）として乗り込んでおったからでございます。牧穂さんの親父様の事故のときに一緒に亡くなられたわけでございますが、そのことでお二人が牧穂さんや親父様を恨んでいたわけではありません。

ですが、ある時、牧穂さんの言葉に大変な怒りを覚えたそうでございます。

「わっちの親父が乗っておった船が沈んだのは、水主がへぼじゃったからじゃ。大波が目の前に迫ってきているのに、水主がへばってしまって大波を越えられんかったからじゃ。わっちの親父のへまじゃないんじゃよ。わっちは生き残った者から聞いたんじゃから、ほんとうじゃよ。水主のせいなんじゃ」と聞かれてもいないことを酔った勢いで言いなさったそうで、それを聞いた二人の中にたちまち怒りが湧いたそうでございます。

「わっちらがこのような吉原へ落ちたのはお牧の親父のへまじゃないかね。頭領が責を負うのが筋ではないかね。お牧の、あの言い草はなんじゃね」

だからと言って「じゃあ二人で力を合わせて、殺めましょう」と単純に行ったわけではありませんで、ぐっと耐えていたそうでございます。

正照さんが牧穂さんに怒鳴られているときでも、まだ堪忍袋の緒はしっかりとしておりました。

ですが、「なにが水精占いじゃ。当たらないなら猫に小判じゃね。正照に水精じゃね。この水精、おまえさんには勿体ないね。わっちがもらうよ」と正照さんから取り上げた時、ついに堪忍袋の緒が切れたのでございます。ですが、切れたのは、そのことを知った室井さんの堪忍袋の緒でございました。

室井さんの吉原での苦労、辛さが一気に牧穂さんへと向かったわけでございます。ここは地獄でございます。どこかに捌け口を見出さないことには生きていけないところなのでございます。長い間、抑圧されていますと人の心を変えてしまうようでございます。当日、牧穂さんがひとり、部屋で横になっていることを知った室井さんは、今が恨み辛みを晴らす最善の機会と考え、一人で牧穂さんの部屋へと入ったのでございます。牧穂さんが横になっておりますところへ、屏風に掛けてあった襦袢を顔に掛けました。すると牧穂さんはびっくりして飛び起き、そこで用意してきた帯締めで後ろから襦袢ごと牧穂さんの首を絞め上げたのでございます。

ご自分でも、その手際のよさには驚いたそうでございます。なにか不思議な力によって動かされたような気がしたと室井さんは申しておりました。

どれほど絞め上げたのかわかりませんが、気がついた時には牧穂さんの身体からは力が抜けていたそうでございます。

室井さんは、牧穂さんが事切れたことを確かめると、息つく間もなく、部屋を出ました。無我夢中で絞め上げたことから、その時はご自身の手の甲に帯締めの痕が付いていることには気づきませんでした。気がついたのは湯屋で湯船につかったときだったそうでございます。その様子を禿のこのはに見られたというわけです。

そして、しばらくして牧穂さんの部屋へときたのが正照さんでございました。正照さんは取られた水精を取り返そうとやってきたのです。寝ているうちにこっそり持っていくつもりだったそうで、「自分の物を持って行ってなにが悪いんかね」というのが理屈でございまして、部屋へ入ると水精はすぐに見つかりました。

水精は重ね簞笥の上に、座布団のように布を折り重ねた上にちょこんと載せてありました。牧穂さんは寝ている様子でございますので、そっと忍び込んでいただく寸法でございました。

ですが、正照さんが水精を手に取ったとき、ちらっと牧穂さんを見ると、薄眼を開けて、口は半開きで、しかも首には絞められた痕がくっきりとついているのが見て取れたのです。事切れていることは一目《ひとめ》でわかりました。口元にはよだれも垂れておりました。

「死んでおるのかね。だれぞに殺されなさったかね。それにしても嫌われ者は見苦しい死に様ですな」と思った次の刹那《せつな》「だれにじゃ……」との自問に打ちのめされまして、なぜかと申しますと、真っ先に思い当たったのが実の姉の室井さんでございましたから。

「姉ちゃんが、この女を殺めたかも」と思うと、そのままにしておけません。

さてどうしましょう。と考えました正照さん。すぐに思い立ったことが「すべて燃やして灰にしてしまいましょう」というのでございます。では、どのようにして。

手にしている水精を使えば火が起こせます。これも、この水精をくれた客様から教えていただいたことでございます。太陽の光を当てれば、水精の下に日の光が集まって、やがて火が付くことを。

正照さんは、燃えやすいように油を探しました。廊下の突き当たりに油の入った薬缶《やかん》が置いてあることを思い出しました。夜、不寝番が行灯《あんどん》に差して回るために用意してあるものでございます。

正照さんは、一旦、部屋を出ると、油の入った薬缶を持って戻り、牧穂さんの部屋に容赦なく撒《ま》きました。そして、水精を、日の当たりそうなところへと置きました。半時もすると窓から差し込んだ陽の光が当たると思われる所へ置いたのです。十一月ともなると日差しは部屋の奥へと差し込みます。運を天に任せるばかりにして、正照さんは部屋を出たのでございます。

そして、いつものように振る舞って湯屋へと。

七尾姉さんは室井さんとともに番屋へと向かいました。少しでもお慈悲が受けられますようにと自ら出向いたわけでございますが、後はお奉行様のお裁き次第でございます。

そこで七尾姉さんは文吉親分にちょっとお尋ねしました。

「火事場を探索なさったとき、なにか透き通ったようなものは見つかりましたかね」

「なにか透き通ったもの……？　何を寝ぼけたことといってるんだ。おまえさん正気か？　すべて煤けて真っ黒だ　……………そうそうあった。あったあった。小さなビードロの欠片のようなものがいくつかあった。それがどうした」

「いえいえ、なんでもありません」と七尾姉さんはごまかしました。

　文吉親分はその欠片をビードロの花瓶の一部とでも思ったのでしょう。実は、それが水精だったのです。火事の熱で割れてしまったのでしょう。文吉親分にはそこまでは説明しませんでしたが、七尾姉さんは納得いたしました。

　牧穂さんが千歳楼へと現れましたのはその夜でございました。やはり晩酌の最中でありまして、これを最後にしてもらいたいと思いながら迎え入れました。

「わっちの首を絞めた下手人がわかったんですか」

「ええ、わかりましたよ」

「だれですか、その下手人は」

「室井さんですよ。知らなかったんですか」七尾姉さんはお猪口片手に牧穂さんを見つめました。

「あの室井さんですか……知りませんよ」

「おまえさん、室井さんの夢枕に立ったんじゃないんですかね。毎夜毎夜立たれて往生したと嘆《なげ》いておりましたよ」

「立ってないですよ。そんな暇ありませんでしたから。死ぬと、結構忙しいんですよ」

「では、ご自身の良心がそうさせたんでしょうかね。それにしても、おまえさんも随分なお人じゃな、良い話なんて一つもありませんでしたよ。みな、大層怒っておりましたよ。殺められてもしかたありませんな」

「そんな言い方ってないでしょ。どんなことがあっても、やっぱり人を殺めちゃいけませんよ。それに、死んだらちゃらですよ」

「たしかに、そうじゃがな。まあ、そのうち室井さんもそっちに行くことになるから、そのときゆっくり話すといいわね」

「とっちめてやりますよ」

「そっちで仲良くしなさいな。……ところで、おまえさんは、今までどこでなにをしておったんですかね。わたしが汗を流して歩き回っておる間」と言いながら七尾姉さんは湯豆腐を突《つつ》きました。一件が落着すればそのあとは湯豆腐で一杯きゅーっとするのが楽しみでしたから。

「わっちですかね、朋輩や知り合いにお別れのご挨拶に回っておりましたわ」

「成仏の準備ですかね」

「まあ、そんなところでございます。七尾姉さんには、いろいろとお世話になりまして、下手人がわかればもう成仏できそうでございますから、これ以上、ご迷惑をかけることもないと思いますよ。これっきりで……」

「そうであればありがたいがな。ついでにたまきもいっしょに連れて行ってくれんかね」

「たまきどんはまだ、無理でしょうよ。まだ未練がありそうですからな」と牧穂さんは言うと「では。お達者で。また七尾姉さんと会えることを楽しみにしてますよ」と頭を下げましてすっと消えました。

わたしはご免じゃよと七尾姉さんは呟きました。ホッとしたのもつかの間「たまきはどこかね」と部屋を見回しました。

日本堤に男骸ひとつ

《一》

三和土《たたき》に立った七尾姉さんが、首にぐるり手拭いを巻きながら「お留守番お願いしますよ。お昼過ぎには戻りますからね」と千歳楼の奥へと声を掛けて出かける支度をしております。朝四ツ半（午前十時半ごろ）のことでございます。師走ともなりますと北風が身にも心にも沁みる季節でございます。独り身でございますので風邪でもひいて拗《こじ》らせでもしたら命取りとなりかねませんので、寒さ対策には人一倍気を使っているのでございます。

「あら珍しい、どなたかおいでですかね、七尾姉さん」と声を掛けてきたのは三つ左隣の河岸見世に雇われる局女郎の北尾姉さんでございます。

「うちにお客様がおられましたら不思議ですかね？」と少々かちんときました七尾姉さ

んですが、笑顔はわすれません。

北尾姉さんは、元は中見世の部屋持ちでございまして、七尾姉さんより二年ほど早く水揚げをなさいましたから二つ三つ年上のはずですが、公称は三十一歳でございます。七尾姉さんより一つ若いことになっております。七尾姉さんも他人のことは言えませんが、それにしても随分でございますね。まあ、ここ、吉原で、それを鵜呑みにされる方はおられませんが。河岸見世で同じ水を飲むお馴染みさんでございますし、もう長いお付き合いでもございます。

「大きな声では言えませんがね、実はうちには幽霊が住みついておるんですよ。わたしを慕って入り込んだ禿の幽霊なんですよ」と言って七尾姉さんは薄らに笑いました。

「何年か前におっ死《ち》んだ、あの禿どんですかね……確か、たまきという名の娘ですね？」と北尾姉さんは声を潜め気味悪そうにお顔を歪めました。

「そうですよ。覚えておいでですかね。風邪を拗らせておっ死んだんですよ。丁重にお弔《とむら》いをあげたんですが、なぜか成仏できずに帰ってきてしまったんですよ。なにがいけなかったんでしょうかね、見世の前でお棺《かん》をくるくる回さなかったことがいけなかったんですかね。箸と茶碗がいまだに置いてあるのがいけないんでしょうかね」

北尾姉さんの顔が俄《にわ》かに引きつり始めまして、口元から涎《よだれ》が垂れそうでございます。

七尾姉さんは声を上げて笑いました。「なんてお顔ですかね。冗談ですよ。口をとじてくださいな、涎が零れますよ」

「冗談ですかね。やだね〜。ほんとにもう」と北尾姉さんは七尾姉さんの肩をぽんと叩きました。

北尾姉さんも声を上げて笑いましたが、それでも心なしか頬が引きつっておられました。ここ吉原には幽霊だとか祟《たた》りだとかお化けの話は枚挙に暇《いとま》がございませんので冗談を冗談として受けとめられないお方も多ございます。本当の話なんですが、信じてもらっても困りますのでその前に切り上げさせていただきました。

たまきも北尾姉さんのお顔を見世の中から覗き見ていて笑い転げていることでしょう。

七尾姉さんは「それでは、ごめんあそばせ」と言うと大門の方へと向かいました。

年末に近づきますと、ますます慌ただしくなりますので今のうちに済ませようと思い立ったのでございます。今日のお出かけ先は三ノ輪でございます。三ノ輪といえば、浄閑寺でございます。

お出かけの時は、たまきも一緒のことが多ございますが、お寺さんだけはたまきが付いてきたためしはございません。「お坊さんも、お墓も嫌いじゃね。お寺なんぞ気味が悪くてしかたがありませんわ」との一点張りでございます。無理やり成仏させられるのが嫌なのでありましょう。ですから今日は七尾姉さん一人でお出かけとなりました。

七尾姉さんは大門の手前の会所の前で六尺棒を持って構えている三吉さんをいつものように睨みつけますと、そのまま大門を潜《くぐ》って出ていかれます。本来、女子さんであれば年に関係なく通行切手を見せて通らなければなりませんが、七尾姉さんだけは特別でございます。これができるのは吉原七千人の女子の中でたった一人でございます。以前にもひと悶着ありまして、三吉さんは苦い思いをなさいましたので、三吉さんは歯ぎしりをしながらその後姿を見送っております。

ぎりぎりという奥歯がかみ合う音を七尾姉さんは背中で聞いております。三吉さんの歯はさぞかし丈夫なのでしょうね。それは結構なことですと思いながら七尾姉さんは衣文坂を上って行くと突き当たりの日本堤を左へと折れました。

日本堤はゆったりと曲がりくねりながらずーっと先、八町ほど続いております。堤の両脇には葦簀《よしず》張りの茶屋が軒《のき》を連ねておりまして、なんだかんだといいにおいを漂わせております。お茶の香りはもちろん、団子を焼くにおい、味噌を焦がすにおい……田楽でしょうかね、一杯いただきたくなり、そんなことを考えるとつい足が止まってしまいます。気を取り直して再び歩き始めます。

日差しが暖かいせいか一時、師走を忘れさせてくれますが、時折、山谷堀から吹く風は師走を思い出させてくれまして、思わず、首をすくめてしまいます。帰りにはどこかの店で田楽を肴に一杯いただきましょうかねなんて考えております。

四半時も歩けば日本堤の端まで来てしまいます。そんなところで何やら人だかりでございます。たくさんの人が堤の上から叢《くさむら》を見下ろしております。その叢にも人だかりでございます。こんなところで見世物の興行でもなさっているのでしょうか？

「さがれさがれ、見世物じゃねえ」

どこかで聞いた声が乾いた空気に響き渡りました。せっかくのよいお天気が台無しでございます。無理に記憶を浚《さら》わずとも七尾姉さんのお頭に浮かび上がるのが文吉親分のお顔でございました。ですが、ここいら一帯は文吉親分の縄張りではないはずなのですが、なぜでございましょうか。

そんなことを考えているうちに七尾姉さんのお姿が見つかってしまいました。野次馬をかき分けて七尾姉さんの所へと駆けてくるのは文吉親分でございます。

「おう、七尾。奇遇だな」と文吉親分は十手を七尾姉さんの鼻先へ構えなさいました。

「そちらからわたしを見つけて駆け寄ってきたんでしょ。奇遇もなにもないでしょ。しかも、なんですか、その十手は。失礼ですよ」

「ちょっと見て行かねえか」と文吉親分は十手で手招きするように促します。

「見世物じゃないんでしょ。遠慮させていただきます」

「そうかい、残念だ。骸だ。妙な骸だ。こんな骸ははじめてだ」

「そうですか、それはようござんした」

「今見ねえと後悔することになるぜ」

どんな後悔でしょうか、七尾姉さんにはさっぱりわかりません。七尾姉さんはそのまま野次馬を尻目にその後ろを素通りさせていただくことにしました。浄閑寺はもう目と鼻の先でございます。文吉親分は七尾姉さんの後姿をじっと見ておりました。

浄閑寺には、七尾姉さんの古いお友達がたくさん眠っておられます。たまには参ってやらないと、向こうから会いに来られるかもしれません。そんなことされては堪ったものではありませんので、釘を刺す意味も込めまして毎年この時期に参拝させていただいておるのでございます。

日本堤の突き当たりを右に折れるとすぐに浄閑寺が目に入ります。

浄閑寺の門を潜って裏手の墓地へ行きますと片隅に小さな供養塔がひっそりと佇んでおります。お寺の人たちによって掃除はされているようでしてこざっぱりしておりますが、何万人もの女子が葬られているとは思えないほど小さなものでございました。犬猫のように葬《ほうむ》ることで祟らないようにするためなどと言われておりますが、それなら盛大に供養したらいかがでしょうかと七尾姉さんは来るたびに思うのであります。

山門近くの花屋さんで買ったお花と、持参した線香に火を付け、お供えします。

この供養塔には吉原で不浄の死を遂げた女郎衆が葬られているわけでございます。自害した女郎、不貞を働いて折檻されて死んだ女郎、病で死んだ女郎、火事で焼け死んだ女郎たちでございます。ですが、この前に来ると、なんだか楽し気な話し声が聞こえるのは七尾姉さんだけでございましょうか。

「姉さん、早くおいでよ。みんなこっちで楽しくやってるからさ」なんて懐かしい声が聞こえるのでございますが、あいにく、七尾姉さんはまだまだ逝く気など毛頭ございません。

「そっちで勝手にやっててくださいな。わたしはもう少しこちらで楽しみますからな」と返すのでございます。七尾姉さんは八十、九十まで生きるつもりなのですから。死んだら美味しいお酒もいただけませんしね。

「迎えに来ずともよいよ。こぞって遊びに来んでもよいよ」と、これが七尾姉さんの本音なのでございます。幸いなことに、ここから遊びに来られた女郎さまはまだおりませんが、まかり間違って来ないとも限りませんので……。毎年欠かさず参拝しているおかげでございましょう。

「……そうそう、もうすぐ牧穂さんと室井さんが行くと思いますから迎えてやってくれんかね」と供養塔に言うとようやく肩の荷が下りた気がしました。やれやれ、これでようやく今年を締めくくれそうでございます。

「それにしても年を取ると一年があっという間でございますな」独り言ちながら住職を訪ねまして少々奮発したお布施をお渡しし、「くれぐれもあの者たちをよろしく」とお願いし、墓地の裏口から辞去させていただきました。別の道を通って日本堤へ上がろうとしたのですが。

「おう、七尾。奇遇だな」

突然、背後から聞き覚えのある声が聞こえました。少し文吉親分を甘く見ていたようでございます。振り返って拝むほど価値のあるお顔ではありません。七尾姉さんは背後にも聞こえるような溜息を吐《つ》きましたが、文吉親分には効果はありません。七尾姉さんは歩調を速めました。

「一件の探索でな、この辺りを回っていたところよ。なにか手掛かりがねえかってな」

待ち伏せしていたんだぜと言えば可愛気があるというものですが、こんなところで見栄を張る文吉親分には七尾姉さんの腹の虫がぐるぐると動き始めました。

「妙ですね」と七尾姉さん立ち止まりまして文吉親分を見ました。

「なにが？」と文吉親分。

「文吉親分の受け持ちは吉原大門から先ではありませんか」

「そうなんだよ。そうにちげえねえ。おまえさんの言う通りだ。間違いねえ」

「じゃあ、どうして大門から外の、しかも日本堤下の骸の面倒まで見ておるんですかね」

「これもな、世間様の事情というものでな、已むに已まれぬ事よ」

「人手不足ということでしょうか」

「早い話が、そういうこった」

相変わらず面倒くさいお人ですね。つまり、あっちでもこっちでも事件が起こりまして、役人、目明しの手が足りなくなったので、暇そうにしている文吉親分に声が掛かったというわけでありましょう。同心の佐竹様から「文吉、この一件を任せる」と言われればたとえ厚顔無恥な文吉親分でも断るに断れず、笑顔で「任せておくんなせえ」と言わざるを得ないのでございます。

「で、わたしになんの御用で？」

「墓参りとは、殊勝《しゅしょう》な心掛けだ。さすが七尾姉さんだ。だれも見向きもしねえ女郎の墓参りなんてなかなかできるこっちゃねえ」

まだまだお褒《ほ》めの言葉が続きそうでございます。しばらく黙って聞くことにいたします。つまり、褒めて気分がよろしくなったところで頼み事なんでございましょう。七尾姉さんは既に読み切っております。素直に「手を貸してくれねえか」と言えばいいんですがね。それで快く手を貸すかどうかはわかりませんが、その方が心証としてはよろしいのではないでしょうか。

「今朝方、すぐそこでな。堤の下だ」と文吉親分は十手で指しました。

「へえ、先ほどの所でございますね」

「そうだ、そこでな。爺《じい》さんの骸が見つかった」

「さようでございますか。ナンマンダブ、ナンマンダブ」

「詳しく、知りたくねえか」

「特にそのような気持ちが芽生えないのが不思議でございますね」

「どうだい、その辺の茶屋で茶など飲まねえか？」

「遠慮させていただきます。文吉親分のお役目をじゃましては悪いかと思いますので」

「俺のおごりだ」

それが危のうございますね。事件解決の褒美の前払いということになりかねません。団子と茶一杯で半月も扱《こ》き使われては堪《たま》ったものではありません。

「その爺さんというのがな……」文吉親分の講釈が始まってしまいました。もう止めることはできないようでございます。

七尾姉さんは逃げるように歩き始めました。文吉親分は顔色一つ変えることなく後を追ってきます。

「その爺さんというのがな、道中差しで胸を一突きよ」

道中差しというのは旅をするときに護身用として帯する二尺ほどの刃物でございます。

七尾姉さんは早歩きとなりました。

「心の臓を一突きよ。だがな、物取りの仕業じゃねえ」

七尾姉さんは駆け出しました。文吉親分も駆け出しました。駆けっこには自信のある七尾姉さんでございますが、年がら年中走り回っている文吉親分にかなうわけありません。

ですが一生懸命に走りました。目明しに追われるなんて気分のいいものではありません。七尾姉さんは、掏摸《すり》かかっぱらいの下手人になった気分でございます。

「なぜかというとな、銭はたんまり懐に入っていたわけだ。どうやら、吉原へ行く途中に襲われたらしいんだ。どう思う?」

どれほど走ったでしょうか、七尾姉さんの心の臓が破裂しそうでございます。日本堤への登り坂に差し掛かったところで枯草の中へと倒れ込んだ七尾姉さんに、追いかけてきた文吉親分が息も切らさず「妙だと思わねえか。盗人が懐の銭に手を付けずに退散すると思うか、それとも単に殺めることが目的だったのか」と耳に注ぐように言いました。

「……わかりません、……堪忍してくださいな文吉親分」と喘《あえ》ぐように七尾姉さんは言いました。

「俺はな、この一件には、なにか裏があると睨《にら》んでいるんだ。もっと詳しく聞きたくねえか」

「……わかりました。聞きます……聞きますので、……どこぞの茶屋でお茶を一杯恵んでくださいな」七尾姉さんは、まだ息が整わず、喉《のど》が張り付きそうで、とぎれとぎれに言いました。

「最初からそう言えばいいんだ。面倒臭え姉さんだな」文吉親分はほくそ笑みました。

　堤へと上がったすぐのところに都合よく水茶屋がありまして、七尾姉さんは這《ほ》う這《ほ》うの体でそこまで連れていかれました。文吉親分に引っ立てられる下手人の姿さながらでございます。

　店の前に並べられた床几に倒れ込むように腰掛けた七尾姉さんは、それでもなお肩で息をしておいでございました。文吉親分はけろっとしております。目明しというのは体力と粘着力が人の三倍はないとやっていけないと聞いたことがありますが、文吉親分には打ってつけなのでございましょう。

茶を出されますと、七尾姉さんは熱いお茶を一気に飲み干しました。

こんなにおいしいお茶を口にしたのは初めてでございました。どんな上等なお酒よりもおいしいお茶が五臓六腑に染みわたりました。

「もう一杯いただけますか」

「おう、何杯でもおかわりしてくんな」

このお茶は高くつきそうな気がいたします。ついでございますから草餅も注文させていただきました。文吉親分は「腹が減った。朝から何も食ってねえんだ」と言い二人前の注文でございます。

一件について聞きますところ、明け方、吉原で後朝《きぬぎぬ》の別れを済ませた男が名残惜しそうに吉原を振り返りながら、まだ夜が明けきらない日本堤を浄閑寺方面へと歩いておりましたそうで、ふと見ると、堤から下った薄暗がりの叢の中に頭を吉原の方へと向けて倒れている人を見つけたそうでございます。

男が叢へと降りてまじとお顔を見ますと、年の頃は六十過ぎと思われるお方でございましたそうで「おい、爺さん、大丈夫かい？　具合でも悪いのかい」と聞きますが、返事もなく、ピクリともしません。

そんなところへ、ひとりふたりと吉原帰りの客が立ち止まり始めました。

その男が倒れた爺さんの頰をぺたぺたと叩いたところで、びっくりしました。

「この御仁死んでなさる。だれか番屋へ知らせてくれねえか」とのことから事の件が始まったわけでございます。

立ち止まった一人の男が坂本町の番屋まで走りましたが、生憎、そこに詰める目明しも下っ引きも出払っておりまして、めぐりめぐって暇そうに鼻毛を抜いていた文吉親分の所に回ってきたというわけでございました。

「もう少しで鼻毛が一本残らずなくなるところだったぜ」と文吉親分はほっとしましたそうで、で「妙というのは、物取りに殺されたにもかかわらず懐のお金がそのままだったということだけですかね」と七尾姉さんは四杯目のお茶を啜りながら文吉親分に確かめました。

「いや、それだけじゃねえ」と文吉親分はにやりと嫌らしく笑いました。己の手の中に獲物を引き込んだときの、しめしめとしたお顔でございましたから七尾姉さんの背筋がぞくりとしました。「物取りであれば、金を取るのが目的であるから、正面から心の臓を一突きにするなんて、まずありえねえ。普通なら忍び足で近寄って後ろからブスリだ」と自信ありげに答えました。

「へえ、そうですな」

「それだけじゃねえ。妙なことに、この爺さん腕や足に紐で縛られたような痕があった」

「縛られたような痕ですか……」と七尾姉さんは反芻するように口の中で繰り返しました。

「……見たところ年は六十半ばだ。背丈が五尺八寸（約百七十五センチ）ほどだ」

背丈はあるが、ひょろりとしていてあたかも田んぼの中の案山子のような爺さんだとも文吉親分は付け加えました。

「へえ、かどわかされて、どこかに閉じ込められていたということですかね？　それでひょろひょろガリガリになりなさったと？」

「そりゃわからねえ。しかも、それが妙な縛り方でな。見たところ、磔《はりつけ》にでもあったような縛り方なんだ」

「磔でございますか」十字に組んだ柱に縛りつけられるあれのことでございます。「そこから命からがら逃げてきて、途中で見つかって心の臓を一突きでございますか？」

「いやまて。素人はそれだから困るぜ」文吉親分は七尾姉さんのお顔を見ながら首を振りました。「まだ、そうと決まっちゃいねえ。そう間単に決めつけられては困るわ。まあいい。姉さん、酒でも飲みながらゆっくり考えてくれな……それにしても、そんな爺《じい》さんが吉原通いか？」と半ば呆れた文吉親分です。

「ご年配の客様は多ございますがね」と、馬鹿にされてるのか、煽られているのか、七尾姉さんは複雑な気持ちでございました。文吉親分もいろいろな手法を駆使してくるようで、なかなか油断がなりません。

「そんな年で使い物になるのかね」

こんな品のない言い方をしますから文吉親分のことは心からは好きになれません。そうでなくても……。

「吉原へ行くと決まったことではないのでは？」と七尾姉さんは反論もしてみます。

「まあ、そうだが、その道をまっすぐ行けば吉原じゃねえか」

「そうですが、通り過ぎたかもしれませんよ」

「そんな時分にか……男だったら、通り過ぎることなぞできるわけなかろう。いいか、物事というのは単純に考えた方がいいんだ。その方が当たる率が高くなるってもんだ」

文吉親分というお人は、決めつけが尋常ではないようでございます。「勘に頼ればの話でしょ」と喉のところまで出かかりましたが七尾姉さんはあえて飲み込みました。

これも文吉親分の手法なのでございましょう。わざと馬鹿を装って突っ込みどころを作って興味を引き、七尾姉さんの知恵を拝借するという、岡っ引きの手練手管なのでございましょう。買いかぶりすぎでございましょうか？　もう少し話を聞くとしますかと七尾姉さんは胸の内で思いました。

「頭を吉原へと向けて倒れていたからと言って吉原方面へと向かっていたとは限らないのではないですかね」

「ちげえねえ。堤から転げ落ちるときに向きが変わっちまったかもしれねえ」

「しかも、物取りに殺められたとは限りませんよね」

「もっともだ」

「お爺さんはいつごろ亡くなったとお考えで？」

「おう、刻限か……いいところに気がつくな。さすが七尾姉さんだ」文吉親分は食いついたとばかりににやりとしました。

「俺の勘だがな、夜四ツ（午後十時ごろ）から暁九ツ（午前零時ごろ）にかけてだ」

「さすが文吉親分．そんなこともおわかりになるんですかね」

「あたりめえだ。何年、このお役目を仰せつかっていると思うんだ。目明し十年。下っ引き入れたら三十年だぜ」

「へえ、二十年も下っ引きですかね。文吉親分も苦労しておられるんですね」

「……おうよ」文吉親分はうっすらと涙を浮かべて辛い下っ引き時代を思い起こされたようでありました。

「で、どのようにすれば亡くなった刻限までわかるんですかね。ちょっと後学のため教えていただけたら……」

「知りてえか、知りてえんなら教えてやるぜ」と文吉親分は腰を浮かすと七尾姉さんに半身を向けました。「人というのは死ぬと手足が硬くなるんでな、その硬さからもわかるが、もうひとつある。空気の冷え方にもよるんだがな、人というのは死ぬと冷たくなるだろ。その温かさ冷たさでもわかるというもんだ」

「なるほど、勉強になりますね。でも、人の温かさとか冷たさというのはどのように計るんですかね。肌を触っただけでわかるもんですかね」

「肌を触っただけではわからねえ。だが、至って簡単よ、ケツの穴に指を突っ込んでみるんだ。中のほうが温かければまだ死んで間もないってことだ。場数を踏めばなんとなくいつごろ骸になりなさったかわかるってもんだ」と文吉親分は右手の人差し指を七尾姉さんの鼻先に突き出しました。

「この指ですか」

「この指で悪いか？」

「洗いましたか？」

「洗っている暇なぞあるわけねえだろ」と文吉親分は言いながら、その指で草餅を摘まんで食べております。ですが、文吉親分はにやりと笑いました。「冗談だ、突っ込んだのはこの指だ」と笑いながら中指を立てました。「中指が一番長えからな、より奥まで入るってことだ」

文吉親分の悪い冗談のせいで、おいしい草餅が台無しになってしまいました。残った一つに手を付ける気になりませんでした。

「この餅、食わねえのならいただくぜ。たんと食わねえから、二町も走らねえでへばっちまうんだよ」と遠慮のない文吉親分が手を出しました。

「どうぞどうぞ」と七尾姉さんは呆れ顔でございます。

この一件について、ここまでわかっていることは、日本堤の下の叢で骸となって見つかったのは六十半ばの痩せた老人で、背丈は五尺八寸ほど。手足に縛られたような痕がある。亡くなったのは夜四ツから暁九ツにかけて……。

「骸さんの身元はわかったんですかね」と七尾姉さん。

「まだわからねえ。身元がわかるような物がなにもねえんだ。だがな、半次らに手分けして洗わせているから、直にわかるにちげえねえ。わかったら半次を走らせて、すぐに知らせてやるから安心しな」

「別に、知らせていただかなくても結構ですがね」

「なに言ってやがる、身元がわかったほうが探索には都合がいいってもんだろ」

すでに、七尾姉さんは文吉親分の下働きに組み込まれているようでございます。

「では、お聞きしますが、この一件解決の暁《あかつき》にはどんなご褒美がいただけるんで？」

まさかとは思いますが……

「おまえ、今、茶を四杯と草餅を一つ食ったろ。不服か？」

そのまさかでございました。

——勘弁してくださいな。無賃で仕事をするような暇はありません——と七尾姉さんは心の中で叫びました。

「けちけちすんな。ちょっとおまえさんのお頭で考えるだけだ、酒をちびちびやってる時にでもできるわけだ。手間はかからんはずだ。……よしわかった。こうしようじゃねえか。もし、おまえさんが事を起こした時にはちょっとだけ目こぼししてやるわ」

「事を起こすってなんですかね。わたしが何かやらかすとでも言いますかね」

「おまえさんなら、いつ何をやらかすかわかったもんじゃねえ」

確かに、何もやらないという自信はありませんがねと七尾姉さん。ですが、そんなことあてになりますかね。文吉親分なら手柄のためなら自分の親兄弟でも引っ括《くく》りかねないお方でございますからね。事が起こった途端、今のお言葉など消し飛んでしまって豹変しかねません。

「ま、そういうことだ。なにかひらめいたら番屋までこい。半次を待たせておくわ」そう言うと、文吉親分は尻を端折り直して吉原の方へと駆けていきました。その後姿を見ながら、ふと小さな問いが生まれました。「文吉親分は、今のお代を払っていったのでしょうか」と。

七尾姉さんが立ち上がると、茶屋の女が出てまいりまして、「お二人様で三十二文になります」と。

懐がすっかり軽くなった七尾姉さんは重い足取りで吉原へと戻ってまいりました。七尾姉さんの胸の内では様々なことが去来いたしております。一件のことではありませんで、御茶代を、文吉親分にどのように請求しましょうかと。「おまえさんが払ったんだったらそれで一件落着じゃねえか。済んだことを蒸し返すんじゃねえ」と怒鳴られて落ちがつくような気がしてならないのでございます。自分で払って、これがご褒美となるのでございましょうか。七尾姉さんは、やるせない気持ちで大門を入りました。三吉さんが睨んでおりますが、睨み返す気力もございません。

手っ取り早く片付けましょうか、それともなにもひらめきませんでしたと突き放しましょうか……下手に解決するからあてにされるんですよね。さてどうしましょうか……こんなことでも悩んでしまいまして、とても一件の頭になりません。どこをどう歩いたか覚えておりませんが、気がつくと千歳楼の前でございました。

「たまき、いるかね。いるんじゃろ」と七尾姉さんの声が千歳楼に響きました。ご機嫌斜めなそのご様子にたまきはぎょっとしまして姿を現した方がいいのか、帰ったことにしようかと迷いましたが、恐る恐る、ぼんやりと出ることにいたしました。

「姉さん、お帰りなさい。わっちはここにおりんす」と金魚鉢の横にうっすらと現れました。「なにか、お腹立ちになるようなことがあったんで？　浄閑寺の女郎さんからなにか言われたんですかね」

「そうじゃないわね。文吉親分ですよ。勝手なんだから……」

「うまく、逃げないといけませんよ」

「逃げたがな、追いかけてきたんじゃよ」と、そこであった経緯を話して聞かせました。

「踏んだり蹴ったりですな」とたまきは笑いを堪えておりましたが、肩を揺すっております。

「おまえさんにも手伝ってもらわんといかんからな、そのつもりでいなさいよ」

たまきは扱《こ》き使われることを覚悟しました。居候の身でございますからしかたありませんがね。

一息つくと、煙草盆を引き寄せ、一服付けながら、では、まず初めに何から始めましょうかと七尾姉さんは考えなさいました。

七尾姉さんは文吉親分の話を頭の中で整理します。文吉親分の推測を絡めた部分は省きまして、使えそうなところだけを抜粋してみます。

一、六十代半ばのお爺さんが、堤の下で骸となっておったこと。どちらの方角へ行こうとしていたのかは今の段では不明であります。

二、懐に大金を持っていたこと。文吉親分は物取りの線はないと考えておいでてございます。金を残しておくのは妙でございます、正面から心の臓をブスリというのも妙だと言っております。そもそも物取りではないのであれば不思議でもなんでもないということでございまして、殺めることが目的であったかもしれません。

三、亡くなったのは夜四ツから暁九ツであるらしいとのこと。これに関しては文吉親分の中指の経験を尊重することにしましょう。

四、手足に紐で縛られたような、あたかも磔《はりつけ》にあったような痕があったこと。これは、さてなんでございましょうか……。
こんなことを材料として押し付けられたわけでございますが、こんなことで何がわかるのでしょうか。さすがの七尾姉さんでもお手上げでございます。ほんとうに一目、骸さんを見ておけばよかったと後悔しております。文吉親分の企みにまんまと嵌った形となったわけでございます。文吉親分のほくそ笑む顔が目に浮かぶ七尾姉さんでございました。

「きっと火炙りか、磔の途中で逃げ出してきたんじゃよ。こっちに逃げてくる途中で物取りに刺し殺されたんじゃよ」とたまきは腕組みをしながらうんうんと頷きます。

「懐の金はなぜ残っておったんじゃな？」

「このお爺さんは盗賊の一味でしてな、盗んだお金を持って逃げる途中だったんじゃよ。他にも、仰山の金を持っておったから持ちきれなくて残していったんじゃな」とたまきは勝手に納得しております。

他にも仰山《ぎょうさん》のお金を持っていた……面白い見方をするもんですな、一つの考えとして残しておきましょうかねと七尾姉さんは思いました。

七尾姉さんも物取りでないことを確信しております。文吉親分もそうでございましょう。もっと別の事情があって、お金には手を付けなかったということは明白でございます。さてどんな理由からでございましょうか。

一杯いただきましょうかねと七尾姉さんはやおら立ち上がりました。

《二》

夜もとっぷりと更けまして七尾姉さんの酔いもほどよく回りまして、気分良く茶碗を箸で叩いておりますと、見世の戸をとんとんと品よく叩く音がしました。文吉親分ではないようでございます。七尾姉さんはにやりとお顔を綻ばせなさいました。久しぶりに若い殿方を肴にお酒が楽しめそうでございます。七尾姉さんは一つ咳ばらいをすると
「どうぞ、開いておりますよ」といつになく優しいお声で応対なさいました。

「へい、お晩でございます」

下っ引きの半次さんです。文吉親分の子分さんといったところでございます。

「あら、半次さん、こんな夜更けに、御使いですか?」と言いつつ、文吉親分から半次さんを遣わせると聞いておりましたのでわかっていましたが、待ってましたとばかりの

顔ではしたないですからちょっと取り繕ってみた次第でございます。

「文吉親分から言付けでございまして」

「文吉親分から……なんでございましょう。まあ、お上がりなさいな。寒かったでしょう。どうぞどうぞ」

「いえ、ここで結構でございます。ちょっとしたことでございますから。……そうですか、では、お茶の一杯だけ」

「玄関じゃ寒いでしょ、火鉢にあたってくださいな」

「へえ、じゃあ、お言葉に甘えて……」と言って半次さんは恐縮しながらも草鞋を脱ぐと座敷へと揚がりました。文吉親分とは大違いでございます。品があって男前で……お頭の回転はそれほどではないようですが、殿方というのはその方がよいというのが七尾姉さんでして、にんまりでございます。半次さんの後ろでたまきが冷ややかな目で見ております。

七尾姉さんは早速、お茶の用意をいたしまして、半次さんにお出しします。

「で、どのようなお話で?」と七尾姉さんが面と向かいます。

「へえ、今朝方見つかった骸の件でございますが、身元が割れたのでお知らせしてこいと命じられまして、伺った次第でございます」と、半次さんは出されたお茶をふうふう吹きますとちょっと啜りました。

「そうですか、それはそれはご苦労様でございます……で、身元は？」

「へえ、ご存じでございましょうか、日本橋の綿問屋、村上屋を。そこの大旦那でございましてな」

「なんと。村上屋の大旦那……儀兵衛《ぎへい》さんでございますか？」七尾姉さんは素っ頓狂な声を出しました。

「ご存じで？」と驚いたように半次さんは七尾姉さんのお顔をまじまじと見つめました。

「へえ。ちょっと昔のお馴染みさんでございましてな」七尾姉さんはうっかりしておりました。『背丈のある爺さん』と聞いてピンとこなかった自分の迂闊《うかつ》さに呆れました。五尺八寸もある老人というのはそうそうおられるものではございません。聞いたときにそのお顔を思い起こさないといけなかったのでございます。

「それにしてもこれほど早く、よくわかりましたね。身元を示すものがなにもなかったと聞きますが」七尾姉さんの先ほどまでの酔いは既に醒めてしまいました。

「へえ」と半次さんはもう一口お茶に口を付けるとその経緯を話してくれました。

半次さんの話によると、身元がわかった経緯というのはいたって単純でございまして、村上屋の家の方で、今日のお昼には帰るはずの父親……父親というのが大旦那の儀兵衛さんのことで息子夫婦から番屋に「親父が帰ってこないんですが、ひょっとしたらどこかで災難に遭ってるんじゃないでしょうか」と相談に来られたようで、たまたまそこへ顔を出していた吉原雀の伝八《でんぱち》さんが「今日、日本堤の下で爺さんの骸が見つかったってよ」と話を持ち込んだことから、ひょっとしたらと、骸が運ばれた坂本町の番屋へ向かって顔を確かめたところ儀兵衛さんだったというわけでございます。

「ご家族からの申し出でしたら、儀兵衛さんの足取りもわかりそうですがね」と七尾姉さんは口直しに一杯を呷りました。

「へえ、当日のところはわかりましたよ」と半次さん。

当然のように儀兵衛さんの足取りが洗われることになりまして、店の者、家族から詳しく事情を聴くこととなりました。

その前に儀兵衛さんというお方はどのようなお方か触れないわけにはまいりませんね。

儀兵衛さんは十二歳の時に、綿問屋である村上屋へ丁稚として奉公に上がり……ということは婿養子のようでありますね……そこで、こつこつと商売のいろはを学びまして二十三歳で番頭、二十八歳で大番頭と出世なさいました。働きぶりはまじめでございまして、こけしか鰹節《かつおぶし》かとまで言われた堅物でございまして、同じ堅物であった当時の旦那様からひどく気に入られました。その上、ちょっとした男前でしたそうでございます。

精悍《せいかん》な顔立ち、しかも背丈が他の殿方よりも頭一つ高く、ご近所では六代目市川團十郎よりも人気があったそうでございます。

村上屋には美津という年頃の娘さんがおりまして、お美津さんも御多分に洩《も》れず、いつのころからか儀兵衛さんに、ほのかな恋心を寄せるようになったそうでございます。「お父様、儀兵衛さんとはどんな人なんですか？」と年頃になると親父様に詰め寄るようになったそうでございます。なんの話かわかるかと思います。ピンとこない方は少々鈍いかもしれませんね。つまり、「わたしのお婿さんにどうでしょうか」ということでございまして、娘さんの方から言い寄るわけにはまいりませんので、親父様を通して話を進めていただこうと考えたわけでございます。

親父様からも「実はな、わたしもそう考えていたんだよ」とのことで、話がとんとんと進んでめでたく儀兵衛さんが村上屋の婿養子に迎えられたわけでございます。その後、儀兵衛さんの商才にも助けられて村上屋はますます大きくなりまして、江戸でも有数の綿問屋となったわけでございます。

現在は、商いの一線からは退きまして、長男の松之助さんに任せ、儀兵衛さんは隠居生活を満喫なさっておったようでございます。六十六歳だったそうでございます。ナンマンダブ……。

堅物として真っ当に生きてこられた儀兵衛さんがなぜこのような骸となって発見されるようなことになったのでございましょうか。この数日の足取りが解決の糸口になろうかと思います。まずは、話は三日前にさかのぼらなければなりません。

三日前、儀兵衛さんは家の者に「明日はお袋様の命日だから二、三日実家に戻ります。後はよろしく頼みますよ」と言って店を出たそうでございます。

儀兵衛さんの実家というのは中目黒でございまして、そこで農家を営んでおるそうでございます。儀兵衛さんは七人兄弟《きょうだい》の末っ子だそうでございます。

中目黒でしたら、日本橋の店から行って帰っても半日の距離でございますが、三年ぶりの里帰りだったそうですから、ゆっくりしたかったのかもしれません。

そこからの足取りは目下のところ不明だそうで、七尾姉さんは小首を傾げなさいました。

「儀兵衛さんの足取りというのは、それだけでございますか?」

「へえ、それだけでございます」

「それだけで何かわかるとでも思っているんでしょうかね文吉親分は」七尾姉さんは少々呆《あき》れ顔でございます。

「さあ……」と半次さんは首を傾《かし》げますが「そうそう」と言って懐へ手を入れました。

何が出てくるかと思いきや、紐《ひも》で束ねた小銭でございました。「文吉親分が、茶店の代金を払い忘れたそうで、この銭を七尾姉さんに渡してくるようにと、預かってきたのでございます。お確かめのうえ、お受け取りを」

「へえ、文吉親分、忘れてなかったんですね。ちょいと見直しましたよ」と七尾姉さんは驚きを隠せません。紐に通した一文銭を数えてみますと三十文ありました。

「二文足りませんがね」

「三十二文でしたか……そうですか……そうお伝えします」

「伝えなくていいですよ」

半次さんに文句を言っても始まりません。足りない二文を請求するかどうか七尾姉さんはまた悩んでしまいました。これ以上、文吉親分との間を拗《こじ》らせると当たりがきつくなりそうで、ですが、その辺のことを考えて二文ケチったのかもしれないと考えると癪《しゃく》でもあります。七尾姉さんは半次さんに向き直りまして言いました。

「半次さんは儀兵衛さんの骸を検分しなさったんですね」

「もちろんこの目で検分しております。番屋へ呼ばれましてね『じっくり見やがれ』ってなもんです。文吉親分は自分のお頭で考えて解き明かすより、他人のお頭を使って解き明かすことが得意でございますから」

半次さんも苦労しているにちがいありません。よく、四六時中いっしょにいられるもんですと七尾姉さんは感心いたしました。

「胸を刺した刃物というのはどのようなものでしたかね？」

「道中差しですね。刃渡り二尺（約六十センチ）ほどの安物でございますよ」

「刺さったままでしたか」

「へえ、そのようで」

「鞘《さや》は近くに残っていたんですかね」

「いえ、一帯の叢《くさむら》を探しましたがなにも見つかっておりませんで」

「それをどのようにお考えですかね？」

「どのように……ですか……文吉親分が言うには、賊が刀を抜いて儀兵衛さんの背後から『おい、爺《じじ》い、待ちな、用がある』とか言いながら近づき、儀兵衛さんが振り向いたところで、もみ合いとなり、聞き分けならない儀兵衛さんに業を煮やして刃物を突き刺したと。すると、儀兵衛さんは苦し紛れにのたうち回ったあげく堤から叢へと転げ落ちた。と、こんな具合ではないかと。おいらもほぼそのような具合で」

「刃物が刺さったまま転げ落ちれば傷口は広がるはずですが、そんな具合の傷口でしたかね？」

「いえ、きれいな傷口でしたね」

「だったら……」

いろいろな見方はできそうでございますが、ここで言い合っていても埒《らち》が明かないようでございます。

「賊は道中差しをそのままにして逃げて行ったとお考えですかね」と七尾姉さんは話を変えました。

「暗がりですからね、堤下まで探すに探せなかったのかもしれませんね」

「儀兵衛さんの心の臓を目がけて刺したんでございますよね。暗がりでもできたわけですよね」

「そうですね……文吉親分に伝えておきます」

「賊は、たとえ安物とはいえ大損でございますね」

「骨折り損の何とやら……ですね」

「最初からそのつもりだったんでしょうかね。儀兵衛さんのお姿に、妙な点などはなかったですかね。どんな些細なことでもいいんですがね」七尾姉さんはあえて漠然とした問いを半次さんに投げかけてみました。気がついたことはなんでもいいんです。取っ掛かりが欲しいわけでありますから。

「妙と言えばいささか妙な点がありましたね」と半次さんは特に深く考えることなく記憶の中から引き出しました。七尾姉さんは「妙な点とは？」と半次さんのお顔を覗き込みました。

「羽織の紐の結び目が縦結びになっておりましたな」

「そこからどのようなことをお考えですかね。半次さん」

「へえ、その羽織は、だれか別の人に着せられたと考えるのが普通ですかね」

「そうでしょうね。だったら、なぜもっと早く言わんのじゃね」七尾姉さんはなんだかいらいらしてきました。文吉親分も半次さんも七尾姉さんをおちょくって楽しんでいるのかとさえ思えてくるのでございます。

「申し訳ないです」と半次さんは項を掻きながら頭を下げます。

「他にはないですかね」

そこからは何も出てこない様子で、七尾姉さんに問い詰められて半次さんは困っておりました。

「草履《ぞうり》は履いておったんでしょうかね」

「聞いたところによりますと、履いていたそうでございます。特に着物に乱れた様子はなかったということでございます……枯草がつくくらいの汚れはありますが……」

「妙ですね」

「そうですか？　どこがですかね」

「堤から転げ落ちたとお考えですね」と七尾姉さんは半次さんの表情を確かめます。

「転げ落ちて、草履が脱げなかったんですかね」

半次さんの表情が俄かに明るくなりました。

「……はあ、そう言われれば、脱げそうなもんですね。妙ですね。確かに妙です。縦結びと関係がありそうですね」

「半次さんに確かめていただきたいことがあるんですが、わたしがお願いしていいものかどうかわかりませんがね」

「へえ、聞いてみないとわかりませんが、おいらにできることならやらせていただきますが……」

「では、遠慮なく。……儀兵衛さんの実家というのは中目黒ということですが、そこへ行って、その日、儀兵衛さんが法要の後、いつごろ実家を出たかを聞いてきてほしいんですよ」

「はあ、そうですね。きっと文吉親分も同じことを言うでしょうから、大丈夫だと思います。わかりましたらお知らせいたします」と言い、残りのお茶を一気に飲み干した半次さんは文吉親分の真似をするように尻を端折り直し、弾かれたように戻っていきました。

七尾姉さんのお考えは、まずは儀兵衛さんの足取りを詳しく洗うことでございました。それにしても、「縦結び」というのはどのように考えたらよいものでしょうか。いろいろな推測ができまして、七尾姉さんの頭の中がごちゃごちゃしてきてしまいますので、ひとつひとつ潰していかないといけないようでございます。

「姉さんは、半次さんにぞっこんでございますな」とたまきがにやにやしながら出てきます。

「なにを言っておるのかね。頼りないところをなんとかしてやりたいと思っておるだけじゃ。下っ引きとはいえ、あれでやっていけるんじゃろか」と七尾姉さんは心配になりました。

翌朝、身支度を済ませた七尾姉さんは、ひとつ自分の足と耳で確かめたいことがありましたので、早速、千歳楼を出ました。七尾姉さんの足は大門へと向かっておりますが、大門の前でぴたりと止まりました。そこには三吉さんが六尺棒を持って立っております。

三吉さんは七尾姉さんを見つけると、いつにもまして険しい顔になります。怪しい者を取り締まる顔ではありませんで、因縁を吹っ掛ける者への警戒の表れなのでございます。「ななな……なんじゃ？　なんぞ文句でも、ある……あるのか」と最早、口調からしましても勝負は明らかでございます。

「三吉さん、お子が生まれたそうで、おめでとうございます」七尾姉さんは笑顔で言います。

「あああああ、ありがとうよ」と三吉さんも笑顔になりますが、すぐに険しくなります。忙しいお顔でございます。身の丈六尺、目方三十貫（約百十二キロ）はありそうなお体に、毛むくじゃらの、冬でもむき出しの手足。頭のてっぺんからつま先まで日焼けで黒々としておりますが、年は、聞くところによると二十三歳だそうでございます。三月ほど前にお嫁さんをいただいたばかりだそうで嬉しい楽しい盛りでございましょう。その上、最近、お子が生まれたそうでございます。月の勘定が合いませんが、合わないのは吉原では特に珍しいことではありません。胤《たね》がだれのものかもわからないのが普通でございますので、一向に気にしません。元気ならばそれで結構。

「かわいいですかね、お子さんは」

「……おお」と鬼瓦がにやける様子はなんとほほえましいことか。

「お名はなんとお付けなさいましたか？　たしか、女の子だとか」

「名はなシノじゃ」と三吉さんはデレっとします。「なななんぜ、知っておるのじゃ？」

「ちょいと小耳に挟んだもんですからね。地獄耳なんですよ、わたしの耳は」と言いますがたまきからのネタでございます。「お子さんのためにも精々お役目に精を出してくださいな」

「いいいいい言われなくともわかっておる」と三吉さんはむっとして鼻息をまき散らして、そっぽを向きました。こんな厳《いか》つい殿方でも、なんともかわいらしく見えるのが不思議でございます。

「ところで、ちょっとお尋ねしますがね、四日か五日前のことですがね、背丈のある……五尺八寸ほどと聞きましたが、そんなお爺さんを見かけませんでしたかね」と七尾姉さんは聞いてみました。

「五尺八寸の爺《じじ》い？」と三吉さんはきょとんとなさいました。「あのな、毎日、ここをどれだけの男、女が通ると思っておるんじゃ、毎日二千から三千じゃぞ。しかも、わし一人で番をしているわけではないわ。おぼえておるわけ……おお、そんな爺さん、通ったぞ。ひょろひょろの爺じゃな。身なりはなかなかよかったぞ」

「いつでしたかね」と七尾姉さんは三吉さんの言葉に食いつきました。

「いつだったか、そこまではな……夕暮れ間近だったかもしれねえ。着物が夕日に照らされてつやつやしてたのを覚えておる」と三吉さんは小首を傾《かし》げましたが、それにしてもこの三吉さんの記憶というか観察力というか、それはそれでなかなかのものでございます。

「出ていくところは見ましたかね？」

「たぶん、わしは見ておらん。仁助《にすけ》どんが見ておるかもしれんが」仁助さんというのはもう一人の門番でございまして、交代でこの場を受け持っております。

「聞いてみてもらえませんかね」

「面倒臭えな。気が向いたら聞いといてやるぜ」

七尾姉さんは「じゃいずれ、また。三吉さん、お幸せに」と言うと背を向けて千歳楼へと戻ります。途中、すぐに声を掛けてきましたのはたまきでございました。

「あの三吉さん、姉さんにほの字ですな」たまきはいつも七尾姉さんの周りの人を観察しておりまして、だれがだれにぞっこんだの、だれがだれにほの字だのと決めつけては楽しんでおります。

「見ていたのかね。……そんなわけなかろう。嫁さんをもろうたばかりじゃぞ」

「殿方は、嫁さんがいても他の女子に手を出しますよ。妓楼はそんな殿方でにぎわっております……わっちにはわかるんですよ。姉さんを見る目が他の人とは違うんです。目が泳いでおるんですよ。どこを見ていいやら困っておりんす。あのような殿方は七尾姉さんのような姉さん女房が合うんですよ」とたまきはすべてお見通しのような顔で頷きます。

「では今度、誘ってみましょうかね」と七尾姉さん。

「千歳楼へ誘うのはやめてくださいよ姉さん。千歳楼が汗臭くなりんす」とたまきがしかめっ面をしました。

七尾姉さんのお頭の中では、儀兵衛さんが吉原へと入る時の様子が思い描かれております。見世《みせ》清掻《すがき》に吹かれるようにふらふらと歩く姿でございます。

儀兵衛さんというお方は、身内では堅物で通っていたようでありますが、実のところ、根っからの遊び人でございまして、七尾姉さんが玉屋の花魁であったころからのお馴染みさまでございます。通人としても吉原界隈で有名でございました。ですから、文吉親分から「背丈のある爺《じい》さん」と聞いたときにピンとこなかったことをひどく悔やんだのでございました。申し訳ない気分にもなりました。

儀兵衛さんが四、五日前の夕暮れに吉原へ揚がったことは七尾姉さんは読んでおりました。それは明らかとなったわけでありますが、この吉原には百以上の妓楼が軒を連ねております。しかも、儀兵衛さんが揚がったのは妓楼とは限りません。ご希望であれば女郎さまを引き手茶屋へと呼び出すこともできますし、裏茶屋での密会もあるわけでございます。すべての見世、茶屋に聞いて回るなど到底できることではございません。さて、どうしましょう。

《 三 》

翌朝でございます。息が白くなるほどの冷え冷えとした空気の中、様子を窺うように品よくとんとんと千歳楼の戸を叩くお人がおりました。半次さんでございましょう。まだ七尾姉さんはうがい鉢に向かって歯を磨いている最中でございました。御髪《おぐし》に房楊枝を挿すと玄関に向かいまして心張り棒を外します。

「どうぞ、お入りなさいな」と言いました七尾姉さんですが、お化粧がまだでした、どうしましょう。さっさと奥へ戻りますと、おろおろします。

「こんな朝早く、よろしかったですかね」と半次さんは申し訳なさそうに戸を少し開けると顔を入れてきました。

「そこでおねがいしますよ。まだ、身支度の前ですからね。お茶も出せずにすいませんね」

文吉親分なら気にしませんが、半次さんにはなぜか気にする七尾姉さんでございます。

「お構いなく」と半次さんは言い、用件だけを見世の奥をへと言いました。

話によると、儀兵衛さんは日本橋の店を出たその日のうちに中目黒の実家へと向かい、一時（約二時間）ほどの法要と一時ほどの会食を済ませると、親類、兄弟《きょうだい》との積もる話も切り上げるように昼八ッ（午後二時ごろ）、そそくさと実家を後にしたそうでございます。特に事情を説明することもなく止める兄弟を尻目に、逃げるように帰途へとついたそうでございます。

「やはりそうですか」と、七尾姉さんは奥の部屋から声だけでお答えしました。

「ご存じだったんで？」と半次さんは怪訝な声を出しました。

「いえね、ちょっとよく似たお人を見かけたという人がおりましてね、そうじゃないかと思ったんですよ」

儀兵衛さんは、きっと、その足で吉原へと向かい、大門を潜ったのでございましょう。中目黒から歩くと、夕刻に大門を潜りそうでございます。

「わたしの方からひとつお聞きしたいんですがね」と七尾姉さん。

「なんでございましょう」と半次さんは一歩、三和土へと入りました。

「儀兵衛さんの心の臓を貫いていた道中差しというのはだれの物かわかったんですかね」

「いえまだ、わかっておりませんが、おそらく、儀兵衛さんの腰に差してあったものではないかと」

「儀兵衛さんの道中差しと……」

「へえ。儀兵衛さんは中目黒への道中、用心のため臙脂色の鞘の道中差しを帯《たい》していたそうで、……そうそう、坂本町手前の畦道脇《あぜみちわき》で鞘が見つかりましてね、反りと長さがぴたりと同じでございました」

「坂本町手前とな、どのあたりですかね」

「日本堤の突き当たりを左に曲がって二町ほど行ったところでございますよ」

「吉原への道すがら賊に襲われたとすると妙ですね」と七尾姉さんは腕を組みました。

「へえ、妙でございますね」と半次さんも同じように腕を組みました。

　文吉親分や半次さんは儀兵衛さんが吉原への道すがら襲われたとお考えですから妙な具合になっております。そもそも自分の刃物で刺されること自体、辻褄が合っておりません。最初から考え直さなければなりませんね。七尾姉さんは既にその先へと頭を回しておられますが、まだ、ここでは明かしません。悪しからず。

「儀兵衛さんは鞘のところで刺されて、堤のところまで歩いてこられたんでしょうかね」と七尾姉さんは問いを投げかけてみました。

「心の臓を一突きされて……ですか？　それは……」それは半次さんも考えておらぬようでございますし、間違いに気づいていても、辻褄の合う答えを導き出すことはできないようでございます。

「他になにかわかりましたか」

「いえ、特に……わらび餅を買ってきましたので、食べてくださいな。中目黒へ行く途中に評判の茶店がありましてね、そこで買ってきたんです。ここへ置いておきます」

「あら、大好物ですよ。文吉親分とは大違いですね。まさかお代を払えとは言いませんよね」

半次さんは大きな口を開けながらも品良く笑いました。

「二十文いただきましょうかね。……冗談ですよ」

半次さんは照れたようにお顔を歪めると、そっと戸を閉めて戻っていきました。帰るときはやはり文吉親分と同じように蹴飛《けと》ばされたように駆けていくのでございます。やはり同じ穴の貉《むじな》なんでしょうね。

儀兵衛さんがその夕暮れ、吉原へと入ったことはほぼ間違いありませんが、そこからが問題となります。七尾姉さんのお頭の中にはひとつの仮説が出来上がっております。それを確かめなければいけませんが、どのように確かめるか、その方法が見当たりません。儀兵衛さんが最近、どの見世に出入りしていたのか、突き止めなければなりませんが、見当もつきません。聞き込んだとしても、見世のほうも、素直に話してくれるとは思えませんし。さて、どうしましょうか。

では、その部分は一旦風呂敷にでも包んで棚に上げておきまして、儀兵衛さんは、吉原でお楽しみの後はどうしたのでありましょうか。

その晩のうちに帰途に就いたわけであります。出たところは確認できておりませんが、その翌日の早朝に、堤下で骸となって見つかったのでございますから。

つまり、その日の夕暮れ吉原大門を潜られて、明け方、浄閑寺近くの日本堤下で見つけられるまでの半日の間に何かが起こったことになるわけでございます。骸となったのは夜四ツから暁九ツごろ。ちょっとずつ様子が見えてきたように思いますが、ここからが大変でございましょう。この先、何の手立てもございません。推測ではありますが、ただ一つ言えることは、そこに別のお人が介在しているということでございます。

早速、半次さんからいただいたわらび餅でお茶をいただいております。朝餉《あさげ》の代わりでございます。さすが評判の茶店のわらび餅でございますね。プルプルとした触感に香ばしい黄な粉がよく合います。七尾姉さんはぺろりと平らげますと、たまきがその様子をすぐ横で見ておりました。

「なんじゃ、来ていたのかね」

「どうしたんですかね、そのわらび餅。ずるいですよ」

「すまなんだな、お供えするの忘れておった。おまえさんがもう少し早くに来ておればおすそ分けに与れたんじゃがな」七尾姉さんのうっかりでございました。たまきはぷんぷんでございます。

人は知らず知らずのうちに恨まれることがあるようでございます。儀兵衛さんもひょっとすると恨まれていたのでしょうか。恨みを持つ者とどこかで鉢合わせをして、そこで刺殺されたとか、はたまた、女郎さまに嫌われ、己の不甲斐なさに落胆されてご自身で心の臓を一突きしたとか……腑に落ちませんね。七尾姉さんは、指についた黄な粉をぺろりと舐めて立ち上がりました。

「姉さん、御髪に房楊枝が挿さったままですよ」とたまき。

《四》

七尾姉さんは身支度を済ませると「たまき、留守番おねがいしますよ」と声を掛けました。

「姉さん、どちらまで？」とたまきが聞きます。「わらび餅のお礼に行ってきます。昼までには戻りますよ。トメ吉とお話でもしてなさいな」

「あい」とたまきは返事するものの、留守番をしているとは限らないのがたまきでございます。ふっと気が向いて友達の所へと遊びに行ったりします。それでもいいのです。どうせ、千歳楼にいても何もすることが無いのですから。

七尾姉さんは文吉親分が詰める番屋に向かっております。番屋は大門を入った右側にありまして、三吉さんの目の前でございます。後ほど三吉さんにもお伺いしたいことがありますので丁度いい都合であります。

「とんとん、半次さんはいらっしゃいますかね」と開け放ちの玄関から声を掛けながら覗き込みますと、半次さんが暗がりで行灯の明かりを照らして何かを検分しております。生憎といいますか、幸いといいますか、文吉親分は留守のようでございます。

「先ほどはごちそうさまでした。さすが、評判のわらび餅でございますね。おいしくいただきましたよ」

「七尾姉さん、わざわざそのようなことといいですよ」と言いながらも半次さんは蚤取り眼で一点を凝視しております。

「ちょっとついでですからね。ところで、そんな暗がりで何をしていらっしゃるんで?」

「これですか」と言いながら半次さんは床に広げられた羽織を手に取りました。「これは儀兵衛さんが日本堤の下で見つかった時に着ていた羽織なんですがね」

「へえ、これは上等なお召し物ですこと。本絹西陣の長羽織でございますね」深みのある栗色でさぞかし値が張りそうな羽織でございます。

「ここに、緑色の絵の具みたいなものが付いているんですが、なんだかわかりますかね」と指さしました。「日差しの下で見てもわかりにくいものですから、暗がりで行灯の明かりで見たらわかるかなと思いましてね」と言いながらまじまじと見ておりました。

「緑色の絵の具ですか……絵でもお描きになっていたのでしょうかね」と言いながらも、七尾姉さんのお頭にはピンときていました。ですが、ちょっと黙っていましょうと思いました。意地悪をしようというわけではありませんで、もう少し証を立ててからお話しした方がいいと思ったからでございます。

「ちょっと見せていただけますかね」

「どうぞ、七尾姉さんは見聞が広いですから、なにかわかるかもしれませんね」

隠すことを躊躇《ためら》わせるお言葉でございまして、ちょっと心苦しい七尾姉さんでございます。

七尾姉さんは羽織を手に取ると、明るいところでまじまじと見ました。緑色の絵の具のようなものが、栗色の羽織にうっすらと付いております。はは〜んやっぱりねと七尾姉さんは確信を持ちましたが、「なんでございましょうね」と首を捻ってお答えしました。ついでに、ちょっと羽織の匂いを嗅いでみました。羽織からほのかに漂うその香りには覚えがありました。

七尾姉さんがその場でいろいろと考えを掻き混ぜておりますと、「どうかしましたか」と半次さんがそのお顔を覗き込んでまいりました。

「いえ、いえ、さっぱりでございますよ。……では、わたしはこれで。文吉親分によろしく……ところで文吉親分はどちらに？」

「親分ですか。親分は坂本町の番屋に出張っております。夕刻には戻ると思いますが、なにか？」

来ました。

「いえ」と七尾姉さんは軽く会釈すると、番屋を離れ、今度は三吉さんの所へとやって来ました。

挨拶をする前から三吉さんのお顔がちょっと険しくなっております。なにか警戒をしているご様子であります。「なんでぃ」と七尾姉さんのお顔を見ると、三吉さんの方から声を掛けてきました。

「お子さん、お元気ですかね」

「ああ、元気だ。元気すぎて困るくれえだ……それがどうした」と言いつつも、お顔から力が抜けていくのがわかります。

「ひょろひょろのお爺さんのことですがね、そのお爺さんはこの大門を入ってからどちらへ行かれましたかね」

「そんなことわかるわけねえだろ。どれだけの人がここを通ると思っていやがるんだ、毎日二千から三千だ………ああ、そういえば、江戸町一丁目の方へいったかな」と三吉さんは呆気なく思い出されたようです。

「さすが三吉さん。このお仕事が天職でございますすな」

三吉さんというお方は、搾《しぼ》れば搾るほど嚙めば嚙むほど出汁《だし》が出るお人ですねと七尾姉さんは思いました。前世はスルメか昆布だったのでしょうかと思いましてくすと笑いが零《こぼ》れました。

「なにがおかしいんでぇ」

「なんでもありませんよ。お子様によろしく」

三吉さんは、ふんと鼻であしらうような態度でしたが、まんざら悪い気分ではなかったようでございます。七尾姉さんの後ろ姿を見ながらちょっと笑顔をつくりましたところをたまきが覗き見ておりました。

「やっぱり、あの獅子頭は姉さんにほの字ですよ。絶対」

江戸町一丁目と言えば大見世が軒を連ねております。七尾姉さんは納得いたしました。

「ちょいと覗いていきましょうかね。懐かしいお顔にも会えそうでございますからね」

と独り言ちながら七尾姉さんは外八文字を書くような足取りで江戸町一丁目へと入りました。

入ったすぐのところに大見世が三軒ならんでおります。七尾姉さんの古巣である玉屋、その商売敵の扇屋、二軒の後を追う三浦屋でございます。さて、どの見世でございましょうか。十中八九この三軒の中の一軒が儀兵衛さんの件にかかわっていることでございましょう。七尾姉さんの勘でございますが。

覗くと申しましても、まだ昼見世も開いておりませんし、紅殻格子《べんがらごうし》にも簾《すだれ》がおりていまして、外からは何も窺《うかが》い知ることはできません。

七尾姉さんは、見世の様子を何となく、ぼーっと見るだけでございました。それでもああだこうだと考えるには都合がよろしいのでございます。

ですが、そこで四半時も腕組みをしたり頬杖をついたり、おでこをとんとんと叩いたりしながら大見世三軒の前を行ったり来たりしましたが七尾姉さんのお頭はなんのひらめきもございません。仕方なく、今日は退散しましょうかと思ったとき、福の神が金の舟に乗ってやってきたではありませんか。背中には福袋ではなく、大きな背負い箪笥《だんす》を背負った小間物屋でございます。七尾姉さんが玉屋で花魁を張っていたときからのお馴染みの出入り業者でございます。

「徳次郎さんじゃありませんか。覚えておられますかね」と愛想よく七尾姉さんは声を掛けます。

「もちろんですよ。七尾姉さん。お元気そうでなにより。もう何年になりますかね」

「そうですね。もう七年にもなりますかね」

徳次郎さんはきょとんとされました。「そうでしたかね、もう少し……」本当のところは十二年にもなります。

「今日は、こちらへ商いですか」と、七尾姉さんは他愛ない話にすり替えて様子を窺《うかが》います。「ちょっとお伺いしたいんですがね、今でも笹色紅は扱っておりますかね」

「笹色紅ですか、ええ、一時ほどの扱いはありませんがね、今でも少しならありますよ。お要りようですか」

「いえ、ちょっと欲しいという姉さんがおりましてね、小間物屋さんを見かけたら聞いてみてくださいって頼まれたんですよ。今でもお使いの姉さんはおられるんですかね」

「ええ、淡路屋の妻夫木さんは時々なさっておるようですよ。馴染みの旦那さんが好みだとかでそのたびに差されるそうです」

あらら、七尾姉さんの早合点だったようでございます。淡路屋の妻夫木さんでしたか。三浦屋の二軒隣の小見世の部屋持ちの女郎さままでございます。迂闊でございましたね。ですが、こんなこともありますよと七尾姉さんは気にしません。

笹色紅というのは小町紅ともいいまして、享保年間の、一時《いっとき》のみ流行《はや》ったもので、玉虫を思わせる濃い光沢のある緑色の紅でございます。非常に高価だからでしょうか、最近はほとんど見かけなくなりました。儀兵衛さんの羽織についていたのが緑色の絵の具のようなものと聞きまして、七尾姉さんはピンとひらめいたのでございました。しかも、匂いを嗅いだとき、おしろいの匂いもありましたので間違いないと思った次第でございます。どこかの女郎さまがうっかり付けてしまったのでございましょう。

二、三十年前を懐かしむような年配の方が好まれるのかと考えますと、儀兵衛さんはその条件にぴたりとあてはまります。若いころ足しげく通った馴染みの女郎さまが差していた紅なのかもしれません。お年を召すと回顧に浸る殿方が多くいらっしゃいます。

それにしても、小見世の部屋持ち女郎さまでしたとは……七尾姉さんは、笹色紅は高価でありますから大見世の花魁辺りのご用命とばかり考えていたのでございました。

しかし、淡路屋の妻夫木さんと儀兵衛さんの一件がどのようにつながるのでしょうか、まだまだわからないことが多ございます。七尾姉さんが礼を言うと小間物屋さんは玉屋へと入っていきました。その後姿を見ながら「そんなころもあったんですな。なんだか年を取った気分ですよ」なんて呟いておりますと、後ろから声が聞こえました。

「わっちも笹色紅を差してみたかったでありんす」留守番をしていたはずのたまきが七尾姉さんに寄り添いながら言いました。留守番をすっぽかしたたまきでございますが、いつものことでございますので七尾姉さんは怒る気にもなりません。

「高いんじゃぞ。禿ごときが、なんぜ笹色紅なんじゃ。わたしだって何回も差したことないんじゃよ」代わりに、墨を塗って、その上から普通の紅を差すと一見笹色紅に見えるとのことで、お金に困っている女郎さま方はそのようにしてごまかしていたのですが、たまきには黙っておりました。試《ため》させてあげたいのですが、なんせおぼろ娘でございますから知らない方がよいかと思ったわけでございます。未練が強くなりますと、いっそう成仏が遅れると考えたわけでございます。

「そうでありんすか……」とたまきは少々がっかりした様子でありました。

淡路屋の妻夫木さんと儀兵衛さんのご関係は、想像に難くありませんが、その関係からすべての問いが解けるわけもありません。ひとつひとつ事実を確かめて繋《つな》げなければなりませんが、いくら七尾姉さんのお顔が広くても、いくら女郎さま方に慕われていても、いくら若い衆に秋波を送っても素直に話してくれるとは思えません。野良犬を追い払うように扱われることは目に見えております。ここからの話は淡路屋にとってもよい話であろうはずはありません。ここは、一つ、文吉親分のお名前におすがりしようかと考えました。

淡路屋とは間口四間（約七メートル）ほどの小見世でありまして、隣の大見世と比べれば見劣りはしますが、三代続く老舗でございます。評判も悪くございません。

玄関先の掃除をしております見世番の勘助《かんすけ》さんにお聞きしましょうと近づきましたところ、気配を察してか、逃げるように見世の中に入っていかれました。

「ちょっとお尋ねしたいことがありましてね」とその後ろ姿に声を掛けますが「お話しするようなことはございません。お引き取りを」と背中を向けたまま言いました。

「なぜ、逃げなさるのでしょうかね。なにか後ろめたいことでもおありですかね」と七尾姉さんはつかみかからんばかりに声をかけます。

「とんでもねえ、あんた、七尾姉さんだね、千歳楼の。噂は兼《か》ね兼《が》ね聞き及んでおりますよ。厄介ごとを持ち込むそうで」

「厄介ごととは随分な言い方でございますね……わたしはちょいと頼まれてお遣《つか》いをしているだけですよ」

疫病神のような扱いに少々、いえ、かなりお冠《かんむり》でございますが、ここは落ち着きまして、笑顔で対応なさいます。

「お遣い……だって？　だれの、どんなお遣いでしょうかね」と勘助さんは訝《いぶか》し気に七尾姉さんのお顔を見据えました。

「……ええ、文吉親分からの……ちょいとね」

「やっぱりそうだ、厄介ごとに違いねえ。だめだ、だめだ、帰んな」

「はは〜ん、何か隠してますね。こちらに儀兵衛さんはご登楼なさっておりましたね」と勘助さんのお顔に直にぶつけてみましたところ、明らかに表情がお変わりになりまして、七尾姉さんは確信を得ました。「儀兵衛さんのお馴染みさんは妻夫木姉さんですね」

「だれから聞きなすった?」

「わたしの目は蚤取り眼、耳は地獄耳でございます。隠し事はできませんよ」とたまきの言葉をお借りして、ちょっと押しをきかせてみました。そして、もう一押ししてみます。

「ほら、見てごらんなさいな、儀兵衛さんが、二階の窓からおいでおいでをしてますよ」

勘助さんのお顔が途端に真っ青になりました。

「……う、嘘だろ。担《かつ》ぐんじゃねえよ」

「わたしには見えるんですがね、勘助さんには見えませんかね? 出てきて見てごらんなさいな」

勘助さんは、恐る恐る見世の前に出ますと、見上げました。

「ほら、あそこですよ」

「……見えねえよ。俺には見えねえよ」

「儀兵衛さんがこの先の日本堤の下で骸となって見つかったことはご存じですね」

「…………いや、知らねえな。骸が見つかったことは噂では聞きましたがね。身元までは……」と勘助さんのお顔には惚けておりますと書いてありました。

「ですが、今、儀兵衛さんがおいでおいでしてますと言ったら、勘助さん、聞かなかったじゃないですかね。どうしてだって。事情を知っておられたようでしたよ」

儀兵衛さんはひょっとすると淡路屋で殺められたと考えることはできましょうかと七尾姉さんはお頭を捻りましたが、どうもしっくりきません。

「妻夫木さんにちょいと会わせていただけませんかね。文吉親分の名代として」

「文吉親分の名代として……？」勘助さんは俄《にわ》かにお顔を曇らせまして、ちょっと考える素振りを見せますと「文吉親分の名代ならしかたがねえが、今は湯に行ってて留守だ。日をあらためてくれねえか」と言います。

「待たせてもらってもよろしいですかね」と七尾姉さんは食い下がります。

「だめだ、戻ったらすぐに昼見世の支度がある。もう客様がお待ちかねでね」と勘助さんは言いますが、嘘に決まっております。決まっておりますが、それ以上に食い下がっても埒が明きませんねと考えた七尾姉さんは、一旦は引き下がろうと思いました。

勘助さんは、時を稼いで、妻夫木さんと口裏合わせでもする魂胆なのでしょうと読みました。ですが、それくらいの辻褄合わせを突き崩せない七尾姉さんではありませんよと、逆に闘志に火が付いたくらいでございます。

「では、明日の朝四ツにでも……」

「約束はできねえが、伝えてはおきますよ」と勘助さんはそそくさと見世へ入っていきました。

勘助さんは、事情を知っていなさるようですので、つまり、少なくとも妻夫木さんと勘助さんはこの一件に関わっていると考えていいのではと七尾姉さんは読みました。ですが、この一件の骨組みが一向に見えてまいりません。この見世で儀兵衛さんが殺められたとはちょっと考えにくいのでございます。七尾姉さんのお頭がこんがらがってきてしまいました。今日は、おいしいお酒が飲めそうでございます。酒の肴はこの一件と……さてなににしましょうかねと、帰り路、考えておりました。

《五》

翌日、朝四ツ、七尾姉さんは早速、淡路屋を訪ねましたが、どうも様子が変でございます。いつも見世の前で床几に腰を掛けている勘助さんの姿が見えません。代わりに四十がらみの見たことのない若い衆が座っております。見世番としては似つかわしくない、まだ板についていない、取って付けたような若い衆でございます。

「お忙しいところ申しわけありませんがね、勘助さんを呼んでいただけませんかね」

男は面倒くさそうに七尾姉さんに顔を向けると、座ったまま「勘助かね。昨夜、突然いなくなっちまってね。こっちとら困っちまってるんだ」とだらしない口調で言いまして、唾をひっかけられそうでしたので七尾姉さんはちょっと身を引きました。

「いなくなったというのは？　どういうことでございましょう？」と七尾姉さんは一歩前へ出ましたが、また一歩身を引きました。

「知らねえよ、朝起きたら、布団が蛻《もぬけ》の殻《から》だ」

逃げたんでしょうかねと七尾姉さんは思いました。まさか勘助さんが儀兵衛さんを刺した下手人でしょうか？

「仕方ありませんね。では、妻夫木さんに会わせていただけませんか。昨日お約束したんですがね」

「妻夫木かね。病気を患っちまってね、養生に出たんですわ。こっちとら困っておりますわ。稼ぎ頭でございますからね」妻夫木さんは御職《おしょく》さまでございましたようで、確かにご病気なら大変な損失でございます。

「どちらへですかね」

「さあ、そこまでは聞いておりませんが、よい医者がいる上州（群馬県）まで診《み》せにいったかもしれねえ。長患いになるかと」

「まさかそんな……」逃げられましたね。七尾姉さんは深い吐息とともに呆れました。見世ぐるみですか……。ですが、それで逃げ切れるとでも思っておるんでしょうかね。文吉親分が黙っていませんよ。もちろんわたしも……と思いましたが、文吉親分はこのことを知りません。「おまえさんの考えすぎだぜ。証《あかし》はあるのかい」という声が聞こえてきそうでございます。

どこへ逃げたのかわからないことには追いかけることもできませんし、そもそも追いかける理由も気力もございません。ここで「勝負あった」ということでございましょう。もっとも、逃げたというより、ほとぼりが冷めるまで身を隠したというのがほんとうのところでございましょう。ということは、一件にかかわりはありましょうが、下手人ではなさそうでございますね。人殺しの真の下手人であれば一時、身を隠す程度では逃げ切れるものではありませんので。それは、言い換えれば、七尾姉さんのお考えが当たっていると言っているようなものでございます。しかし、まだまだ七尾姉さんにもわからないところがたくさんございます。そのような逃げでごまかすとは予想だにしておりませんでしたが、このまま引き下がるつもりも毛頭ございませんで、では、次に当たるところといえば、ここしかございません。

日本橋の村上屋までは一里半というところでしょうか。吉原で育った歩き慣れない女の脚でも一時もあれば着く道のりでございます。師走とはいえ、日差しが降り注ぐポカポカ陽気でございましたので、七尾姉さんは途中、茶店でお茶とお団子をいただき、鼻歌交じりに空三味線《からじゃみせん》を弾き弾き散歩がてら向かいました。呑気なもんでございます。

日本堤をさかのぼっていきますと、儀兵衛さんの骸が見つかったところを通ります。七尾姉さんはその場に立ちどまると、空三味線を仕舞いました。あのとき、その様子をよく見ておけばよかったと思う今でございます。「後で後悔することになるぜ」という文吉親分のお声が響いてきます。

七尾姉さんはちらっと見たそのときの様子を思い出しながらその場を見下ろしておりますと、叢《くさむら》が動きましてそこからごそごそとなにかが、いえ、だれかが出てまいりました。

だれかと思いきや。

「あれあれ、半次さんじゃありませんか」

半次さんもびっくりして見上げました。「七尾姉さんじゃありませんか」

半次さんは、きっと文吉親分に命じられて叢の探索をなさっておられたのでございましょう。御苦労様なことです。

「何か見つかりましたかね」

「いえ、それが……」と半次さんは顔を曇らせました。「姉さんは、今日はどちらまで」

「ちょいと村上屋さんまでご機嫌伺いに」

七尾姉さんは半次さんに「何か見つかったらおしえてくださいな」と言い残して、ちょいと会釈すると先を急ぎました。

堤を行って、突き当たりを左に曲がってしばらく行くと、見覚えのある後ろ姿が田んぼの畦道《あぜみち》に座り込んでおりました。儀兵衛さんの心の臓を貫いていた道中差しの鞘《さや》が見つかったのがこの辺りということでございます。骸が見つかったあたりからここまでは三町（約三三〇メートル）ほどありましょうか。じゃまだったから捨てたと、おそらくそんな程度のことだったのでしょうねと、そんなことを考えながら、文吉親分の後ろ姿を尻目に七尾姉さんは先を急ぎました。

「おい、水臭せえな。素通りはねえだろ」と七尾姉さんの後ろ姿に声を掛けたのは文吉親分でございました。

「あら、文吉親分じゃないですか。ちっとも気づきませんでしたね。ちょっと影が薄いんですかね」

「なに言ってやがる。ちゃんと気づいてたくせによ。村上屋へ行くのかい。じゃあ俺もお供するぜ」

「いいえ、結構でございます。桃太郎ではありませんので……一人で行けますから。お忙しいところご足労をおかけしては申し訳ありませんので」と言うと七尾姉さんは足早にそこを離れました。

「桃太郎じゃねえってのは、どういう意味だ。どう見ても桃太郎には見えねえぜ」と文吉親分は首を傾げておられました。しかし、文吉親分も所々いい勘をしてなさいます。

　村上屋は日本橋本町にお店を構えているとお聞きしまして散歩がてらやって来ました。本町といえども広くて見つけるのに難儀するかと思いきや、いやはや大きなお店でございまして、すぐに見つけることができました。間口十二間（約二十二メートル）はありましょうか、玄関のすぐ上の風雨に晒《さら》された欅板《けやきいた》の看板が目を引きます。金文字で村上屋と書かれております。

　七尾姉さんが儀兵衛さんと最後にお会いしたのは十五年も前でございましょうか、まだまだ男盛りで溌剌《はつらつ》としておられました。

儀兵衛さんが吉原通いをされるようになったのはいつのころか定かではございませんが、なんと、儀兵衛さんは堅物との評判だそうで、なかなかやるもんですなと七尾姉さんは思いました。身内、ご近所の目を欺《あざむ》きながら遊ぶのも乙《おつ》でございましょう。稼業は稼業、遊びは遊びと分けることは悪いことではございませんよと七尾姉さんは思います。ですが、これほど大きなお店のご主人だったとは知りませんでした。それを知っていたならもう少し深くお付き合いをさせていただきたかったものですねと、今になって後悔されるところでございます。

お店の玄関先でぐるりと見回しながら七尾姉さんは敷居をまたぎます。

「おじゃましますよ」と七尾姉さんが土間の掃き掃除をする丁稚どんに声をかけます。

「へい、どのような御用でございましょうか」と十二、三歳かと思われるふくよかな丁稚どんが丁寧に応対してくれました。

「この度は、大旦那様がとんだことになりまして、まことにご愁傷さまでございます。わたくし七尾と申しまして、ずいぶん前ですが大変にお世話になりまして」

「七尾さまでございますか」

「この度のことをお聞きしましてね、ちょっとお線香を上げさせていただこうと思いまして、伺った次第でございます」

既に葬儀はすまされていることは伺っておりましたので、線香を上げるついでにちょっと事情をお伺いしようと思ったわけでございます。

「はあ、少々お待ちくださいませ」と丁稚どんはぺこりと頭を下げ、箒《ほうき》を隅に立てかけると奥へと走っていきました。

上がり框の向こうには三十畳はあろうかという座敷が広がっておりまして、折りたたまれた綿がきれいに積み上げられております。その向こうには床から天井まで棚が設えられておりまして、綿が蜂の子のように収められております。

しばらくすると、ずんぐりとした男の人が出て来られまして、「大番頭の卯之吉《うのきち》と申します。大旦那様のお知り合いでございますか。ただいま旦那様は挨拶《あいさつ》回りで留守にしておりまして、わたしがご用件をお伺いいたします」と愛想よく応対してくださいました。背丈はそれほどありませんが、がっちりした体軀で力仕事に向いていそうな四十絡みの殿方でございました。綿問屋といえどもその量が多くなればそれなりの重さになりましょうから力は必要なんでしょうねと七尾姉さんは思いました。綿四貫と鉄四貫はどちらが重いでしょうかねと、そんな問いが思い出されました。

「どのようなご関係で。差し支えなければ……」と卯之吉さんは七尾姉さんの身元に、それとなく探りを入れてきました。

「わたくし、吉原の河岸で千歳楼という小さな見世を営んでおります七尾と申します」と七尾姉さんは、当然のことでございますから素直にお答えします。

途端に、卯之吉さんのお顔に暗雲が立ち込めました。

怪訝に思った七尾姉さんは「どうされました？」とそのお顔を覗き込みました。

「いえ、なんでもありません」と卯之吉さんは俯きました。

「最近はご無沙汰しておりますが、以前は何度か呼んでいただいたことがありましてね。今はわたしも自由の身でございまして、もしよければお線香だけでも上げさせていただけないものかと思いまして、お伺いしたのでございますが」

本来なら、吉原の者が霊前に参ることなどありませんが、今回は一件が絡んでおりますので特別でございます。吉原で生きた者というのは、その外へ出るといささか肩身の狭いものでございます。他人に話せば色眼鏡で見られること間違いありません。

吉原の者が線香を上げに来るということが、卯之吉さんの心情も複雑でございましょう。ですが、それとは別の妙な違和感を感じました七尾姉さんでございます。

「そうですか、では、こちらへどうぞ」とそれでも卯之吉さんは七尾姉さんを言葉少なに奥座敷へと案内いたしました。お顔に表情が出ない方は厄介でございますが、善良な人ほど心の内がお顔に出るものでございます。なにかありますねと七尾姉さんは察したのでございます。

奥座敷には線香の香りが漂っております。

戒名の書かれた真新しいお位牌が鎮座する仏壇に七尾姉さんが対座します。ことのほかゆっくりとした仕草でろうそくの火で線香に火を付けますと、おりんを二つ鳴らして手を合わせます。七尾姉さんはさて、どのような問いをぶつけてみましょうかと手を合わせるうち、ずっと考えておりました。最後に深く頭を下げると、卯之吉さんに向かいました。

卯之吉さんも頭を下げ、上げたところで、七尾姉さんはお聞きしました。

「ちょっとお伺いしますがね、こちらのお店には今、奉公人さんが何人いらっしゃいますかね」

「奉公人でございますか。……丁稚を合わせると、三十二人でございますが」と卯之吉さんは答えてくださいました。それは特に重要ではありません。

「その中で、最近、儀兵衛さんに叱責された方などはいらっしゃいますか」

「さあ、わたしはすべての奉公人を見てはおりませんので、ちょっとそこまでは……」

「そうでしょうね、儀兵衛さんを恨んでいるようなお人に心当たりはありませんでしょうかね」

「さあ……七尾さんと申されましたね。ひょっとして一件のことを探っておられるんでしょうか」と卯之吉さんは警戒心を露わになさいました。

「ええ、まあ、古いお馴染み様でもございますし、わたしにできることがあればと思いましてね。卯之吉さんは儀兵衛さんの死に納得されておられるんでしょうかね」

「そういうわけではございませんが。ですが、七尾さんのお役目ではないでしょうに。お役人にお任せしたらどうでございましょう」

　卯之吉さんの口からは探索されては困るような情調が読み取れました。文吉親分からもそれとなく依頼されてますので、そのことを言えばよいのですが、卯之吉さんにこれ以上警戒されないようにとの算段が働いております。

　ふと見ると、卯之吉さんの手首が、なにかで擦れたように赤くなっております。さて、なぜでございましょう。儀兵衛さんの腕、足の紐痕と関係があるのでしょうか。

「卯之吉さん、五日前の晩はどちらへ行かれてましたかね」と七尾姉さんはすべてお見通しのような口調でぶつけてみました。なんの根拠も証もありません。一か八かの問いでございました。だんだん、文吉親分のやり方に似てくるのが七尾姉さん自身わかります。「おまえが下手人だ、お見通しなんだよ」てな具合に、駄目でもともとでぶつけてみるのでございます。

卯之吉さんは驚いたように息を詰まらせ、目をかっと見開いて七尾姉さんを睨みました。

「どこにも行っておりませんがね。仕事を終えて家に帰りました。わたしは独り者でございまして、その晩は長屋で晩酌をしておりましたがね。なぜそのようなことをお聞きになるんで？……もうよろしかったらお帰り願えませんでしょうか。店を開く支度をせねばなりませんので。……本日は儀兵衛のためにわざわざお越しいただいてありがとうございました」と上辺だけの礼で追い返そうとしているようでございました。

――はは～ん。卯之吉さんは嘘を吐いてますね――七尾姉さんは即座に見抜きました。一人で飲んでいたなんてとても鵜呑みにすることはできません。曖昧《あいまい》に濁《にご》した恰好となりました。

七尾姉さんは、今日はひとまず退散して別の手段を考えて出直すことにしました。帰途に就きながら七尾姉さんは今までにわかったことを推測を交えながら組み立ててみますが、まだまだ虫食いだらけでございます。推測でさえ埋められない部分がたくさんありまして、そこを埋めるには、やはりお酒でしょうね。今日もおいしいお酒が飲めそうでございます。

《六》

七尾姉さんは火鉢の前に端座するとお酒をちびりちびりと舐《な》めながら串に刺した鮎《あゆ》を火に炙《あぶ》っております。香ばしい香りが立ち上り始めるとぷくぷくと皮が膨らみます。いい色で焦げ目も付き始めました。もう少しの辛抱でございます。その間、おさらいしてみます。

儀兵衛さんの一件ですが、最初から、妙な一件ですねと思っておりまして、頭から疑っておりました七尾姉さんでございます。ここまで、探索したことをまとめてみますと、こんな感じになるのではないでしょうか。

儀兵衛さんは吉原へ行く途中、何らかの目的で賊に襲われたことのようになっておりますが、全くの間違いでございましょう。行く途中ではありませんで、少々語弊がありますが、帰る途中だったのでございます。懐にお金が残っていたことだけが理由ではありませんが、金銭目的でなかったことは明白。

しかも、ご本人の帯《おび》していた道中差しが胸に刺さったままになっていたこと、そして鞘がそこから三町離れたところに捨ててあったことなど、辻褄が合わないことが目白押しでございます。つまり、何者かが、儀兵衛さんの心の臓にご本人の道中差しを突き立て、そこから立ち去ったわけでございまして、その場から離れる途中で鞘を捨てたと考えるのが筋として通るのではないでしょうか。見ず知らずの賊が本人の道中差しで殺めるというのもちょっと考えられません。遠くへ鞘を運んだことから鑑みますと、本人の代わりにその道中差しを手にしていたと考えられましょう。では顔見知りということになりませんかね……。

語弊がありますが……、帰り道ということはどこかの妓楼に揚がっていたわけで、その妓楼というのが淡路屋でございましょう。ここが違っていればすべては振出しに戻りますが、七尾姉さんは間違いないと踏んでおります。そこで妻夫木さんがお相手していたわけでありましょう。淡路屋で妻夫木さんがお相手していたとき何かが起こったわけであります。七尾姉さんには既に、かなりの割で推測できております。

「妻夫木さんも、災難でございましたな」と七尾姉さんは哀れむように口角を緩めました。

実は、七尾姉さんも十数年前に一度経験されておりまして、往生したことがあったわけであります。この経験により、文吉親分や半次さんより早く気づかれたわけでございます。

これは何かと申しますと「作過死《さっかし》」と呼ばれるものでございます。俗にいう腹上死でございますね。

煌《きらび》やかな吉原へと参りますと、気分が高揚いたします。そこで好いた女郎さまを前にして膳の物や花代を奮発し、そしてお酒をいただき、歌い踊り……儀兵衛さんがそのようにはしゃいだかどうかはわかりませんが、その後、女郎さまと床入りなさいますと、ご年配の殿方でありましたら心の臓が悲鳴を上げなさることも無理はないかと思います。

そこで、ぽっくりと逝く殿方もたまにはいらっしゃるのでございます。「男として本望だ」なんて羨ましがる殿方もいらっしゃるかもしれませんが、お相手する女郎さまからしてみれば堪ったものではありません。客様が仏様になられるのでございますから……

七尾姉さんの場合も、七十に近い客様でございました。客様の心の臓もびっくりなされたのでございましょうが、お相手している七尾姉さんもびっくりでございました。同衾の最中に突然、妙な声を上げられて身をのけ反らせたかと思うと、そのまま前のめりに倒れられ、ピクリとも動かなくなるのでございますから。最初は満足されたのかと思い、「いかがでありんした？」などと優しくお声を掛けたのですが、いくらお声を掛けてもうんともすんともお返事がありません。

そこからは見世中が大騒ぎとなりました。まずは医者を呼びまして、本当に亡くなられたのかどうかを診てもらわないといけませんし、さらには番屋へ遣いを出してお役人さまを呼ばないといけません。さらに、その骸を運び出さないといけませんし、そのあとは坊さんを呼んで供養をしていただかないといけません。しかも、その後のことも考えないといけません。「この見世は死人が出たぜ」などと噂されたりすれば、後の商売に影響が出ることまちがいありません。

もし、作過死の客様がおられたとき、その場に居合わせた人たちは「さて、どうしたものか」と考えるのが普通でございましょう。

できることなら公にせず、闇から闇へと葬ろうと考えるのが人情でございましょう。ですから中には届けることなく、身内で葬る楼主さまもいらっしゃるようで、ですが、どういうわけか、後になって表沙汰となることが多いのでございます。悪いことはできないということでございます。「天網恢恢疎にして漏らさず」でございます。表沙汰となったときには罰金が科せられ、そして一定期間の営業禁止となるわけでございます。七尾姉さんをお抱えの楼主さまは、のちのち表沙汰になった時のことを考えまして、番屋へ届けたのでございます。おかげで、その間に被った損害が、七尾姉さんの借金に上乗せされるなど、踏んだり蹴ったりでございました。その後「わたしが何か悪いことをしましたか？　客様をもてなしただけでございますよ、それなのに……」と七尾姉さんが荒れに荒れたことは言うまでもありません。

おそらく、こんな事情がおありになったのではないでしょうか。

ですが、その先が読めません。もう少し、お酒のお力をお借りせねばなりません。

ちょうどいい具合に鮎が焼き上がったようでございます。鮎の串焼きでございます。背中からかぶりつくのが最高の食べ方と七尾姉さんは思っております。

「ではいただきます」と七尾姉さん。塩がほどよく効いて美味しいことこの上なしでございます。はふはふと七尾姉さんの口から湯気が溢れます。

七尾姉さんは、お酒と鮎を味わいながら、さらに考えました。そんな様子をたまきとトメ吉がじっと見ております。

「おまえさんはそろそろ帰ったらどうじゃね」

「そうでありんすな。一件のからくりがわかったら教えてくださいましな。いつも姉さん、自分だけわかってずるいでありんす」

「どうでしょうか」と七尾姉さんは笑うと、たまきは仏頂面のまま帰途に就きました。トメ吉だけがぽかんと口を開けて金魚鉢の中から七尾姉さんを見ております。

淡路屋の楼主さまは一件を隠すことを選んだようでございますが、さて、どのように隠したのでございましょうか。ここからがわかりません。簡単なことのようで簡単ではございません。妓楼から骸を外へ運び出すだけなら簡単でございますが、吉原大門から外へ運び出すことはとてもとても難しいことなのでございます。

　門番と役人がそこで目を光らせているからでございます。大きな荷物の中に入れて運び出そうとすれば、必ず中はあらためられます。元々、骸の運び出しを阻止するためではありませんで、これは女郎さまに足抜けをさせないためでございます。また、病人を装ってもあらためられること必至でございます。本来なら、死人が出た場合、許可をいただいて裏門を開けていただき、そこから外へ出すことが慣わしとなっております。大門から骸さまを出すことはありません。そのための裏門なのでございます。

　ですが、裏門が開けられ、そこから骸さまが運び出された様子はありません。それなら文吉親分のところへも知らせが入るでしょうし。

　その前に、もひとつ問いが残っておりました。先へ進む前にちょっと確かめなければならないことがありますねと七尾姉さん。

《七》

七尾姉さんは番屋へと向かいまして半次さんにある頼みごとをいたしました。半次さんは快く引き受けられまして、早速、七尾姉さんと共に大門を出ていかれました。

「なんでぃ、あの二人できてやがるのか？　逢引きか？　駆け落ちか？　心中はご法度だぜ」と妙な焼き餅を焼きながら後ろ姿を見送る文吉親分でございました。

七尾姉さんが殿方と、しかも自身よりお若い殿方と歩くのは何年ぶりでございましょうか。五つも六つも若返る気分でございまして、他愛ない話をしながらの道中でございましたが楽しませていただきました。半次さんはどうだったかわかりませんが……。

お二人はほどなくして日本橋本町へと着きまして、村上屋の前で足を止めました。

まず、七尾姉さんが気づかれないように店の中を覗き込みます。丁度、卯之吉さんが座敷の奥に設えられた結界の中で大福帳に目を通しておるようでございます。玄関先の暖簾がはためきまして見え隠れいたします。

「あの結界の中のお方でございますがね、見覚えありますかね」と七尾姉さんは半次さんにそれとなくお尋ねになりました。「ずんぐりした腕っぷしの強そうな殿方でございます」

「暗くてよく見えませんね」と半次さんは目を細めながら覗き込みます。

七尾姉さんは卯之吉さんが、一件に絡んでいるとすれば、吉原へも出入りしているはずと睨んだのでございました。吉原大門の番屋で人の出入りを見ている半次さんなら、ひょっとすればどこかで卯之吉さんを目にしているかもしれないと、ご足労願ったのでございます。

「ほう、あの男か。俺には見覚えがあるぜ。ちょくちょく見る顔だ。江戸町一丁目辺りの小見世に出入りするところを見たことがあるぜ、名は確か卯之吉。このお店の奉公人だったか」と背後から声がしました。声の主がだれだかおわかりになると思います。あえて申すまでもありません。

「半次さん、帰りましょう」と七尾姉さん。

文吉親分は二人の後ろをなにやらぶつぶつ言いながらついて来ます。

「あの野郎が儀兵衛を殺めた下手人というわけか。主殺しの刑は鋸挽《のこぎりび》きの上、磔《はりつけ》と相場はきまっているわ。引っ括って、締め上げてやろうか。そのほうが手っ取り早いぜ」

「そういうやり方はだめですよ」七尾姉さんは振り返ると文吉親分を睨みつけました。

「なぜだ、みんなやっているぜ」と文吉親分は腕を組んで平然と言ってのけます。

「だから嫌われるんですよ」

「別に嫌われてもいいぜ。それがお役目だ。好かれるような目明しなんぞ、ろくなもんじゃねえ。閻魔様とお奉行様はわかってくださる」

七尾姉さんのお顔が般若《はんにゃ》のように豹変なさいまして、文吉親分の顔三寸のところに向かいました。この際、猿顔には我慢でございます。

「いいかね、よく聞きや。卯之吉は儀兵衛さんを殺めてはおらん。主殺しなどしておらん。いいかね、よく聞きや。儀兵衛さんは作過死じゃよ」

「さ・っ・か・し……だと？」文吉親分は目を点になさいまして、あんぐりと開けたかと思うと一町四方に聞こえるような声で笑いました。「おめえさん、馬鹿じゃねえか。いや、馬鹿だ。馬鹿姉さんだ」と言い、さらに大口を開けてお笑いなさいました。散々笑った挙句「死んだ爺さんがどのようにして七町（約七百メートル）歩くんだ。おまえさんなら、たとえ死になさっても酒を飲ませれば踊り出しそうだがな」とまで言いました。

七尾姉さん、あまりの言われ方に腹が立ち、頭に来て、それが脳天に達し、目の前が揺らぐほど気が遠くなりました。踊るか踊らぬかはわかりませんが、今の段では反論できないのが悔しい限りでございます。文吉親分の言う通りでございます。死んだお人がどのようにそこまで来たのか、まだ解き明かしておりません。七尾姉さんの腹の虫がのたうっております。

歯ぎしりしながら千歳楼へ戻った七尾姉さんですが、あの文吉親分の馬鹿笑いが耳について離れません。

「たまき、たまきはおらんかね」七尾姉さんはあらん限りの声で叫びます。

「あい、姉さま。なんでございましょう」とたまきはおっかなびっくり姿を現しました。

「あのサル吉親分を祟り殺してきなさい。今すぐ。そしたら、ここにいつまでいてもかまいませんよ。毎日線香を嫌というほど焚《た》いてあげますから、早くいってきなさい」

「祟り殺すなんて、どうすればいいのかわかりません。祟りのことなら姉さんの方が詳しいんじゃありんせんか」とたまきは言いますが、はっと口を噤みました。

「なんじゃと。もいっぺん言うてみ」七尾姉さんのお顔が仁王様のように豹変なさいました。たまきは「今日はお暇《いとま》させていただきます」と言うとすっと姿を消しました。

卯之吉さんが儀兵衛さんの骸を運んだことについて七尾姉さんは確信を持っておりますす。しかし、どのようにして……とそこからのからくりが解けないのでございます。

卯之吉さんがどのようにしてその一件に関わったかもわかっておりません。

儀兵衛さんはご母堂様の法要に中目黒まで行かれまして、その日の昼八ッに帰途についております。そこまでは一人の行動でございまして、卯之吉さんのお姿は見られません。卯之吉さんはというと、その日の夕暮れには自宅へと戻り、一人で夜を過ごしたと言っておられますが、それはちょっと信用できませんねと七尾姉さんは勘繰っております。

大旦那と大番頭が示し合わせてどこかで落ち合って吉原へ……というのもちょっと考えられません。

卯之吉さんは、その晩、仕事を早めに切り上げて吉原へと出向いたのはまちがいないでしょう。ということは偶然に、そこで出会ったということなのでしょうか。それは無い話ではありません。吉原などというのは縦二町横三町の小さな世界でございますから、どこで知ったお顔に出会うことになるかもしれません。ひょっとすると、淡路屋で偶然に居合わせたかもしれませんねと七尾姉さんは読みました。そこで一件が起こったのではないでしょうか。

はは～ん……一歩前進でございますね。

本来、出会った時には知らない振りをするのが礼儀でございます。ですが、それも時と場合によります。そのあたりの詳しい経緯まで推測することはさすがの七尾姉さんでも無理のようでございます。そのあたりは端折りまして、どのように卯之吉さんが儀兵衛さんの骸を吉原の外に運び出したか、でございます。たったひとつの手掛かりが、儀兵衛さんの手足に付いていた紐で縛られたような痕でございましょう。

磔にあったような縛り痕でございます。さてさて……。

なんだか無性にお酒が飲みたくなってまいりました。こんなときこそ、いえ、こんな時でなくてもいただきますが、買い置きのお酒は、ありましたかね？


お酒のことを「智恵の湧きいずるお湯」般若湯とはよく言ったものですね。飲み始めた七尾姉さんのお頭にはつぎつぎとお考えが巡り始めます。長い竹竿から紐をたらし、儀兵衛さんの手足に結わえ付けてからくり人形のように歩かせた……そんな場面を想像しまして、思わず笑ってしまいました。「大門がじゃまじゃな」と独り言ちますと、

「なにがじゃまなんでぇ」と戸口の方からお声がしました。

「どこのどちら様か存じませんが、今日は見世仕舞いでございますのでお引き取りを」

「そう言うねぇ。旨《うま》い物、持ってきたんでこれだけ置いてくぜ」と言いますが、開けるとずかずか入って来るに決まっています。わかっていますが七尾姉さんは開けます。旨いものと聞いて追い返すことなどできませんので。

案の定、ずかずか入ってきた文吉親分でございます。

「桑名だぜ」と鬼の首を獲ったような顔で紙包をぶら下げております。「なんだと思う

ね？　ハマグリのしぐれ煮だぜ。出入りの行商人が置いていくのよ。役得よ」

お酒に合わないわけがございません。お酒の旨味が二倍にも三倍にもなります。七尾姉さんも噂でしか聞いたことのない桑名のしぐれ煮でございまして、いまだ口にしたことのないものでございます。なにかと引き換えにきまっております。ただで文吉親分が置いていくとは思えないのでございます。なにをお求めになるのでございましょうか？

「じゃ、ここへ置いておくから好きにやってくれ」と文吉親分は上がり框に半尻をかけることもなく包を置くと、にやりと笑顔を残し、ぴしゃりと戸を閉めて出ていかれました。意表を突く振る舞いに七尾姉さんは呆気にとられました。毒でも入っているんじゃないかと勘繰りたくなりますしぐれ煮でございます。

　兢々《きょうきょう》としながら小皿に取って一つ毒見でございます。そしてもひとつ。そしてもひとつ。そして……止まらなくなりますね。毒が盛られていても、もはや諦めましょうと思うほどいけますね。お酒とともに堪能する七尾姉さんでございました。

　次第に頭の巡りがよくなってくるような、悪くなってくるような、さてからくりが解けるでしょうか。

　七尾姉さんの頭は一件のからくりへと戻ります。卯之吉さんがどのように儀兵衛さんの骸を大門から運び出したか。

大門には番人も役人も目を光らせております。ですから女の出入りはもちろんのこと、大きな荷物の搬出もできませんが、殿方の出入りは自由でございます。

儀兵衛さんの手足には紐で縛られたような痕が残っていたということでございますから、素直に、なにかに括《くく》り付けられたと考えるのが無難でございましょう。

では、なにに……？　ということでございます。

ああでもない、こうでもない……ひょっとするとこれならできるかも、いやいや、待ってくださいよ、これなら……はは～ん、なるほど……と七尾姉さんのお顔が、雲間からの陽が差したかのように明るくなりました。お酒のせいばかりではありません。当初は縛られてどこかに閉じ込められていたなどと、どこかのどなた様が言ってなさいましたが、とんでもないお考え違いでございますね。

卯之吉さんは、偶然に居合わせたとの考えが元になっておりますから、なんの準備もありません。当然でございますね作過死でございますから予測などつきません。

「ひとつ、文吉親分に確かめないといけませんね」と七尾姉さんは呟くように言いました。

突然、戸が開くと「確かめたいことってなんだ。なんでも聞いてくれ」と飛び込んできたのは文吉親分でございました。

「ずっと外にいたんですか？」七尾姉さんのお顔が鬼の形相でございます。

「なに言ってるんでぇ。見回りよ。丁度この前を通ったら、声が聞こえたもんだからな」と文吉親分は真顔で言いました。文吉親分というお方は真顔で面と向かって嘘が吐けるお方なんだと七尾姉さんは見抜きました。怖いお人ですこと。

「では、ついでですからお聞きしますけどね。儀兵衛さんの胸のあたりにも紐で縛られたような痕はありましたかね」

「おお、よくわかったな。あったぜ。擦れたような皮膚のささくれだ」

「そうでございますか。やっぱり」

「わかったのか。わかったのなら喋ってもらおうか。それで落着ならしぐれ煮のお代は勘弁してやるぜ」

「金を取るつもりだったんですかね」

「あたりめえだ。だれが只《ただ》と言った？」

「もらい物でしょ」

「もらい物なら俺の物だ。俺の物を俺が売ってなにが悪い」文吉親分は斜に構えて唾《つば》を飛ばします。確かに道理は通っております。七尾姉さんも同じことをするでしょう。したこともあります。ですが、とりあえず呆れた顔をする七尾姉さんでございました。

「明日、卯之吉さんを呼んでください。そこでご説明しますよ」

「明日まで待てというのか。仕方ねえ、待つのもお役目だ。ここへ連れてくればいいんだな」

「ここではなくて番屋でいいです。ここは狭いですから」

「よしわかった、朝四ツまでに首に縄を付けてでもしょっ引いてきてやる」

「そんなことしなくてもいいですよ。そこまでしなくても歩いてきてくださると思いますよ。悪いお人には見えませんでしたから」

「おまえさんは甘いんだよ、下手人なんてどいつもこいつも悪党ばかりだ。かっぱらいも人殺しも五十歩百歩なんだぜ。何百という悪人を見てきた俺が言うんだから間違いねえ」

　まさかとは思いますが、妻夫木さんや見世番の勘助さんのように逃げたりしないでしょうねと、ちょっと心配にはなりましたが。

《　八　》

　翌朝、頃合いを見計らうと七尾姉さんは番屋へと向かいました。文吉親分のことですからもう卯之吉さんを連れてきて座らせて、散々な脅し文句をぶつけているにちがいありません。わたしが直接村上屋へ乗り込んだ方がよかったかもしれませんねと七尾姉さんは後悔なさいました。

番屋に着いて戸を開けると、案の定、卯之吉さんは土間に正座させられておりました。

「どういうことですか。なぜわたしがこんな目に遭わなければいけないんですか」と卯之吉さんは七尾姉さんを見て怒鳴りつけました。

「文吉親分、こんなことをしてくれとは言っておりませんが……」と七尾姉さんは上がり框に尻を掛けて茶を啜る文吉親分に詰め寄りました。

「遅かれ早かれこうなるんだろ。早いに越したことはねえ。主殺しは鋸挽きの上、磔だからな」

「わたしはそんなことしてません。堪忍してくださいな。七尾さん、なんとかしてください」と卯之吉さんは怒鳴った口で七尾姉さんに懇願いたしました。

「卯之吉さんにはいろいろと聞きたいことがあります」と言うと、今度は文吉親分に向かって「上がり框に座ってもらってよろしいですね」と聞きました。

「勝手にしな。磔の前だ、今のうちに自分のケツで座っておきな」

「大丈夫ですよ。そんなことにはなりませんからね。ただ、本当のことを言ってもらわないと、一段高い台から眺めることになるかもしれませんがね」とちょっと脅しをかけておきました。

卯之吉さんはやっぱり引きつったお顔をされております。

七尾姉さんは、まず、確かめます。

「卯之吉さんは、儀兵衛さんが死んだ晩、淡路屋に行きましたね」

「いいえ、わたしはそんな遊びはしません」と卯之吉さんは真顔でお答えなさいました。

文吉親分が「そんな遊びとはどんな遊びだ」と詰め寄りました。

卯之吉さんは「女遊びのことでございましょう」と噛みつくように答えました。

文吉親分にも七尾姉さんの意図がわかったようで嘲るように笑いました。

「文吉親分、黙っててくださいまし。わたしが聞いているんですから」と七尾姉さんは文吉親分を制しました。「いま、文吉親分が言いたかったのは、淡路屋が妓楼であることをなぜ知っているのかということですよ。おわかりですか」

卯之吉さんのお顔から血の気がさっと引きました。肌寒ささえ感じる季節でございますが途端に卯之吉さんの額には玉の汗が膨らみました。

「屋号ぐらい聞いたことはありますよ」

「大見世ならいざ知らず、小見世だぜ」と文吉親分。

「黙っててください、文吉親分」と七尾姉さん。

文吉親分はお顔を歪めて舌をべろんと出しました。

「わたしが、大旦那様を殺めたとおっしゃりたいんでございますか。寄ってたかってなんですか、こんなに大勢でこんなに怖い顔で囲まれたら、汗だって掻きますよ」

「わたしは、卯之吉さんが儀兵衛さんを殺めたとは思っておりませんよ。卯之吉さんはたまたま居合わせただけではないかと思っております」七尾姉さんは卯之吉さんの表情を窺《うかが》いました。反応は皆無でした。逆にそれで七尾姉さんは確信しました。「卯之吉さんは儀兵衛さんの骸を運び出したわけですよね。そして道中差しで心の臓を一突きにしたとわたしは考えておるんですよ」

卯之吉さんの肩からちょっと力が抜けたように見えました。安心したのでしょう。なぜかと申しますと、まだ、どのように儀兵衛さんの骸を運び出したか、そのからくりが解き明かされてないと察したからでございましょう。

「儀兵衛さんの骸をどのように運び出したか、わたしはこう考えておりますよ。儀兵衛さんの手足に残っていた紐で縛ったような痕、これはその部分を卯之吉さんの手足と縛ったんですよ。卯之吉さんは後ろ、骸となった儀兵衛さんは前、胴のところもしっかりと縛った。そしてその上から着物を着て、さらに二人を一人に見せるために褞袍《どてら》を着てごまかした。二人羽織ですよ」

「ちょっと待ちな、七尾姉さん。黙って聞いてりゃ、なかなか面白いこと言ってくれるが、そんなことできるのかね」

「できたんだからしかたないじゃないですか」と七尾姉さんは自信ありげに文吉親分の顔にぶつけました。

卯之吉さんは黙って聞いております。

「儀兵衛さんは背丈はありますが、やせぎすです。目方は精々十四貫（約五十二キロ）ほどとのこと、卯之吉さんの背丈はそれほどではありませんが目方は二十貫（約七十五キロ）はありますね。それだけの体格があれば儀兵衛さんを抱えて運ぶくらいのことはできましょう。卯之吉さんの足の甲の上に儀兵衛さんの踵を乗せれば足は前に出ましょう。そのようにして大門まで歩いたんですよ」言いながら七尾姉さんは卯之吉さんの表情を窺っておりました。

「それじゃあ前が見えねえぜ」と、それまで珍しく黙って聞いていた文吉親分が口を出しました。

「見世番の勘助さんが手を引いたんでしょうよ」

「そんな歩き方で七町歩いたというのか」と文吉親分が追い打ちをかけます。

「そんな必要はありませんでしょ。大門を出たら、あとは背負って運べばいいんですよ。

他人に見られても酔っ払いでも負ぶっていると思われるだけですから。店まで運ぶつもりだったんでしょうが、ですが、途中で力尽きて堤下へ転げ落ちたというわけではないでしょうかね。違っているところがあれば正してくださいね卯之吉さん」とそのお顔を見ます。

「なぜ。そんな面倒なことをするんだ」と文吉親分が卯之吉さんに向けました。

するると卯之吉さんは思い余ったように口を開きました。

「お店のためでございますよ。長年、大旦那様や旦那様が必死に守ってきたお店の信用を守るためでございます。吉原でおっ死んだとなれば瓦版のネタになりかねません。店の評判は丸つぶれでございます。ですからなんとかそれを隠し通したかったわけでございます。大旦那様も許してくださると思います」

「卯之吉さんと儀兵衛さんが居合わせたのは……」と七尾姉さん。

「偶然でございます。まさか大旦那様が同じ妓楼へ通われているとは露《つゆ》ほども知りませんでしたが、見世の方は同じ店の大旦那と奉公人であることを知っていたようでございます。わたしがいい心持ちで飲んでいると、勘助さんが走り込んできて、『儀兵衛さんというのは村上屋の大旦那様じゃございませんか』と聞くもんですから、『ええ、そうですよ。うちの大旦那様ですよ』と答えると、今しがた向こうの部屋で卒倒されましてと……まさかとは思いましたが駆けつけると、大旦那様が既にお亡くなりになっておられました。その場で、どうしたものかと考えましたが、なかなかよい案が浮かびません。勘助さんも妻夫木さんも『ここで死人が出たとなると迷惑でね』と言います。もっともな話ですよね。とにかく、吉原から運び出さないことにはいけないと考えたあげくの苦肉の策でございました。早くしないと死んだ人の体は硬くなると聞きましたので急いでわたしと儀兵衛さんの身体を結び付けて、着物を着せてもらい、預けてあった儀兵衛さんの道中差しを受け取り、勘助さんに手を引いてもらって大門まで行きました。ふらふら歩いていても、ここ吉原には酔っ払いは多ございますので特に怪しまれることなく通ることができました。さらにそこから人気のない堤まで連れて行ってもらい、そこで紐を解《ほど》いて、そこからは負《お》ぶって堤を行きました。ですが何分、夜道ですし、お酒も入っておりますので、精魂尽きまして、堤から転げ落ちたのでございます。そのままですと何となく不自然でしたので、物取りに見せかけるために大旦那様の道中差しで大旦那様の胸を一突きさせていただきました。あとは無我夢中で走って帰りました。途中のどこかで鞘を持っていることに気づきまして捨てたような気がしますが、よく覚えておりません」

羽織を着せるときに正面から紐を結んだわけですから縦結びとなったわけでございま

すね。落ち着いて考えればわかりそうなものですが、その場から急いで離れたいばかりにそこまで頭が回らなかったのでございましょう。

七尾姉さんは文吉親分のお顔を見ながら聞きます。

「文吉親分、納得ですかね」

「まあ、納得といえば、納得だな。殺めてはいなくても罪は罪だ。死んだ者を届けねえことは罪だぜ。さらに、骸を傷つけたことも罪だぜ。あとはお奉行様のご判断だ」

七尾姉さんは随分と疲れました。これで、お茶四杯と草餅、しぐれ煮のお礼は返したことになりそうです。七尾姉さんは、文吉親分への借りは金輪際お断りしたいと思った次第でございます。

その後、文吉親分から話を聞いた同心の佐竹様は淡路屋の楼主、幸右衛門を呼び出すと、見世番の勘助さんと妻夫木さんを出頭させ、二人から詳しく話を聞くことになりました。きっと、お二人にも、淡路屋にも厳しいお沙汰《さた》があることでございましょう。

首挽げ男の骸ひとつ

《一》

極寒地獄というのを聞いたことがありましょうか。いろいろな死にざまはございますが、人が死んで七日目に三途の川にたどりつくそうでございます。そこで、船頭さんに六文を支払って渡し舟に乗ります。たまきが言うには、船頭さんはイノシシのようなお顔であるそうで……嘘か真かそれは置いておくことにしまして……さらにその先へ行きますとお白洲のようなところで閻魔様の裁きを受けることとなるそうでございます。そこには浄玻璃《じょはり》の鏡というものがありまして、そこで生きているときの行いが映し出され、善悪が裁かれるそうでございます。その罪の大きさによって行くべき地獄が決められるそうで、その地獄の中の一つが極寒地獄でありますそうな。

なぜか今、七尾姉さんは極寒地獄におられます。

立ち枯れた木がところどころ残ってはおりますが、それ以外はぺんぺん草の一本も生えておらぬ白く凍てついた大地がどこまでも広がっております。鈍色の厚い雲からは、はらはらと雪が舞い落ち、時折吹く北風が襦袢《じゅばん》の裾《すそ》をなびかせます。自慢の黒髪も凍てついて白くなり、まるで老婆の如くでございます。

七尾姉さんは素足で凍った大地を一人歩いております。足の裏の皮が貼り付きそうで、冷たさを通り越し、痛みとなって全身へと広がり、身も心も凍りつかせようとしておるようでございます。まさに地獄でございます。

「ここが噂に聞く極寒地獄かね。どうしてわたしがこのような目に遭わねばならないのかね。わたしがいったい何をしたというんじゃね。地獄と呼ばれた吉原から出られたと思ったら、次はここじゃとな。閻魔様に慈悲はないのかね。たまきはおらんかね。わたしを見限ったのかね。たまき……」などと呟いた刹那、七尾姉さんは大きなくしゃみを発しまして、目を覚ましました。

そこは千歳楼の座敷でございました。ですが、やはり、そこは凍てつくような寒さの荒涼としたお部屋でございました。

「夢じゃったか……」と安心したのもつかの間、ぶるっと震えが全身を走りました。

昨夜は、千歳楼に残っていたお酒をすべて飲み干し、いい心持ちでいつの間にかうとうとしてしまったらしいのでございます。火鉢の炭火はとうに消えてしまったようで、座敷の寒さといったらとても寝ていられるものではございません。生きているだけでも儲けものでございます。このような状況で命を落とされる方も多いのでございます。暮れも押し迫っておりまして、お坊さんも忙しいでしょうし、あの世も慌ただしいでしょうから、このような時期に命を落とすことになれば、それこそ成仏どころではありません。たまきの二の舞でございます。

とりあえず七尾姉さんは生きていることにほっとしまして部屋の隅に丸めて置いてあった褞袍《どてら》を羽織りました。最初から褞袍を羽織って寝ていればそこまでは悪酔いしなかったでしょうにと七尾姉さんは少し反省をさせていただきました。ですが、七尾姉さんの反省など、ものの一時もすれば元の木阿弥《もくあみ》。そこが七尾姉さんの良いところでもあり悪いところでもあります。

吐く息が白くなります。もう朝五ツ（午前八時ごろ）にはなっているころでございましょう。いつもなら既に朝日が障子を照らしている刻限ですが、どうも様子が変でございます。おまけに、静かです。七尾姉さんはおもむろに立ち上がります。そして、窓を開けました。

窓を開けて、七尾姉さんは「はぁー」と白い息を吐きながら納得しました。外は真っ白でございます。どうやら、昨夜のうちに雪が降ったようでございます。道も、お向かいの屋根も雪が二寸（約六センチ）ほど積もっているでしょうか。

「この冬初めての雪ですね。やっぱり雪はいいですね。汚いものをすべて覆い隠してくださる」などと愛《め》でる七尾姉さんですが、その雪のせいで命までも埋もれさせてしまいそうであったことをもう忘れております。そして、もう一度ぶるっと身震いいたしました。

まずは火鉢に火を入れなければなりません。炭の買い置きはありますが、火がありません。火打石と火口を使って自分で付けるのも面倒なので、ちょいと隣へと出かける用意をいたしました。よくあることなのでございます。

左隣は笹屋《ささや》という見世でございまして、雇われ楼主の広江姉さんが二人の女郎さまを使って切り盛りしておられます。広江姉さんももちろん女郎さまでございまして殿方の接待をして糊口《ここう》を凌《しの》いでおられます。

耳を澄ますと何やらお隣は賑やかでございます。昼見世の前ですので殿方のお客様ではないようで、きっと女郎さまのお友達が遊びに来られているのでしょうと七尾姉さんは勘繰りまして、ついでにちょっと世間話でもしてきましょうかねと古い鍋《なべ》に灰を入れ、新しい炭を一つ携《たずさ》えて笹屋へと向かいました。

外へ出ると、先ほどの夢の続きかと思われるほどの寒風が身を包みますが、お隣まで四歩、五歩でございます。

「とんとん、ごめんなさいよ。七尾姉さんでございますよ」

戸を開けますと、四人の女子さんが火鉢を囲んでわいわいがやがやしております。ひと際大きな声の主は広江姉さんで、その姉さんを挟むようにして火鉢にあたる二人はこの局女郎さん、そしてもうひと方が背を向けておりました。河岸見世とは客様を引きずり込むような恐ろしいところという噂……実際、そうなんですが、今日のように客様のご登楼が期待できないときには、町娘と何ら変わらない様子で過ごしているのでございます。

「あら、七尾姉さん、お久しぶり」と振り返ったのは揚屋町にある小見世品川楼《しながわろう》の座敷持ち、美雪さんでございました。美雪さんが来ていらっしゃったから雪が降ったのでございましょうか？　そんなわけはございません。ただの偶然でございます。

「いいんですかね、こんなところで油を売ってて」と七尾姉さんが聞きます。

「いいんですよ、こんな日には、夜になっても客様なんて一人だって来やしませんて。ここでぬくぬくしてるのが一番ですよ。地獄の中の極楽極楽……」としゃあしゃあと言います。間違ってはいませんけどね。

「見世の方が黙っていませんでしょ。今ごろ若い衆が探し回っているんじゃないですかね。足抜けと勘違いされたら厄介ですよ」

「ちゃんと言ってありますから、心配御無用でございます。……七尾姉さんはなんの御用で？」

「ええ、一つ炭火をもらおうと思いましてね。広江姉さん、ひとつお願い」と七尾姉さんが言って鍋を差し出します。

「火くらい、自分で付けたらどうですかね」と言いながらも広江姉さんは火箸で火鉢の中から適当な炭を見繕って鍋に入れました。

「これでいいかしらね」

七尾姉さんも満足すると、「じゃあ、これね」と新しい炭を渡しました。火のついた炭と新しい炭の交換でございます。

「七尾姉さんに相談してみたらどうかね」と広江姉さんが美雪さんに言いました。

「そうね、藁《わら》にも縋《すが》りたいような気分ですからね」と美雪さんが言います。

七尾姉さんはお頭にカチンときました。わたしは藁と同じですか？　ですが、ご褒美がいただけるのでしたら我慢して相談事を聞いてみましょうかとも。

「じゃあ、火鉢に火を入れておきますから四半時もしたら来なさいな。相談になるかどうかわかりませんが、聞くだけ聞きますよ」と言うと七尾姉さんは千歳楼へと戻りました。

広江姉さんは、以前は品川楼で座敷持ちとして奉公なさっておりまして、そこで初めて禿として抱えたのが美雪さんであったそうでございます。座敷持ちごときで抱えなんぞなかなかできるものではございませんので、ことのほか苦労されたそうで、美雪さんも、そこで随分とひもじい思いをしたそうでございます。広江姉さんは年季明けして品川楼を出まして、河岸見世笹屋の遣手《やりて》として迎えられた今でも美雪さんはたびたびここを訪れては、苦労話に花を咲かせるようでございます。

千歳楼の座敷が暖かくなったころ、美雪さんがやってまいりましたので、ゆっくりと話を聞くことにしました。だいたい、女郎さまの相談事というのは、好いた殿方の気を引くにはどうしたらいいのでありんしょうとか、嫌な殿方をうまくあしらうのはどうしたらいいでありんしょうという愚にも付かない相談が九分を占めております。

「相談というのはね、姉さん。わっちを贔屓《ひいき》にしてくださる客様がおるのですがね、この野郎がとんでもなく嫌な野郎でしてね、どこかの大店の若旦那らしいんですが、その顔を見るだけでも反吐《へど》が出るんじゃ。この野郎に『おまえは嫌いじゃ。わっちは金では靡（なび）かんのじゃ』とわからせてやりたいんじゃ。この野郎ときたら、わっちら女郎を犬畜生（いぬちく）しょうくらいにしか思っておらんのじゃ」と、美雪さんは最初のうちは落ち着いて話しておりましたが、だんだんと一言一言を思い出してか興奮してきたようで口調が乱暴になってまいりました。

それはいいのですが、やっぱり愚にも付かない相談でしたねと七尾姉さんはがっかりいたしました。だいたい、相談というのはほとんどが憂さ晴らしでございまして、話すだけですっきりするのでございます。

血が躍《おど》るような相談かと、ちょっと期待した自分が馬鹿に思えました。それでも邪険に突き放すこともできないようで、「そうですな」と考える振りをするのでございました。こんなときは、振りを続けるしかないのです。これは吉原妓楼の常道でございますが、何を躊躇《ためら》っているのでしょうかと、ちょっと不思議にも思えました。

「はは〜ん、そうですか」と七尾姉さんは美雪さんのお顔を上目遣いで見ました。

吉原の女郎というのは客様を見て、気に入った客様だけを相手にすることもできますが、それは売り上げを気にしなければの話でありまして、売り上げが落ちていれば、もちろん嫌な客様でもお相手して稼がなければなりません。どちらを選択するかは女郎さま次第でございます。つまり、今の美雪さんは売り上げが落ちて、振るに振れない窮地《きゅうち》に立たされているわけですなと読みました。

「醜男《ぶおとこ》かね?」

「そうでもないんですがね。性質《たち》ですかね。銭はそこそこ使ってくれますがね、それだけでは……」

「なるほどね……」と頷《うなず》きますと「わたしが一番嫌われた手練手管を教えましょうか」と七尾姉さんはひらめきました。それを手練手管というのかどうかわかりませんが、とにかく嫌われたのは間違いありません。ですが、わざとそうしたわけではありませんで、気がついたらそうなっていたというもので、いわば、七尾姉さんの悪癖でございます。

「どんな手練手管ですかいな」と興味深げに美雪さんは聞き入ります。

「おまえさん、酒は飲めるな」

「へえ、そこそこ」

「じゃあ、今度、お相手してな、そこで深酒してな、醜態《しゅうたい》を見せるんじゃよ。なんなら小便でもひっかけてやればええ」

「小便ですかね……姉さんは……それをやったんですかね」

「どうしても嫌いな客がいてな……気がついたらそうなってたらしいわ」七尾姉さんが心底嫌な客と思ったのはこれが最初で最後でございました。七尾姉さんは客をあまりえり好みしないことで評判でございましたが、この客だけはどうにも我慢ならなかったのでございます。馬面に蛇のような目……、もっとも、顔が嫌いということではございませんで、その性質によりまして、お顔と相まって嫌悪を増幅させたのでございましょう。その性質というのが、嫌みを並べ立てて、自信あり気に人を見下す侍でございました。侍には傲慢《ごうまん》なお人が多ございますが、この客は異常でございました。今、思い出してもぞっとするくらいでございました。

これは演じたというより、七尾姉さんの本心がやらずにいられなかったと言った方がよろしいのではないでしょうか。このとき七尾姉さんは座敷持ちでございましたが、散々の説教と折檻の後、部屋持ちに降格されております。

「ちょっと考えさせていただきますわ」と美雪さんは浮かないお顔で千歳楼を辞去されまして、隣へと戻りました。「隣の姉さん、客様に小便をひっかけたそうですよ」とひそひそ話が聞こえてまいりました。笑い声やら悲鳴やら……お隣では、今の話で盛り上がったようでございます。単に話のネタをさしあげただけのようでございました。

しばらくすると日が照り始めまして、朝の寒さが嘘だったかのようにポカポカ陽気となりました。すると昼にはすっかり雪は解けてしまい、元の薄汚れた浄念河岸へと戻りました。ぬかるんだ道が却《かえ》って虚しさを募《つの》らせるばかりでございます。

《二》

翌朝もひどく冷え込んだ朝でございました。千歳楼の前を歩く人の足音がザクザクと聞こえますことからぬかるんだ地べたが凍っていることがわかります。ですが、今朝は、七尾姉さんは暖かいお布団で目覚めました。前日の極寒地獄が堪えましたようで、昨晩は一滴のお酒も口にいたしておりません。もっとも、買い置きが無かったことも理由の一つでございます。残っておれば話は別であったかもしれません。

ですが、やはり千歳楼のお部屋は寒々としておりまして、すぐにでも火を付けたいのでございますが、毎度毎度、隣に火をもらいに行くのも気が引けましたので、今日は自ら火を熾《お》こして火鉢に入れました。

しばらくして、ほんのりと部屋が暖かくなりましたころ、どこからともなく早足の音が近づいてまいります。ザクザクとした足音でございますので、たまきの足音ではございません。たまきの足音はどんなときでもパタパタなのでございます。

「はて、だれじゃろ」と七尾姉さんは思いまして、耳を澄ませておりますと、玄関先で立ち止まった刹那、戸を激しく叩く者がおりました。

「姉さん、姉さん、わっちですよ。わっち」聞き覚えのある声ではありますが、すぐには思い出すことができません。しばらく会ってない女郎さまでございましょう。

「だれかね。押し売りならお断りじゃよ」

「開けてよね。緑です、千羽屋の、み・ど・りですよ。覚えておいでではないですかね」

「緑さん……緑さんかね。はて……だれじゃったかね」

「意地悪しないで開けてくださいよ」

「はいはい、緑さんね。ちゃんと覚えてますよ。なんですかね？」

戸を隔《へだ》てての話はしづらいですので、仕方なく心張り棒を外すと、頬を真っ赤にした緑さんが白い鼻息を吹き吹き入り込んでまいりました。

二年ほど前に初音さんという以前からの知り合いと一緒に遊びに来たことがある女郎さまでございます。初音さんは、いつのころからか、どういうわけか仲が良くなり妙に話が合うので、顔を合わせれば菓子などを摘《つま》みながら茶を飲む間柄となっておりました。

「なんじゃね。久しぶりの来訪にしては慌ただしいですな」と七尾姉さんは緑さんを招き入れました。「火鉢で温まりなさいな。火を入れたばかりですがね」

上がり框《かまち》にへたり込んだ緑さんは大きく肩で息をしております。

「寒いから閉めてくださいね」と七尾姉さん。

しばらくして息を整えた緑さんが這《は》うようにして座敷へと上がると火鉢を抱えるようにしながら「姉さん、なんとかしてくださいよ」と泣きそうなお顔を七尾姉さんに向けました。

お茶を淹《い》れながら七尾姉さんは緑さんの話に耳を傾けます。朝餉《あさげ》がまだですので、お腹の虫がキューキュー言っております。できれば早めに切り上げたいのですが、そんな雰囲気ではなさそうでございます。

緑さんの話はとりとめもなく断片的で、前後したり、推測を交えたりで、聞いた七尾姉さんは頭の中で整理するのが大変でございました。もともと整理整頓が苦手ですので、果たして、緑さんの話を正しく理解しているか自分でも不安でございました。ですが、その話を正しく理解したところで、七尾姉さんには何か良いことがあるのでございましょうかという問いも芽生えてきております。

緑さんの話を要約すればたぶんこんなところでございましょう。

昨夜、千羽屋で客様が死になさったとのことでございます。それはそれは酷《ひど》い死に方であったそうで、部屋一面が血の池地獄であったそうでございます。「やっぱり地獄ですか……地獄ばかりですね」と七尾姉さんの口から洩《も》れました。

「やっぱりってどういうことですかね、姉さん」

「……こっちのことですよ。で、酷いというのはどんな死に方でしたかね」もっとも、酷くない死に方というものがあればお聞きしたいくらいですが、ここではひとまず置いておくことにしまして、七尾姉さんは緑さんのお顔に目を留めました。

「首がも……捥《も》ぎ取られておりましてね。胴体がこっちで……首っ玉があっちの方に転がっておりましてね、部屋中が血の池地獄でしたとか」

「とか……？」

「へえ」

「おまえさんが見たわけじゃないのかね」

「わっちが見たら、卒倒して今ごろ寝込んでおりますよ」

「聞いた話かね」

緑さんはこくりと頷きました。

「見つけたのはだれかね」

「禿《かむろ》のかずみですよ。まだ十ですよ。あんなの見ちまって、もう真っ青になって震えておりましたよ」

「で、なぜ、わたしの所へ、その話を持ってきたのかね」

「それですよ、……実はね、初音姉さんがしょっ引かれそうなんですよ。文吉親分に」

初音さんは緑さんの姉女郎でございまして、本当の妹のようにかわいがってくれているお人でございます。

「それで、どうしてわたしに？」と七尾姉さんは小首を傾げました。

「だって、文吉親分と七尾姉さんって、できてるんでございましょ」

「だれとだれができていると？」七尾姉さんのお顔は俄《にわ》かに変わりました。カッと両目が見開かれまして、右の眉毛がぴくぴくと動いております。

「……ですから文吉親分と七尾姉さんですよ。みんながあの二人はできてるって噂してますよ」

利那、千歳楼の障子が破れるかと思われるほどの怒号が響きました。周囲半町四方のお人は何事かと振り返ったことでしょう。「帰りなさい。二度とここへ来るでないよ。出ていきなさい。今すぐ……なんですかあんたという人は……言うに事欠いて、できてる？　なにができてるんですか？　オデキですか？　どこにできてるんですか？　お尻ですか？　股座《またぐら》ですか？　とっとと帰らないと末代まで祟りがありますよ」

「できてないんですか？」と恐怖に戦《おのの》く緑さんでございます。

「できてるわけないでしょ」

いつのまにか入り込んだたまきが奥の部屋で笑い転げております。七転八倒でございます。苦しそうでございます。

「当たり前でしょ。だれがそんな戯言《ざれごと》を言いだしたんですかね」七尾姉さんのお顔は鬼の形相に変貌しております。緑さんのお顔は釣り針でも引っ掛かったようにひくひくと引きつっております。

「ぶぶぶ、文吉親分ですよ。本人ですよ。『俺の相方にでも相談してみたらどうだ、悪いようにはしねえはずだぜふふふ』、とか言っておりましたがね。みんな聞いてますよ。そこからあの二人はできてるって噂が広がって……」

「あのエテ吉親分……笑っておったかね」

「へえ。気色悪いですね。わっちは背中がぞわぞわいたしましたよ」

七尾姉さんの脳裏にもその顔がまざまざと浮かびました。あのお顔ですね。

やがて、文吉親分の魂胆が見えてまいりました。七尾姉さんを一件に引きずり込んで解決の糸口を探ろうというつもりなのでございます。文吉親分にしては考えましたなと七尾姉さんは思いました。自分の口からは頼みにくいので、人を使って七尾姉さんを巻き込もうとしているのでございます。その人身御供《ひとみごくう》にされたのが初音さんでございまして、気の毒というほかありません。文吉親分が本当に初音さんを下手人と考えているのか、利用しようとしているだけなのかはわかりませんが、どちらにしても一度じっくりお話をしなくてはなりませんねと思いました。七尾姉さんの胸中は憂鬱に満たされております。一件落着の暁《あかつき》には、だれからご褒美《ほうび》をいただけばいいのやら、この点も気になるところでございます。

千羽屋とは揚屋町に見世を構える比較的新しい小見世でございまして、女郎、新造、禿を合わせても二十人ほどでございます。小見世というところには花魁はおりませんで、座敷持ちが最上位でございます。初音さんがその地位におります。

それにしても文吉親分には腹が立つばかりでして、七尾姉さんは怒り心頭に発しております。御髪が逆立って横兵庫が一回りも二回りも大きくなっております。

ですが、首が捥ぎ取られたとは一体どういうことなのでございましょう。怒りの頭の隅っこではそれも気になっております。初音さんにそんなことができるとは到底思えません。文吉親分だって、そんなことができるとは思っておらないはずです。いろいろなことで七尾姉さんの頭の中はごちゃごちゃになり始めております。

さて、なにから始めましょうかと七尾姉さんはちょっと考えました。

《三》

憂鬱な気持ちというのはお顔に出るものでございまして、七尾姉さんのお顔には胸の内から滲《し》み出た憂鬱の汁が能の面のように固まって張り付いております。番屋の戸を叩くのも気怠《けだる》いほどでございますが、一言言っておかないことには気が収まりません。

「とんとん、七尾姉さんでございますよ。文吉親分はいらっしゃいますかね」と言いながら番屋の戸を叩きます。

戸を開けたところで蹲《うずくま》っている小男が振り返りました。振り返ると同時ににやりと笑ったのが文吉親分でございました。

「おう、七尾。ちょうどいいところに来たな。そろそろ来るころだとは思っていたんだが。おまえさんはよくよく事件が好きとみえるな」

「好きできたわけじゃありませんがね」と七尾姉さんは言ってやりましたが、文吉親分の耳には素通りです。都合の悪い言葉は聞こえない都合のいい耳でございます。七尾姉さんは、ひょっとすると自分は文吉親分の手のひらで生かされているのかとさえ思うほど都合よく動いているのでしょうかと自己嫌悪に陥っております。

「ちょうどいいところというのはよくわかりませんが、文吉親分は何を言いふらしておるんですかね。わたしと文吉親分がいい仲だなんて……どういうことですか。わたしにはそんな気はさらさらありませんがね。そのことを一言言っておくためにここへ参っただけでございます」

「俺はそんなことは言っちゃいねえ。それはその女郎の勘違いだ。女というのは自分の都合のいいように解釈するからな」

「勘違いするような言い方をしたんでございましょう」と七尾姉さんは文吉親分を睨みつけますがそんなことに動じる文吉親分ではございません。

「そんなことより、ちょっとこれを見てみな」と文吉親分は顎で七尾姉さんを促しました。番屋の三和土《たたき》には筵《むしろ》が掛けられた何かが横たわっております。反対側にはちゃんと足が二本出ておりますが、頭の方は寸足らずでございます。そして、横には手桶が一つ置いてありまして、上から見ると丁髷頭が覗いております。

「見ません。そんなもの見たくもありません」と七尾姉さんは目を背《そむ》けます。

「今見ておかねえと、後で後悔することになるぜ」と文吉親分は上目遣いで七尾姉さんを見ます。

「またですか……つまり、わたしにそれをまじまじと検分しろというわけですか」

「でなきゃ、謎解きはできねえだろ」

「なぜわたしが、一件の謎解きをせにゃならんのですか。それは文吉親分のお役目でございましょうに」七尾姉さんのお顔は既に般若《はんにゃ》のようになっております。

「じゃあ、初音を引っ括《くく》ることになるぜ」

「なぜ初音さんを引っ括ることになるんですか」

「俺は初音が下手人と睨《にら》んでいるわけだ。引っ括るのは俺の役目だ」

「なんてお人ですか」と七尾姉さんは見下しますが「こんなお人だ。いまさらなに言ってやがる」と文吉親分は自慢気に七尾姉さんを見上げます。

「では、一つお伺いしますが……」と七尾姉さんも一矢報いようと突っかかります。

「伺われても答えるかどうかは、わからねえぜ」と文吉親分。

ひとつひとつ気に障る文吉親分でございます。

「初音さんを下手人と考える拠《よ》り所を一つ教えてくださいな。三つも四つもとは言いません、一つで結構でございますから……」

「ああ、いいぜ、拠り所だな。拠り所はな……殺されたこの男、万作《まんさく》というんだがな、この男は初音の客だ」

「それで」と七尾姉さんはその先を促しました。

「それだけだ」

「それだけで下手人ですか」七尾姉さんは呆気《あっけ》にとられました。

「それだけで十分だ」

「なぜですか？」

「なぜいけねえ？」文吉親分は逆に七尾姉さんに嚙《か》みつきそうな顔で睨《にら》みました。

七尾姉さんは文吉親分の両眼を簪《かんざし》でくり抜いてやろうかと思ったくらいです。

つまり、初音さんを人質に取られた形となったわけでございます。

半次さんが奥の方から七尾姉さんを見ますが、七尾姉さんが目を向けますと目を逸らしてしまいます。何か言っても無駄と知っているのです。申し訳なさそうに俯いてしまいます。これが文吉親分のやり方なのです。

「初音さんは、今どこにおるんですか」七尾姉さんは怒りのあまり、声が震えました。

「千羽屋にいるはずだ。俺の許しがあるまでは見世から一歩も出るなと釘を刺してある。一歩見世から出たら磔《はりつけ》だと念を押してある。見世の者にも外に出すことはまかりならんと命じてある」

しかたがありません、ここで文吉親分とやり合っても勝ち目は無いようでございます。

しからばと七尾姉さんは聞きました。

「殺されたのは万作とかいう客様と言いましたね」と七尾姉さんは文吉親分の顔に聞き

ました。頷くのを見ると「首が捥ぎ取られたというのはどのようにしてですかね。初音さんにそんなことができるんでしょうかね」

「それだ。そのからくりを解かねえといけねえんだ。で、ちょっとこれを見てみな」

「どうしても見ないといけないんですかね」

「見ねえとわからねえだろ」

七尾姉さんの口からは全身から絞り出すような溜息が出ました。気が強いとか喧嘩っ早いとか言われましても、骸なんて苦手に決まってます。ましてや、その傷口を見ろというのでございます。首が捥ぎ取られた傷口というのは、一方は首っ玉で、もう一方は首の無い胴体ということになるわけです。今日のお酒は美味しく飲めそうもありません。

「どっちか片方見るだけで十分だぜ。両方とも同じだ。どっちか好きな方にしな」これが文吉親分の精一杯のお慈悲なのでしょう。なんと小さなお慈悲ですこと。

「胴体の方でいいですよ」

「そうか」というと文吉親分は筵《むしろ》をはぐりました。

首の無い胴体が現れました。人の形をしていない骸というのはこんなにも味気ないものなんですねと七尾姉さんは少々拍子抜けいたしました。ですが、首の傷口はなかなか正視できるものではありません。真っ赤な肉がむき出しになっていて白いものが所々飛び出していて、細い管、太い管のようなものがびろびろ……

ですが、しばらく見ていると、慣れてきたせいか、じっくりと見られるのが不思議でございます。

「よく見てもらいてえのはこの皮膚のところだ」と文吉親分。

首の皮膚がよじれたようになって周囲をぐるりと囲んでおります。

確かに捥ぎ取ったようにも見えますねと七尾姉さんは思いました。

「こんなこと、どうすればできるんでしょうかね」と七尾姉さんは天井を仰ぎました。

――蜘蛛の巣が張ってますよ。掃除くらいしなさいよ、暮れですよ。これじゃ新しい年は迎えられませんね――と思いまして文吉親分に視線を戻しました。

「さあ、わからねえ。ちょっとお頭を捻《ひね》ってくれねえか」

七尾姉さんはちょっと考える振りをしました。

「はは～ん。わかりましたよ」

「ほおう、もうわかったか。教えてくれねえか」

「この一件の下手人は、天狗様でございますよ。この見世で万作さんと初音さんの仲に横恋慕して首を捥ぎ取ったんでございますよ」

「天狗か……、なるほど天狗か。それは気がつかなかったな」と文吉親分はにやりとしました。七尾姉さんの二の腕に鳥肌が立ちました。

「おい半次、その晩、千羽屋に天狗の客があったかどうか、聞いてこい」と文吉親分。

半次さんはきょとんとなさいまして問い返しました。

「……聞きにいくんですか？　本気ですか」

「冗談を言っている顔に見えるか？　七尾姉さんが天狗の仕業じゃねえかとおっしゃっているんだ。聞き流すことなどできやしねえ、今すぐ行って聞いてこい」

七尾姉さんはとんでもないことを口走ってしまったことを今になって後悔しております。文吉親分を甘く見ていたようでございます。

「いえ、文吉親分ね……今のは……」と七尾姉さんが止めようとしますが、

「おう半次、早く行ってこねえか」と文吉親分は強い口調で命じました。

「……へ、へい」と半次さんは尻を端折ると番屋から駆け出しました。

七尾姉さんは申し訳なくて堪らず目を閉じてしまいました。

全力で駆けてきた半次さんは千羽屋の床几に座る見世番の粂六《くめろく》さんに「おい、ちょっと聞きてえことがあるんだがな」と息を切らしながら迫りました。

「なんでございましょう、半次さん」と粂六さんは立ち上がるとあらたまりました。

「昨晩のことだが、この見世に天狗様の登楼はあったかね」

「…………」

「天狗の客だよ。あったかと聞いているんだ」

「天狗様でございますか……天狗様というのは、鼻が高くて真っ赤なお顔の、そいでもって背中に羽が生えていて団扇《うちわ》を手にしているあの天狗でございますか………いえ、おいでになっておりませんが。いままでにそのようなお話も聞いたことはありませんで。天狗になられる方は時々いらっしゃいますが」

「本物の天狗だよ。……かかか、隠すとためにならねえぞ」

「いえ、隠しだてなどしておりませんが」

「そそ、……そうか、それならいい。じゃましたな」と言いながらも半次さんの目にはうっすらと涙が滲《にじ》んでおりました。

「半次さんも大変でございますね。文吉親分の指示でございますか」

半次さんは「……ああ、そうよ」と言うのがやっとでございました。

粂六さんは、肩を落としながら戻っていく半次さんの後ろ姿をいつまでも見ておりました。

文吉親分にうまく使われる形となりました。文吉親分なら自分の親兄弟《きょうだい》でも人質にすることでしょう。いくら下手人を見つけるためとはいえ、地獄に落ちることまちがいないでしょう。憂鬱な気分がさらに酷《ひど》くなって帰途へと就くことになりました。

半次さんが千羽屋へと走っている最中、文吉親分は独り言のように七尾姉さんに一件の詳細を話しました。

七尾姉さんが聞いていていても聞いていなくてもお構いなしでございます。わかったようなわからないような、それにしても一件の起こったお部屋はすさまじい様子であったことは間違いないようで、本当に人の手で行われたのか疑いたくなるようなお話でございました。

こんな気分ではお酒も飲む気にもなれませんので、だったら、お酒を飲んで、飲む気にさせていただきましょうかと一案を思いつきました。結局、四合ほどをいただくことになりました。「どんなときでも飲めば飲めるもんじゃゃな」と新たな自分を発見した思いでございました七尾姉さん。

一件が起こったのは昨夜のことで、揚屋町に見世を構える千羽屋の二階、初音さんの座敷でございます。そこで亡くなったのは大工の万作という客様でございまして、歳は三十半ばとのこと。

その日、万作さんは夜見世が始まる暮六ッ（午後六時ごろ）に見世《みせ》清掻《すががき》の音と共に登楼されまして、張見世の最中、既に座敷へと揚がったそうでございます。一月に三度、四度、多い時には三日を開けずに登楼なさっておりまして、いつも初音さんを指名されておられたとのこと。

初音さんは千羽屋では最上位の座敷持ちでございまして、大変に人気がありまして、この日は三人の客様からお呼びが掛かりました。つまり、三人回しとなったのでございます。初音さんのお身体は一つしかありませんので、三人の客様には三つのお部屋にそれぞれ入っていただき、初音さんが頃合を見て廻るのでございます。もちろん、好いた方がおられれば、他の殿方は後回しにされることもあれば、まったく相手にされぬ、俗に「振られた」ということになるわけでございます。

この日は、初音さんの情夫《まぶ》さんがご登楼なさっておりましたので、他のお二方は「振られた」形となったわけでございます。つまりほったらかしにされていたわけでございます。それでもやっぱり、お二人の様子が気になりますので、「かずみ、ちょっと二人の様子を見てきなさい」と廊下に控えている禿のかずみに言いつけました。時々このようにして様子を見させております。夜四ッ（午後十時ごろ）だったそうでございます。

かずみは「あい」としおらしい返事をして様子を見に行ったそうでございます。一人は本郷小笠原家に仕える中間《ちゅうげん》の安吉《やすきち》という殿方でありまして、かずみが障子戸を一寸ほど開けて覗くと、手酌で酒を飲んで歌っていい気分であったそうです。かずみの気配に気づくと「俺は振られちまったのかな」と大袈裟にがっかりして見せたそうでございます。

そして、もう一人の殿方は、神田三島町裏長屋に住む大工の万作さんでございます。かずみは同じように障子を一寸ほど開けて様子を窺おうとしました。この部屋が初音さんの座敷となります。見世清掻の音とともに登楼されておりますので、初音さんの部屋を陣取ることとなったとのことで、これはいつものことでありました。

かずみが覗いたとき、その場では何が起こっているのかわからなかったそうでございます。もっともな話でございましょう。かずみはまだ、幼気《いたいけ》な十歳でございます。しばらく呆然として覗いておりました。

その様子を怪訝に思った不寝番の五十助が「どうしたね、かずみどん」と声を掛けて覗いて腰を抜かしたそうでございます。そこはまさに血の海でございました。

五十助は急いで抜けた腰を持ち上げると中へ入って詳しく様子を見ます。それはそれは凄惨な有様でございました。それでもかずみは呆然と立ち尽くすばかりであったそうでございます。

首の無い胴体が力尽きたように前のめりに倒れておりまして、そこから一間ほど離れた部屋のほぼ真ん中あたりに首が転がっておりました。目も口も力なく開いて横になる生首でございます。辺りには全身の血が流れ出たかと思われるほど一面に広がっておりました。

隣の部屋には、料理や酒に手を付けた様子がありましたので、そこそこ一人で楽しんでいた様子を窺うことはできますが、詳しくはわからないとのことでございました。

最後に万作さんを見たのは二階廻しの正六さんで、夜五ツ（午後八時ごろ）だったそうです。正六さんが料理と酒を運んだときに生きた万作さんを見ているそうですから、その刻限から一時（約二時間）ほどの間に何かが起こったと考えられるとのことです。

切れ味の良い刀で、すっぱりと切り捨てていただけたら苦労はしなかったんでしょうが……。捥ぎ取られたような首……捥ぎ取るとはどのようにすればできるのでしょうか、いったいどのようなお方が……。もっとも、「捥ぎ取られた」と文吉親分ははっきりと言ったわけではありませんで「捥ぎ取られたようだ」というわけでございます。どちらにしても不思議でございます。やっぱり、天狗様の仕業でございましょうかねと七尾姉さんは思いました。ですがこれ以上天狗様を持ち出すのはやめておくことにいたします。

半次さんが可哀そうですから。

聞いた話と七尾姉さんの目で見たことをまとめますと以下のようになります。

無残な骸となって見つかったのは大工の万作さんです。背丈は五尺五寸（約百六十五センチ）ほどだそうで、特に大きくもなく、小さくもなくというごく普通のお方だったそうですが、体軀はといいますと、やはり大工という力仕事をしているだけあって屈強そうに見えるとのことです。歳は三十半ばで、生まれは下野《しもつけ》（栃木県）だそうです。十二歳の時に地元の大工の頭領に弟子入りし、それから十年の間修業を積み、さらに腕を磨《みが》きたいとのことで、伝手《つて》を頼って江戸へと出てきたそうです。腕は、なかなかのもので、万作さんを指名して仕事を頼まれるほど、しかも、仕事が立て込んでいるときには何か月も待つ贔屓客もいたそうです。

性格はといいますと、下野の出でありながら江戸っ子のような気風の良さがあり、かっとなると度を越して乱暴になって喧嘩沙汰を巻き起こすことがたびたびあったそうで、しかも、酒、女、博打が好きで……「職人は乱暴なくらいでないといけねえ」と言っていた親方も眉を顰《ひそ》めるほどであったそうです。ですが、どうにかこうにか今までやってきたようでございます。

そんな、大工さんがどうしてこのような死に方をしないといけないのでしょうか、七尾姉さんにはとんとわかりません。

《 四 》

「姉さん、姉さん、首を捥ぎ取るなんて、そんな恐ろしいことができるんでありんすかね」とたまきが兢々《きょうきょう》として七尾姉さんの顔に聞きました。

「捥ぎ取ったかどうかはわからんわね。『ような』じゃよ」と七尾姉さんは胸中で自問しながらも答えました。

「天狗様ってほんとうにおられるんでしょうかね」

「さあな。話では聞くが、見たお人に会ったことはありませんな。吉原に来られた話も聞いたことはありませんな」

「天狗様とは、どんなお人なんでしょうかね」

「人ではなかろう。妖怪じゃな」

「妖怪なんて恐ろしや恐ろしや」とたまきは身を小さくして震えます。

「おまえさん、万作さんを探して、だれにどのようにして殺められたか、聞いてこんかね」

「無理ですよ」

「なぜじゃね？」

「姉さんは知らないんですよ。あの世と一口にいっても広いんですから、今どこにおられるかわかりんせん。しかも、首がないんでありんしょう。お顔もわからず、どのように探せばいいんでありんしょうか」

「では先に首を探すんじゃな。万作さんの胴体も必死になって首を探しておるかもしれん。探すにも首がないんじゃから難儀じゃな」と七尾姉さんはなんだかおかしくなって笑えてしまいました。

　たまきは途端に顔を歪めました。

「わっち、獄門台にのってるお顔も見られんのですよ、首を探すなんて、そんなことできんせん」とたまきはいつになく断りを入れてきました。

「それにしても厄介なことになったもんじゃ」と七尾姉さんは今度は落胆しました。

労を費やしてこの一件を解決したとしても何のご褒美も期待できません。文吉親分から毎月届く金魚の餌も既に三年分ほどもあります。ですが、解決しないと文吉親分の周辺の人が酷《ひど》い目に遭います。

　憂鬱ですねと思いながら、ちょっと千羽屋まで検分にいきますかと七尾姉さんは立ち上がりました。

もう昼見世が始まっておるころでございますが、千羽屋はひっそりとしておりました。いつもなら見世先の妓夫台に座って呼び込みをする妓夫もおりませんし、いつもなら掛かっているはずの暖簾も出ておりません。

「お休みですかね」と七尾姉さんは独り言《ひとりごと》ちました。ですが、あのような一件があればしかたないですねとも思いました。

玄関を入ると、見世番が走り出てきまして「まだ見世は開けてないんですよ……七尾姉さんじゃないですか。何の御用で?」と途端に不機嫌になりました。

不機嫌になられる筋合いはありませんがねと口元まで出ましたが、すんでのところで噤みました。

「こちらで起こりました一件のことですがね」と七尾姉さんが言いかけますが、

「帰ってくだせえ、関係の無い方はお断りだ。帰った帰った」

「なんですか、初音さんのために一肌脱ごうとわざわざやってきたんですよ」

「大きなお世話だ、とっとと帰らねえと、塩をぶっかけるぜ」

「塩をぶっかけるとはなんですか、ナメクジじゃないんですからね。そういう時は塩を撒くっていうんですよ」

とそこへ割り込んだのが、階段から降りてきたあの小男でございます。

「待ちな、いいんだいいんだ。俺の相棒だ」と文吉親分です。

「文吉親分、いたんですか。……だれが相棒なんですか。やめてくださいよ。いい迷惑ですよ」

文吉親分は七尾姉さんに近寄ると耳元で囁きました。「そういうことにしておいた方が話はすんなり通るってもんだ」と。

子分と言われなかっただけまだましかもしれませんねと七尾姉さんは胸の片隅で思いました。

文吉親分に手を引かれるように二階へと上がりまして、初音さんの座敷へと向かいます。

「この部屋だ」と文吉親分は自分の家を案内するように横柄な態度で七尾姉さんを導きます。

障子が閉まっておりましたが、その障子にもところどころ血が飛び散っております。

「開けるが、覚悟はできてるだろうな。小便洩《も》らすんじゃねえぞ」文吉親分は冗談のように言いますが、その顔にはいつものような嫌らしい笑みは浮かんでおりません。それが一層壮絶な状況を予感させるのです。ですが、七尾姉さんにも意地があります。意気張りがあります。「だれが洩らしますかね」とは言いましたが自信のほどはありません。そんなところはめっぽう弱い七尾姉さんです。

文吉親分はゆっくりと障子を開けます。

徐々に開かれ、目に入ったのは血の光景でございました。座敷一面に飛び散った血飛沫《ちしぶき》の跡でございます。既に乾《かわ》いてどす黒くなっておりますが、鮮血であった様子もまざまざと想像できる光景でございました。

七尾姉さんの息が止まりました。そのまま止まったままかと思われるほど長く苦しい時が流れまして、息苦しくなってようやく気づき、深くゆっくりと息を吸いました。すると、胸の奥から何かが、昨日のお酒の残りでしょうか、こみ上げてまいりましたが、ぐっと飲みこみました。

文吉親分は七尾姉さんのお顔を見ておりました。

七尾姉さんは袂で口元を隠したまま、まだ言葉を発することができません。

文吉親分はひとり座敷へ入ると七尾姉さんの気持ちなどお構いなく、話し始めました。

「万作はな、この辺りに前かがみで死んでいたわけだ。胴体だけだがな」と両手で指し示し、「首はこの辺りに転がっていた。わかるな。そこだけ血の量が多いだろ」

見ると、傷口から流れ出たらしく、そこだけが大きく濃い血だまりができております。

「おまえさんなら。その時の状況が目に見えるんじゃねえのか」と文吉親分は薄らに笑いました。

「思い浮かべたくありませんね。金輪際、こんなことに巻き込まないでいただきたいものですね」

「おまえさんの方から首を突っ込んでくるくせによ。おまえさんが凶事を引きこむのよ」

「……まさか」と七尾姉さんの口から思わず洩れました。

「で、どうだい。どう思う?」と文吉親分は急かすように聞きます。

七尾姉さんはぐるりとその部屋の様子を見ました。血の痕さえなければごく普通の女郎さまのお部屋でございます。重《かさ》ね箪笥《だんす》が置いてありまして、その横に鏡台も置いてあります。隣と隔てる襖《ふすま》は四曲一隻の屏風《びょうぶ》で目隠しされております。絵柄は金地に羽ばたく見事な鶴でございますが、無残にも血に塗れております。

万作さんは、障子窓を背にしていたようでございます。障子窓の障子にも如雨露《じょうろ》で容赦なく掛けたように血が降りかかっております。畳から一尺ほど上がったところに幅一間(約一・八メートル)の窓でございます。

七尾姉さんは窓の障子戸を開けてみました。窓には格子がはめられておりまして人が出入りできるような隙間はありません。ですが、外の屋根にも血が飛び散っております。一間幅の路地を挟んで、向こうは別の見世となっております。

文吉親分が察したかのように言いました。

「窓は閉まってたそうだ」

「変ですね」

「ああ、変だ」文吉親分は柄にもなく真面目なお顔で端的に言いました。

窓の外の屋根に血が飛んでいたということは、この凶行があったときには窓が開いていたことにほかなりません。そして、凶行後に何者かによって閉められたことになります。下手人とは限りません……今の段では何も決めつけることはいたしません。

「そのとき、見世にいた人、客様から禿どんまで、すべての人をつかんでおるんですかね」

「もちろんだ」と文吉親分は頷きました。

「そうですか……そこまで手筈《てはず》が整っているのなら、持って帰りますかね」と七尾姉さんが本腰を入れる決心をしました。ですが、何の得もありませんうえに憂鬱もおまけに付いてまいります。

文吉親分は薄らに笑いました。最後に文吉親分が七尾姉さんの背中に向けて「下手人さえわかれば、手段など、俺が聞き出してやるから」と投げかけました。

七尾姉さんは「そんなやり方なら手は貸せませんがね」と背中で言い返してやりました。

「おまえさん次第だぜ」と文吉親分は子供でもあしらうように笑いました。

なんと腹が立つことか。その腹立ちを文吉親分は利用しているのでしょうか。それも癪でございます。七尾姉さんの腹の虫がぐるぐる動き回っております。今にも腹の皮を食い破って出てきそうな勢いでございます。


千歳楼へと戻った七尾姉さんは、火鉢を抱えてしばし黙考に耽りました。

千羽屋で凶行のあったときに見世にいた者は十八人とのことです。十八人の行動を一人一人追って組み立てていくことなどなかなかの無理がありますので、手っ取り早く、たまきを呼びました。

「たまき、どうせ暇じゃろ、千羽屋に行って、なにか聞いて来なさいよ」

「千羽屋さんですか、その見世には知った禿どんがおらんのでありんす」

「禿どんでなくてもいいじゃろ、おまえさんの蚤取り眼と地獄耳を使えばなんとかなるじゃろ、さっさと行ってきなさい。いいネタを得られなんだら、帰ってこずともよいでな」

たまきは毎度毎度思うのです。勝手なことを言う姉さんじゃなと。

たまきはしかたなく不満の顔を張り付けて出ていきました。ですが、七尾姉さんからお仕事を言い付かって、ちょっと嬉しくもありました。

たまきは早速、千羽屋へと赴《おもむ》きまして見世の人たちの話に耳を傾けました。

「なんぜこんなことになったんじゃ。だれなんじゃ下手人は」と奥の座敷では楼主の平四郎さまが若い衆や女衆を前にして弩《ど》やしつけております。ですが、だれもそれに答える者はおりません。どうしていいかわからず俯く者、顔を見合わせる者ばかりです。

「これじゃあ、見世が開けられんでな。その損害は……初音、おまえに背負ってもらうでな」

「なんぜ、わっちが……わっちが何をしたというんですか」

「おまえの客じゃ。その客が作った借金は受け持った女郎が背負うのが筋じゃ」

「万作を揚げたのは見世番の粂六さんでしょ。見極められなかったのが落ち度でありんしょう。わっちだけを悪者にするのはお門違いでありんせんか」

「であれば、粂六にも半分背負ってもらうとするか」

「ちょっと待ってくだせえ」と今度は粂六が納得いきません。「どの客様がだれに恨まれて、ましてや殺されるなんてわかりっこねえ。それより下手人を見つけだして、そいつから取った方がいいんじゃないですかね」

「そいつはいい案だ。では聞くが、下手人はだれなんじゃ」と皮肉にも似た平四郎さまの言葉でございます。

「初音じゃねえのか。白状してお縄についたらどうじゃね」とどこからか誰かが言いました。

「そんなことできるわけないでしょ」と初音さんは血相を変えて言い返します。

平四郎さまが「初音が相手をしていた客はどうなんじゃ。三人を回しておったそうじゃが、その二人のどちらかが下手人ということはないのか」

「わっちは、孫太郎さんのお相手をしておりましたから、清三郎さんの方はわかりかねますがね」清三郎というのは振られたもう一人の客様でございまして、つまり、この日初音さんが振ったのは清三郎さんと万作さんの二人ということになるわけです。

「ですが、清三郎さんは新造の百福《ももふく》に名代《みょうだい》を任せておりましたので、百福に聞いてみたらいいんじゃないですかね」と初音さんは百福さんに矛先を向けさせました。

ぎょっとしたのは百福さんです。

「わっちは、清三郎さんとはずっと一緒にいました。なにをしてましたかというと双六でございます。何度やってもわっちが勝ちますので、清三郎さんは向きになってしまわれて、勝つまで止めねえと申されて、結局二十回は繰り返したと思いますが、その間、一度も部屋からは出ておられんでありんす」

「結局、清三郎さんは勝ったんかね？」とどうでもいいことを聞く者がおりました。

「結局、大引けまで一度も勝てぬまま、清三郎さんは不貞寝してしまいました。わっちも部屋に戻って寝ましたので、そのあとのことはわかりんせん」

「埒《らち》が明かねえ」と平四郎さまが声を荒《あら》らげました。「だれでもいい、怪しいと思う者を名指ししろ。遠慮はいらねえ」

ですが、これといって怪しいと思われる者の名を挙げる者はおりませんでした。だいたい、客様というのはいつ来られるかわかりませんし、素性もそれほど詳しく知っているわけではありませんので、見世の者がそこまでの恨み辛みを抱くこともなかなか無いのではないでしょうか。では、外から何者かが忍び込んで万作さんを殺めたかと考えてみますが、夜見世という人目が多い時分にこっそり入り、人を殺め、そして出ていくなどということが果たしてできるものかと、七尾姉さんでなくとも考えてしまいます。では自害という線はどうでしょうか？　これもちょっと……。

《五》

「どうじゃったね、たまきどん。戻ってきたということは、なんぞ、いいネタをつかんだということじゃな。期待しておるよ、たまきどん」と七尾姉さんはそれとなくたまきに圧を掛けます。

「ええ、わかったことがあるでな」と言いつつも、たまきは、さてどう話したらよいものかと思案しておりました。「わかったことというのはじゃな、見世の者はだれも下手人の見当がつかんということじゃ。初音さんも、その客様もそんな素振りはなかったと」

「それが、わかったことかね？」

「……そうじゃよ」とたまきは恐る恐る七尾姉さんの目を見ます。

渋い顔の七尾姉さんでございました。期待をしてましたが、外れた形となったわけでございます。ですが、そんなこともありますのでたまきを咎めたりいたしません。

「ご苦労じゃったな」とたまきの労をねぎらいます。

たまきにとってはなんだか申しわけなくなってしまいました。嫌みを言われたり、怒鳴られたりしたほうが却《かえ》って気が楽だったかもしれません。

どうやら、千羽屋というところはただ、万作さんを殺めるために利用したにすぎないようで、見世の女郎や若い衆とは関係が無いのかもしれませんなと七尾姉さんは思いました。

「では」と、七尾姉さんは腰を上げました。「ちょっと出ますから、留守番お願いしますよ。暇じゃったらトメ吉としりとりでもしてなさいな。帰りが遅くなるかもしれませんから、勝手に帰ってもよいぞ」

たまきは「あい、わかりんした」といつものように歯切れのよい返事でございます。

「お土産《みやげ》はなにがいいかね？」と気をよくして七尾姉さんが聞きました。

「姉さんの笑顔がいいですよ」

「機嫌を取るのがうまくなったもんじゃな、たまきどん」

「本当でございますから。いつもしかめっ面ばかりでございますので、たまには笑顔を見たいんでありんす」

「なんじゃね、嫌みじゃったのかね。土産は……」

「お土産は……わらび餅がいいでありんす。プルプルしたところが大好きでありんす。そして姉さんの無事の帰りを楽しみに待っております。お気をつけて……」と三つ指ついてお見送りしますたまきどん。

七尾姉さんは複雑な胸の内で千歳楼を出ていきました。たまきというおぼろ娘は一筋縄ではいきませんな。どんどん扱いづらくなります。いずれは文吉親分より扱いが難しくなるかもしれませんなと思いました。

行く先は神田三島町の裏長屋……日の出長屋に万作さんは一人で住んでいたとお聞きしました七尾姉さんはそこを訪ねてみようと考えたわけでして、といっても一人で住んでいたわけですから、訪ねても誰もいないはずでございます。近所の方にでもちょっと話を伺えればと思った次第でございます。それにしてもなんのご褒美もないにもかかわらず、なんぜここまでしないといけないのですかねとの自問と戦いながら一歩一歩神田へと向かいました。そこまでは一里少々でございますので七尾姉さんの脚でも一時《いっとき》もあれば大丈夫でしょう。

いろいろなことを考えながら歩を進めていたせいか、道を間違え、遠回りをしてしまい、結局のところ、一時半ほどかかってしまいました。いささか疲れまして、途中の茶店でお茶を一杯いただいて、それから三島町の日の出長屋へとたどり着きました。

表通りから細い路地を入りますと、ありましたありました。どこにでもある寂れた裏長屋でございます。路地を挟《はさ》んで向かい合う六軒長屋でございます。

さてどのお家でしょうかねと一軒一軒を見ながら入っていきました。左側の二軒目の障子戸に「万作」と下手な字で書かれておりましたので「ははーん、ここですな」と思って七尾姉さんは腰を屈めて障子の破れ目から中を窺おうとしたとき、破れ目の向こうに人の影を見ました。刹那、戸が勢いよく開いて二人の殿方が飛び出してきました。

びっくりして七尾姉さんは腰を抜かしそうになりました。

「おい、女、ここへ何しに来た。隠し立てすると……」とまるで文吉親分のような台詞でございます。

「なんですか、あんたたちは……いきなり」と七尾姉さんは目を白黒させながらも、二人の形《なり》を拝見させていただきました。文吉親分と同じ穴の貉ですねと即座に見抜きました。

「ここへ来ちゃいけないんですか。いけないのなら『立ち入るべからず』とでも張り紙なり、立て札なりをしておいてくださいな」

一人は鬼瓦のように鰓《えら》が張っておりまして、背丈はそれほどありませんが、肩幅は人一倍あります腕っぷしの強そうな殿方でございました。もう一人はひょろりとして気弱そうな殿方でございました。鬼瓦が、懐から十手を取り出すと、七尾姉さんの鼻先へと突き付けました。

「俺は、ここら一帯の御用を預るもんだ。おまえさんにいろいろ聞きてえことがあるんでな、ちょっとそこまで来てもらいてえんだ。いいよな、いいよな。嫌とは言わせねえぜ。言わせねえぜ」

「話ならここでもできるんじゃありませんか」七尾姉さんは、この親分さん、文吉親分とかかわりのある方だとぴんと来ました。話し方がそっくりですから。

「いや、駄目だ。そこの番屋だ。すぐ近くだ、すぐ近くだ。断る理由があるんなら言ってみろ」

「本当にどこの親分さんも強引なんですね。わたしがよく知っている親分さんも、そっくりでございますよ」

「よく知ってる親分さん？　どどど、どこの親分さんだ。言ってみろ」と言うも、鬼瓦が途端に威勢をなくしました。

「吉原面番所の文吉親分ですよ」

「ぶぶぶぶ、文吉親分？　文吉親分を知っているのか」と、鬼瓦が赤べこのようになりました。

「ええ、よく存じておりますよ。今朝もお会いしてきました。いろいろと頼まれごとをしましてね、そのお遣いですよ」

「おまえさん、なななな、何者だ?」

「わたしは、河岸見世の相談屋、七尾と申します」

「七尾……聞いたことあるぜ、聞いたことあるぜ、おまえさんか。文吉親分から聞いてるぜ。女の下っ引きを雇ったってな。えらく別嬪で使いようによっては使えるってな」

「だれが下っ引きですか。ただ、相談に乗ってやってるだけです。頼まれるからですよ。別嬪というのは当たってますがね」七尾姉さんは唾が飛ぶほどに強い口調で突き返しました。

七尾姉さんは怒り心頭です。文吉親分には本当に腹が立ちます。いつの間にか自分が文吉親分の子分になってしまっているんですから。これが最後です、今後一切、文吉親分の相談には乗りませんと肝に深く深く銘じました。

七尾姉さんは万作さんの長屋になぜ潜んでいたかを聞きまして、驚きました。その前に、この鬼瓦は徳三という名の親分でございまして、ひょろりとしたもうお一方《ひとかた》は下っ引きの一松《いちまつ》さんだとか。

徳三親分というのは、文吉親分が以前、日本橋人形町で目明し修業をしているときに下っ引きをしていたのが縁であるそうでございます。ですから文吉親分を兄のように慕っておりまして、言動等が似ているのも道理かと。

「つまりだ、俺とおまえさんは兄妹弟子《きょうだい》のようなものだ」

「やめてくださいよ。そんなんじゃありませんから」と七尾姉さんは頑《かたく》なに拒否させていただきました。

徳三親分と一松さんは、まだこのとき、万作さんが吉原千羽屋で殺されたことを知りませんでした。千羽屋での一件をお話しすると「殺されただと……だれに？」と大きな顎をさらに突き出しました。危ないとばかりに思わず七尾姉さんは身をのけ反らせたほどでございます。

「それを調べるために、わたしはここへ参ったのでございますよ。それより、なぜ万作さんの長屋に隠れていたんですかね」と七尾姉さんがお聞きしますと、それを話していいものかどうか少々迷っておられるご様子でありました。

「それなんだがな……」と周囲の目を気にしながら徳三親分は話し始めました。

七尾姉さんは詳しく聞いてびっくりでございます。

「盗賊ですか……腕のいい大工と聞いておりますが」と七尾姉さんは首を傾げました。

「そうだ。元はな。だがな、飲む打つ買うが祟《たた》って、借金が山のようにできちまったのよ。そこに付け込んだのが盗賊の一味でな、仕事を手伝えば借金なぞすぐにでも返せるって唆《そそのか》されてな、それで仲間に加わっちまったのよ」

その盗賊の名というのが七尾姉さんも何度か耳にしたことがある「紅蜘蛛《べにぐも》の善兵衛《ぜんべい》」という首領が率いる八人ほどの一味でございまして、瓦版にもたびたび登場した残忍極まりない集団でございます。

「でも、この一味はお縄になったと聞きましたような」と七尾姉さんは再び首を傾《かし》げました。

「そうだ、ほとんどはな。頭の善兵衛は捕り物の最中に切り捨てられた。六人はお縄になった。一人は逃げたわけだ」

「その逃げた一人が万作というわけでございますか」

徳三親分は口をへの字に曲げて頷きました。「半年もの内偵の末、万作の居所がわかったわけだ」

「その居所がこの長屋だったというわけでございますか」

徳三親分は再び口をへの字に曲げまして頷きました。

「その口、何とかならんのですか」と七尾姉さん。見ているだけで苛々してきます。

「ならん」と徳三親分はさらに口をへの字に曲げます。

詳しく手口を聞きますと、大店の増築、改修の話がありますと、その職人の中に大工である万作を紛れ込ませ、その店の間取りや使用人、資産などを具《つぶさ》に調べ、さらには後に忍び込みやすいようにからくりを仕掛けるなど手の込んだ手法で押し入ったそうでございます。その時、気づかれることもありましたようで、そんなときには容赦なく人を殺めたそうでございます。聞きしに勝る盗賊一味でございます。

そのような残忍極まりない盗賊一味でございますから、殺され方も非情な手段を使われたのでございましょうか。そこに恨み辛みが込められているような気がしてきました七尾姉さんでございます。

松田屋の一件、飯塚屋の一件、佐野屋の一件が紅蜘蛛の善兵衛一味の近年の仕業とされておりまして、いずれも江戸を騒がせた大事件でございまして、それらの件に関りがありましょうか。調べなければならないことがたくさんあり過ぎて気が遠くなります。もう少しお話が聞けたら目鼻が付きそうですが、ここらの目明しというのは意外と口が堅いようでございまして、それ以上はお話しいただけませんでした。文吉親分とは大違いでございます。もっとも文吉親分もだれにでも軽々しく話すわけではないと思いますが。

「神様の思《おぼ》し召《め》しの兄妹弟子の出会いだ。兄弟子の俺がおごってやる。おまえさん、酒はどうでぇ？」と有無を言わさず一松さんとともに近くの居酒屋へと連れて行かれまして、飲め飲めと、勧められるまま、なにか魂胆がありそうな予感を肴にしながらいただきました。七尾姉さんもお酒は嫌いな方じゃありませんのでね……断る理由はありません。

一時も過ぎたころでございます。

「ぷん吉兄ぃによろぴくちゅたえ……」と、先に酔いつぶれたのは徳三親分でございまして、最早、前後不覚となりまして、台に突《つ》っ伏してしまいました。

「一松さんといいましたね、徳三親分の介抱おねがいしますね」

「へっ、へえ」と頼りない返事の一松さんです。

ほんのりと火照《ほて》った七尾姉さんはそれを尻目にそそくさと席を立ちました。一升くらいのお酒で酔いつぶれるとは、外のお方はお酒に弱いのでしょうかねと、首を捻りながら帰途へと就きました。

お酒の席で、徳三親分は箍《たが》が外れましたようで思い出したことをぽつりぽつりと話してくれました。その中で、ひとつ大事なことがありまして、小さな光ではありましたが、見つけることができました。それは「万作が関わった仕事は、佐野屋への押し込み一つでぇ」とのことです。それが万作殺しの一件とつながっているかどうかはわかりませんが、調べないことには始まりません。

ああだこうだと考えながら歩いておりましたが、和菓子屋さんの前を通ったとき、ふと思い出しました。

「そうじゃった、うっかりしておった。土産を忘れるところじゃった。忘れたらたまきになにを言われるかわからんでな」と思いまして、わらび餅を買いまして、帰途を急ぎました。なんだか、こんなことでも肩の荷が下りたようでございます。

《 六 》

翌日、番屋に立ち寄った七尾姉さんが、文吉親分に徳三親分がよろしくと言っていたことを告げると「最後に会ったのは、目明しの寄り合いで、半年前になるわ。あの野郎、元気だったか。そうか、そうか」と言いながら七尾姉さんから目を逸らしました。

「わたしがいつから文吉親分の下っ引きになったというんですかね」と七尾姉さんが文吉親分の横顔に問いかけると、「……ああ、そのことか、それはな、あいつはなにかと物分かりが悪いからな、わかりやすく言ったまでよ。そう気にするな」だと。

気にしないわけありません。桃太郎は猿を子分にしましたが、猿の子分になるお話なんて聞いたことがありません。情けなくなるばかりでございます。

「そのようなことは二度と言わないでください。いいですね」と七尾姉さんは五寸釘を打ち込むような気持ちで文吉親分に言いました。

「そんなことより……」

「いいですね、二度と言わないでくださいね」五寸釘を二本打ち込んでおきました。

文吉親分は渋々と小さく頷きました。それを信用してもよろしいんでしょうかねと七尾姉さんは思いました。

「万作が関わった一件というのが佐野屋の一件とわかれば、ちょっとそれを調べてみねえといけねえな。佐竹様にお願いして、調べてもらってやる。一日待ってろ」

妙な言い回しですこと。わたしが事件のからくりを解き明かすのは、文吉親分のお手柄のためではないのでしょうか。それを「やってやる」「待ってろ」とは……なにか間違ってやしませんかと七尾姉さん。

佐野屋の一件とは、それはそれは酷《ひど》い事件でございました。

今年の一月の半ばの雪がちらつく深夜、暁九ッ（午前零時ごろ）でございましたそうな。神田鍛冶町に店を構える酒問屋、佐野屋に八人の賊が押し込みました。手口というのが巧妙でございまして、戸口の上によく見ないとわからないような小さな穴をあけておき、そこに釘のような細い棒を差し込むと、簡単に戸が外れるというものでございます。このからくりは、その三月《みつき》ほど前に店の改装を行った際に万作が仕掛けておいたものでございます。それを使っていとも簡単に押し入ったのでございます。

まんまと入り込んだ賊は、奥座敷まで行き、そこで眠る店主夫婦を叩き起こすと、金蔵へと案内させました。そしてそこに掛かる鍵を開けさせようとしましたが、なかなか素直に開けようとはしません。錠前だけではなく、金蔵はいろいろなからくりによって守られていたわけでありまして、鍵だけでは開けられなかったそうでございます。そこで、奉公人の一人を叩き起こし、その喉元へ短刀を突き付け、「開けねえとこいつの命はねえぜ」と脅したのでございます。

しかたなく店主は開けたのでございますが、金箱と金目の物を奪い取った後、善兵衛一味は店主夫婦と奉公人を刺し殺して逃走したのでございます。この一件で三人が殺されたわけでございます。

そのとき殺された奉公人というのは、まだ奉公に揚がって一年もたたない十六歳の娘、お美也さんでございました。

出羽の国（秋田）の貧しい農家から出てきて一生懸命に奉公していたそうで、おまけに素直で健気《けなげ》で、皆からたいそう可愛がられていたそうでございます。

七尾姉さんは聞くに堪えない話で、途中で耳を閉ざしたくなったほどでございます。

捕まった六人の話から推察しますと、お美也さんを刺し殺したとされるのが、万作であったそうでございます。

「やった者には倍の褒美を取らせる」と頭の善兵衛に言われ、自分から手を挙げたそうでございます。金欲しさのために、その若い胸に短刀を突き刺したのでございます。

「なんと酷い。鬼畜でございますね」と七尾姉さんが言います。それに応えるように、

「ああ、鬼畜だ。そこらの爺、婆ならいざしらず。十六の生娘を刺し殺すとは……閻魔様もお怒りになられるぜ。こりゃ、無限地獄行きだな」と文吉親分もいつになく暗い顔をなされておりました。

「こんな奴なら殺されても仕方がありませんね、放っておきましょ」と七尾姉さんは投げ出そうと思いました。どうせ、一件を解き明かしても何の褒美もありませんし。

「そうはいかねえ。殺しは殺しだ。お奉行様に引き渡すのが筋ってもんだ。そこでお裁きを受けて磔《はりつけ》なり、獄門なり、斬首《ざんしゅ》なりの刑を受けねえといけねえ」と文吉親分は猿らしからぬ、目明しらしい目をして言います。どこまで本気かはわかりませんが、なんとなく男前に見えるのが不思議でございます。そう言うと、文吉親分はちらと七尾姉さんを見まして頬を引きつらせまして黄色い歯を剝きます。それにはぞっとするばかりで

ございまして、七尾姉さんは身震いをいたしました。余計なことをしなければよいのにとも思いました。

「解《げ》せぬところがありますな」と七尾姉さん。

「なんだ、言ってみろ」と文吉親分。

「万作が美也さんを殺めたことを知っている者が他にもおりましたかね。そのことは奉行所の外の者に知らせておるんですかね」

「それはねえはずだ。捕らえられた六人は既に獄門となり、三途の川を渡っておるとのことでございます。そんなこと世間様に知らせてどうする？」

「だったらどうして万作が美也さんを殺めたことをこの下手人は知っていたんですかね」

「そんなこと俺に聞かれてもわかるわけねえじゃねえか」

偉そうな顔で偉そうに言う割には何の解決にも貢献しないのが文吉親分でございます。首領の善兵衛は切り捨てられ、六人は捕らえられているわけです。お役人様は別でございますが、詳細を知っている者は万作以外にいないはずでございます。

「万作がだれかに喋ったか？」

「そんなこと喋りますかね。自分が小娘を刺したなんてことを……。告げ口でもされたら命取りですよ」

「じゃあ、他の仲間が喋ったか……」

「仲間を裏切ることになりますよ。盗賊一味というのはみな、口は堅いはずですよね」

「なるほど」という顔で文吉親分は腕組みをしました。

七尾姉さんの頭では、ひとつの状況がひらめきました。ちょっと当たってみますかと思い立った表情を見た文吉親分は「なんだ？」と七尾姉さんのお顔を覗き込みましたが、

「それじゃまた」と言ってそそくさと番屋を出ました。

「なんだい、けちけちしやがって」と怒鳴り散らす文吉親分の声が番屋の半町四方に響きました。

《七》

最近、めっきり出かけることが多くなりました七尾姉さんですが、今日は神田鍛治町までやってまいりました。半次さんでも誘ってこればよかったと、日本堤の半ばまで来て思いました。すると、影です。噂をすれば影という言葉があります。思えば影という

言葉もできそうですね。半次さんでございます。一町も先ですが、確かに半次さんの姿が、こちらへと向かってまいります。

七尾姉さんはちょっと気がつかない振りして歩きます。十間（約十八メートル）ほどにも近づいたとき、

「あら、半次さんじゃないですか」とそこで気がついたように声を掛けます。

「七尾姉さんじゃありませんか、今日はどちらへ？」

「ええ、ちょっと鍛冶町まで野暮用《やぼよう》で」

「今、おいら、行ってきたところですよ……ひょっとして佐野屋のことで、ですかね」

奇遇というか、必然というか、半次さんが動くということは文吉親分の指示である可能性が高いということで、同じことを考えていたのでしょうか。驚きでございます。

「ひょっとして、文吉親分の指示ですかね」

「へえ、佐野屋のかつての奉公人で居所がわかる者を洗ってこいというのが文吉親分の指示でございまして」

なんと、文吉親分も惚《とぼ》けた顔をしていながらちゃんと考えておられるんですねと、ちょっと見直しました。だったら、わざわざ自分が行くのも面倒なので「ちょっとその辺の茶屋でお話を聞かしてくれませんかね」と言ってみました。

「ええ、いいですよ。どうせ七尾姉さんの耳にも入ることですからね」と二つ返事で受けていただけまして、逢引《あいびき》きのような形で茶屋の床几へと腰を掛けました。たまにはこんなこともいいですよね。も少し若かったら、十五、六だったら尚楽しいのにとも思います。七尾姉さんの若いころと言えば、妓楼で地獄のような……この話は置いておくことにしまして……。

七尾姉さんはお茶を啜《すす》りながら、おいしい草餅を頬張りながら半次さんの話を聞くことにしました。それにしても、若い殿方とお茶を飲むっていいですね。若返るようでございます。事件のことなんてどうでもよくなりそうです。

半次さんは文吉親分に「おい、半次、鍛冶町の佐野屋へ行ってこい。そこで、かつて奉公していた者すべての名を洗ってこい」と言われ、今朝一番で向かったそうです。もちろん、佐野屋は既に廃業している可能性もありますので、近所の聞き込みが元となるかもしれないことも予想されておりました。文吉親分も、お美也さんを刺し殺した賊が万作であることを知っているのはそこで奉公していた者であるに違いないと推測したのでございましょう。文吉親分も伊達に十手を預かっているわけではないようでございます。

佐野屋は一件が起こった後、店を継ぐ者がおらず廃業したそうで、もちろんそこに奉公していた十数名も散り散りになったわけでございます。

その中で唯一、居所がわかる者がいるとのことで、文吉親分へ報告したあと、そこへ向かう予定であったとのことです。

「その役、わたしに任せていただけませんかね」と七尾姉さんは買って出ました。

「姉さんがですか……ですがね。一度、文吉親分に了解を得ませんと……」

「そんなことで愚痴愚痴《ぐちぐち》いう文吉親分ではないでしょう」

「いえ、愚痴愚痴いうんですよ」

「わかってますよ。そこをうまいこと切り抜けてくださいな。江戸っ子の気性を突っついてやれば、黙りますよ」

「実はですね、……文吉親分は、江戸っ子の振りしてますけど江戸っ子じゃないんですよ。十四のときに上州（群馬県）から風呂敷包み一つで飛び出してきたそうです」

豆鉄砲を食らったような七尾姉さんでございました。

「なんとまあ、上州からですか……まんまと騙されましたね。なんてお人でしょう」

「おいらが喋ったことは内緒にしておいてくださいよ。文吉親分は江戸っ子になりきっているんで、知らない振りをしててくださいよ」

半次さんのために、「では、そういうことにしておきますよ。半次さんが叱《しか》られるのは見たくありませんからね」と七尾姉さんは言った後、思わず吹き出しそうになりました。文吉親分は江戸っ子に憧れておられるようですね。そんな純なところもおありなようで、文吉親分の見る目が変わりそうでございます。

七尾姉さんは、唯一居場所がわかる元奉公人の豊助を訪ねることにいたしました。三十年近く佐野屋で奉公した真面目一徹の手代だそうでございます。今は亀戸《かめいど》で両親が営む農家の手伝いをしておるとのことでございます。それほど遠くなくてほっといたしました。片道二日も三日もかかるようなところではどうしようかと思いました。買って出た手前、やめるとも言えませんし。

「おいらは文吉親分に知らせないといけませんので、これで」と半次さんは立ち上がりました。半次さんはさすがです。ちゃんとお茶の代金を払って行ってくれました。文吉親分とは随分と違います。

七尾姉さんは最後のお茶の一口を飲み干すと「では亀戸へ参りますかね」と腰を上げました。方角が逆ですので来た道を戻ることになります。

《八》

途中、人に道を尋《たず》ねがてら、ようやく豊助さんの家へとたどり着きました。どこにでもあるような佇まいを見せる農家でございました。軒には干し柿が簾《すだれ》のようにぶら下がっております。帰りに少し分けていただきましょうかねと思いながら、玄関先で「豊助さんのお家はこちらでよろしいですかね」と七尾姉さんが聞きますと、豊助さんの親父様らしい老人が出てきて、七尾姉さんを見て目を白黒させておられました。このあたりでは珍しい別嬪さんのお客でございますので驚くのも無理はありません。吉原河岸見世の女郎といいましても、ここらのお百姓さんの娘さんとはお化粧もお着物も格が違います。

「あや〜、なんとまあ……」と用件も聞かずに親父様は七尾姉さんに見入っておりました。

「あのー、豊助さんはご在宅でございましょうか?」

「……豊助ですかいな。ご在宅ですわいな。ちょっと待っててくだされな」と奥へ入っていくと何やらひそひそと話をしております。

「だれじゃ、あの別嬪さんは。おまえ、吉原の女でも身請けしたんか?」

「そんな銭があると思うんか、親父。酒問屋の手代ごときでそげなことできるわけなかろうに」などと聞こえるようなひそひそ声でございました。やっぱり吉原の女とわかるんでしょうかね、と七尾姉さんは板に付きすぎた身の上が恨めしく思えました。

前掛けを叩きながら七尾姉さんの前に現れたのは四十半ばのいかにも真面目そうな殿方でございました。警戒心を露わにしている様子で愛想笑いのひとつもありません。

「どのような御用でございましょう」と豊助さんは七尾姉さんの前で端座なさいました。商人として何十年も修業を積んだお人の仕草は健在でございました。

「わたくし、吉原遊郭の中で相談事を請け負っております七尾と申します」と七尾姉さんが言うと、奥のほうで親父さんが「やっぱり吉原の女だ。わしの目には……」と言ったところで豊助さんが「ちょっと外へ出ますか」と言って履物を履いていそいそと外へ出ていかれました。

母屋の横には納屋がありまして、その前に台が設えてありました。

「汚いところで申し訳ないです」と豊助さんは気遣っておられます。

「構いませんよ」と七尾姉さんはお座りになられました。

そこで、七尾姉さんは吉原千羽屋での一件を話して聞かせました。

豊助さんはお地蔵様のように黙って聞いておられました。聞き終わると一言「万作が殺されたんですか」と噛みしめるように言いました。

「万作という人をご存じでしたか？」

「万作一人が逃げていることはお役人様から聞いておりましたので……。大工として出入りしてましたので店の者はみな万作の顔を知っております。ですからどこかで見かけたら知らせるようにと言われていたわけです」

「万作が美也さんを殺めたことは知っておられたんですかね」

「薄々は……」

七尾姉さんは間髪入れず問いました。

「なぜ知っておられたんですかね？　お役人様はそこまでは話さないと思いますが」

豊助さんは一つ間を置くと、ゆっくりとした口調で話し始めました。

「賊が押し入った晩、たったひとり、それに気づいた者がいたんですよ」

「それはどなたですかね」七尾姉さんは豊助さんのお顔を覗き込みました。

「手代の宇吉《うきち》です」

「宇吉さん？……そう聞いたんですかね」

「いえ、聞いてはいませんが、宇吉の様子から、なんとなくそうではないかと勘繰っただけです。万作の名が出たときの様子は尋常ではなかったですからね……宇吉が万作を……？　そうですか」

豊助さんは納得したように頷《うなず》きました。

「いえ、そうは申しておりませんよ」と七尾姉さんは決めつけるようなことはしませんでした。

宇吉さんはその晩、翌日の仕入れのことが気になってなかなか寝付かれなかったそうでございます。新しい酒の仕入れを任されまして、それが良い酒か、売れる酒か、売れなかったらどうしようなどと考えれば考えるほど目が冴えるばかりでございました。

宇吉さんの寝床は表通りに面した二階にありまして、四人の相部屋でございました。他の三人は寝息を立てておりましたそうです。

暁八ツになると、外の方で人の気配がしたのに気づきましたが、特に気にすることもなく、しばらく時がたったそうでございます。すると、外の音がいつの間にか下の階へと移動して物音がしたように思いましたが、まさか、賊が押し入ったなどとは思いませんでした。思い過ごしと言い聞かせてそのまま眠ろうとしたのです。うとうとしまして四半時もしたでしょうか、やはり、人の気配がします。もはや思い過ごしなどではありません。もしやと思い、そっと階段を下りて様子を見に行きましたところ、奥の部屋から美也さんが連れていかれるところでございました。

宇吉さんにはお美也さんが賊によって人質にとられたことがすぐにわかりました。

――どうしたら……そのような状況ですぐに的確な行動がとれるお人などおられますまい。身を隠し、息を潜めて見ているだけでございました。美也さんに何かあったらと思うといてもたってもいられません。しかし、どうすることもできません。賊は確認できるだけでも六人でございました。しかも、暗闇の中に刃物の光が見え隠れしております。

奥の部屋で言い争っている気配がわかりますが、どうにもできません。少しずつ忍んでいき、隣の部屋の襖の隙間から覗くのが精いっぱいでございます。

隙間から見た顔の中に、どこかで見た顔が一つありました。以前、この店に大工として出入りしていた万作という男でございました。

万作の前には美也さんが恐れおののきながら一点を見つめております。

そして美也さんがかっと目を見開いたとき、何が起こったのかわかりました。万作が、美也さんを刺し殺したのでございます。恐怖と悲しみに打ちのめされながらも賊たちに見つからぬように身を隠すのが精いっぱいでございました。

店主夫婦と美也さんが殺されたことで奉公人はみな、動揺しておりましたが、宇吉さんはそれとは別の意味で人が変わったようでございました。宇吉さんは目の前で美也さんが殺されるのを見ながら、何もできなかった自分を責めたのでございましょう。

「宇吉は美也に特別な思いを持っていたようでございますよ。かわいくてね、気が利《き》いて……みんなに好かれていましてね。中でも宇吉は歳も近いですし……」と豊助さんも声を震わせ、膝《ひざ》の上で握り拳を作りました。

「宇吉さんの住まいはわかりますか？」

「いえ、わかりません。荷物をまとめて店から出て行ったきり、会っておりません。どこでどうしておるのやら。食うに困っていたら、うちの畑でも手伝ってくれればいいのにとも思っておるのですが。もし、七尾さんが会うことがあったら伝えていただけませんか」と豊助さんは七尾姉さんに向けました。

「もし、会うことがあれば」とだけお答えしました。そして、もう一つお聞きしました。

「宇吉さんという方は、どのようなお方ですか。特徴のようなものがあれば知りたいんですがね」と七尾姉さん。

「そうですね……」と豊助さんは記憶を浚《さら》うように空を見つめました。「歳は二十一、常陸国《ひたちのくに》（茨城県）の生まれだったはずです。見た目は中肉中背といったところでしょうか。大人しい男ですよ」

なんだか捉《とら》えどころのない風体ですなと七尾姉さんは思いました。江戸の中から特徴だけで探そうとは思ってはおりませんが、下手人であれば必ずや万作の近くにいたはずでございますから、念のためでございます。

「……ああ、こめかみのところにちょっとした傷がありましたね。二年ほど前に荷揚げするときに酒樽が落ちてきましてね、それで怪我《けが》をしたんです。ちょっとした傷ですがね」と右のこめかみ辺りを押さえました。

「こめかみの傷ですか」と七尾姉さんは脳裏に留めるように繰り返しました。「ところで、そこにぶら下がっている干し柿をちょっと分けてもらえますかね。あまりにも美味しそうなので、伺ったときから気になっていたんですよ」と言うと豊助さんは口角を緩め「ちょっと待っててください」と言い、母屋に戻ると藁紐《わらひも》につながった干し柿を五つ持ってきてくれました。

七尾姉さんはそれを受け取ると袂《たもと》に入れ、「十文でよろしいですかね」と手渡そうとすると「お代は結構です。持って帰ってください」と受け取ろうとしませんでした。豊助さんは小さく頭を下げると、そそくさと母屋へと引っ込んでしまいました。複雑な気持ちであったことは間違いないでしょう。

美也さんを無情にも殺めたのが万作であることを確信を持って知っているのは佐野屋の奉公人の中では宇吉さんだけでございます。思いを寄せた人を目の前で殺され、何もできなかった己の不甲斐なさの中でもがき苦しみ、そのはけ口としてその気持ちを殺害の行為へと向けたと考えることはそれほど無理のあることではありますまい。七尾姉さんはそう考えたのでございますが、さてどうでしょうか。三人の仇討として他の奉公人が手を下した可能性もないわけではありませんが、少々無理があるようにも思います。単なる奉公人がそこまでしますでしょうか。

七尾姉さんは前者ですねと決めつけると袂《たもと》から干し柿を取り出して、一口いただきました。甘い季節の香りが口の中で広がりました。残りはたまきへのお土産にいたしましょうと思いましたが、道々、一つ、また一つと口へ運び、結局、大門を潜る時には五つすべてがお腹の中へと入っておりました。たまきには黙っておりましょうと思いました。

千歳楼へ戻るとたまきが金魚鉢の前で端座しておりました。

「お帰りなさい姉さん」とたまきは笑顔で迎えてくれました。その眼は何かを待ち望んでいたにちがいありません。

「トメ吉のご機嫌はどうじゃね」

「ごきげんですよ」

「それはよかった。おまえさんもご苦労じゃったな」

「で、姉さん。お土産はなんでございましょう」とたまきは七尾姉さんに向かって膝《ひざ》を向けます。

七尾姉さんの動作が一瞬止まりました。たまきへのお土産は既に腹の中でございます。

「ああ……すまんな。今日はあっちこっちと忙しく歩いたからな、土産を買う暇がなかったんじゃよ。また今度買ってきてやるでな」

たまきは七尾姉さんのお顔をじっと見ますと、その目を上から下へと舐《な》めるように動かしていきます。

「なんじゃね、その目は。ほどがあるぞ。奉公人が主を見る目ではないぞ」

「七尾姉さん、どこかで干し柿を食べなさったね。きっとお百姓さんに分けてもらったんじゃよ。それを道すがら人目も憚《はばか》らずぺっぺ、ぺっぺと種を飛ばしながら食べなさったんじゃよ」とたまきは七尾姉さんの心の内を見透かすように言います。

「……な、なにを拠り所にそのような……」と言いながらも七尾姉さんの目が思わず泳ぎました。なぜわかったんじゃろうかと……。

「袂に白い粉が付いております。干し柿に付いてる粉みたいですよ。時期が時期ですし」さすが蚤取り眼でございます。そしてその勘働き。そんなところから言い当てるとは……。七尾姉さんは自分よりも見抜く力が勝っておりませんかねと呆気にとられました。

「ただの埃《ほこり》じゃ」と七尾姉さんは慌てて払いました。

「姉さん。嘘つきは泥棒の始まりと教えてくれましたね」

「そうじゃったかな。もう、帰って寝ないかね」

「まだ、暮れてもおりませんよ。なんて食い意地が張ってる姉さんなんでしょうかね。飲み意地も張ってるし……」

「なんじゃね、おまえは。口が過ぎますよ」

「だって、楽しみにして待ってたんですよ。トメ吉だって……」

「トメ吉は関係ないじゃろ……今度は必ず買ってきてやるで……」ととりあえずたまきを宥《なだ》めましたが、たまきの目はまだ納得しておりません。食い物の恨みというものはなかなかのものでございます。


たまきが帰った後、七尾姉さんは手酌でちびちびとやりながら考えました。

まず第一に、宇吉さんが万作を殺めた下手人と考えていいのでしょうかと。七尾姉さんはそこへ戻って考えてみます。

宇吉さんは万作が美也さんを刺し殺すところを見ておるとすれば、好意を寄せた女子《おなご》が目の前で殺められれば殺意が芽生えてもなんら不思議ではありません。それが殺害の動機となったと考えることはできます。

しかし、どのようにしてという壁が七尾姉さんの目の前に立ちはだかっております。宇吉さんと万作が千羽屋で偶然に出会ったとしても簡単にできることではありません。人の首を切り落とすことは、鋭利な刃物を使えばできぬことでもありませんが、捥ぎ取る、もしくは捥ぎ取るようなことなど普通のお人にできましょうか。なにか、そこにからくりがあるはずなのですが、七尾姉さんには一向に思いつきません。いくら飲んでも一向に酔いが回りません。こんなことはそう度々あることではございません。お酒が勿体なく感じるばかりでございます。

《九》

千羽屋にもう一度行ってみましょうと七尾姉さんは思いました。

千羽屋はあの一件の後、数日は見世を閉めておりましたが、さすがに業を煮やした楼主さまがお役人に掛け合いまして、条件付きで営業の許しを得たそうでございます。

条件の一は、一件が起こった初音さんの部屋には手を付けないこと。

条件の二は、初音さんに客を取らせないこと。

条件の三は、女郎、若い衆に、一件について話をさせないこと。

ですが、血生臭い事件の現場に、はたして客様が登楼なさりましょうか。あの一件は、江戸中でも話題となっております。「紅蜘蛛の残党、首捥がれる」と見出しの瓦版が飛ぶように売れたとのことでございます。もちろん千羽屋の屋号もそのまま書かれておりおります。どこから話がもれたのでしょうか、天狗が首を捥ぎ取るような絵が添えられております。話題の見世として客様が殺到されるのか、気味悪がって遠巻きに眺めるだけなのか、さてどちらでしょうか。華やかで色香漂うことを売りにしてきた吉原でございます。七尾姉さんにはどちらでもいいんですかね。とりあえず、千羽屋に向かいました。

開かずの間となってしまいました初音さんの座敷でございます。鯨幕《くじらまく》が掛けられて部屋が隠されておりますが他に幕はなかったのでしょうか。なんともにつかわしくありませんねと思いながら七尾姉さんは幕をはぐって中へと入りました。見世番の粂六さんも監視役でしょうか、いっしょに入ってきました。

飛び散った血が一層黒く変色しているくらいで、以前見た時と何ら変わっておりません。

「何も変わっておりませんね」と七尾姉さんが問いかけます。

「もちろんですよ。お役人様からもきつく言われておりますから」と粂六さん。

慌ただしい足音が近づいてきたかと思うと、初音さんが飛び込んできました。

「姉さん、何とかしてくださいよ。わっち干上がってしまいますよ。干からびて木乃伊みたいになったらどうしてくれるんですかね」髪を振り乱さんばかりの取り乱しようです。

「お湯を掛けてふやかしてあげますから。安心しなさいな」と七尾姉さんは平静を装って言います。目は部屋の方を見ております。

「わっち下手をすると文吉親分に獄門台に連れていかれてしまうんですよ」

「首を洗って待ってなさいな」

「姉さんは鬼畜ですかね」と七尾姉さんの袂に縋ります。

「違いますよ。わたしは仏様の名代でございますよ。引っ張らないでくださいよ。袖が破れたらどうするんですか」

「じゃあ、何とかしてくださいよ。一生恩に着ますから」と言いますと初音さんは泣きそうなお顔でへたり込みました。

「ここは七尾姉さんに任せて、向こうへ行ってな」と粂六さんに言われ、渋々と行かれました。いてもたってもいられないのでしょう。気持ちはわかりますが、やっぱりじゃまでですね。

七尾姉さんはぐるりとお部屋を見回しましたが、ピンとくるようなものはなにもありません。

七尾姉さんは障子窓を開けました。格子に分けられた外界が見えるだけでございます。格子を手で押してみましたが、しっかりとはめ込まれておりまして、とても人の力では外すことはできません。どこかにからくりでもあるのかと思いまして、たまきのような蚤取り眼で見てみましたが、見つけることはできません。

そうこうしていると、突然、向かいの妓楼の障子窓が開けられました。七尾姉さんはびっくりしながらもそこから覗いたお顔を見ました。そのお顔も七尾姉さんを見ました。

「あら、七尾姉さん。目明しの真似ごとですか」と言ったのは品川楼の美雪さんでございます。

路地を挟んだ向こう側は品川楼だったんですね。

「真似ごととは随分ですね。そこは美雪さんのお部屋ですかね」

「へえ、わっちの座敷でございますよ」美雪さんの座敷の窓にも格子がはまっておりまして、その隙間から美雪さんが覗きながら言いました。

「そうそう、あの無粋《ぶすい》な客様はどうしたね？」

無粋な客様というのは、振り続けても嫌われていることに気づかないあの客様のことでございます。雪の降った朝、相談を受けたあの客様のことでございます。

「ええ、ええ、あの客様なら、三日を開けずに来られておりましたがね、今日で五日目ですがあの日以来、ご登楼はありませんね。ようやく気づかれたんでございましょうね。やれやれですよ」

「あの日以来というのは？」

「その部屋で、人が殺された日ですよ」

「その晩、美雪さんはその部屋におられたんですかね。ちょうど事件があった時分には。なにか気づかんかったのかね」

「文吉親分にも聞かれたんですよ。ですがねわっちは何も……だってここにはおりませんでしたからね。ここにおったのは、その無粋な客様ただお一人ですがね」

美雪さんは、回しの客が入ったことにして、別の部屋でのんびりとくつろいでいたそうです。

そこで七尾姉さんはお頭にピンとくるものがありました。ですが、それははっきりしたものではありません。目の前に靄がかかったようで苛々《いらいら》が募《つの》るばかりでございます。

「その客様というのは、どんな客じゃったね」

「ですから、無粋な……」

「今、そっち行くから、そこで待ってなさいよ。逃げるんじゃありませんよ」と七尾姉さんは苛立ちをぶつけるように声を荒らげると「また後で来るでな」と粂六さんに言い残して千羽屋を出ていきました。

品川楼は路地を挟《はさ》んだすぐ向こう側でございますので、ほんの五、六歩でございます。千羽屋の玄関から品川楼の玄関までひと呼吸もしないうちに着きます。

床几に胡坐をかく見世番に「おじゃましますよ」と断りを入れると、呆気にとられる見世番を尻目に二階へと駆け上がりました。

二階の美雪さんの部屋にたどり着いたときには七尾姉さんは、近いとはいえ、さすがに肩で息をしておりました。息を呑み呑み「……どんな……客じゃった……ね」と同じ問いを美雪さんにぶつけました。

「どんな客様と言われましてもね……」と美雪さんはちょっと空を睨みました。

「名は？」

「へえ、佐平治《さへいじ》とか」

美雪さんが一つ、また一つと思い出しながら言いましたことは、年の頃は二十を少し越えたような。中肉で中背で、大店のひとり息子だなんて言っておったようで。ですが、やたらと横柄でがさつ。見下すような言動があるなど……。

「人相はどうじゃね」

「人相は……そうですね。見た目は醜男ではありませんな。ここんところにちょっとした傷がありましたな」と美雪さんは右のこめかみのところを指さしました。

「こめかみに傷……その客は、最初から横柄《おうへい》でがさつだったかね」

「へえ、最初からですな」

「普通は、最初は気に入られようと猫を被《かぶ》る客が多いんじゃがな」

「そうでございますね。ですが、中には変な客もいますからね。でもね、一度、あれっと思ったことがありましてね。でもね……」と美雪さんは迷い渋るような口調になりました。

「なんじゃね。隠し立てするとためになりませんよ」と文吉親分の真似をしてみました。

「なんですかね……姉さん。目明しみたいに……」と驚いたのは美雪さんでございました。

「冗談じゃよ。言ってみただけじゃ」と七尾姉さんは笑ってごまかします。やっぱり目明しにも下っ引きにもなりきれませんね。

「その客が、突然、お膳をひっくり返したんですよ。料理がまずいって。膳の器が飛んで新造の美鈴の顔に当たりましてね。そのとき、その客は、一瞬、血相を変えましたね。それを見たとき、この客様は、ひょっとすると悪い人じゃないかもしれんねと思ったんですよ。ただ、その振りをしているだけかもとね。でもね、なんとなく陰があって陰湿だし、好きになれませんでしたね」

「振り……かね」なるほどと七尾姉さんは思いました。砕けた陶器の破片がひとつひとつつながっていくような感じがしました。

「佐平治というのは偽りの名ですな」と七尾姉さんは明かしました。

「へえ、そうなんですか。それで、姉さん、それがどうしたんですかね」と美雪さんは七尾姉さんのお顔をまじまじと見つめました。美雪さんは、いまだ事情が呑み込めておりませんようで。

何度も何度も、この部屋へ入り込んで、機会を狙っていたんでしょうか、佐平治さんは。いえ、宇吉さんは。七尾姉さんにはその姿がだんだんと見えてまいりました。

「その晩、向かいの見世が大騒ぎになったとき、佐平治さんは、どうしておられましたかね」

「へえ、障子の隙間から大騒ぎの様子を見ておられたようでしたがね。しばらくしたら姿が見えませんでしたので気分を害されて帰ったとばかり思っておりました。さすがにそんな気分にならなかったんでしょうね。引け四ツの時分でしょうか」

「佐平治さんは、お酒は飲まれましたかね」

「注文はされたようですがね、ほとんど口をつけたようには見られませんでしたね」

酒が入ればからくり作業に支障を来すからでしょうねと七尾姉さんは思いました。

ですが、そのからくりがさっぱりわかりません。どのようにすれば人目を忍んで、ここから出て、向かいの千羽屋へ入り込んで万作の首を挽いで、また戻ってくるという所業などできましょうか？　それとも、もっと別のからくりがあるのでしょうか？　そして、もひとつ、宇吉さんは今どこにいるのでしょうか？

「見世の中を、ちょっと見せてもらってもいいでしょうかね」と七尾姉さんは美雪さんに聞きました。なにか、からくりを解く手がかりがあるかもしれませんねと思ったわけでございます。

「はあ、構いませんが……」勝手に返事をしていいものやらちょっと躊躇《ためら》いを見せましたが美雪さんは廊下へ出ると先を歩きました。

とはいえ、二階の廊下をぐるりと回りましたが特に変わったところがあるわけでもなく、ごく当たり前の造りの小見世でございます。なにも気になるようなものはありません。

二階の廊下から下を見ると、中庭で新造さんや禿どんが盥《たらい》の周りでわいわい言いながら洗濯をしております。いまの時分ならどこの見世でも見られる日常の光景でございます。

七尾姉さんはなんとなくその光景を見ておりました。

はっとひらめいた七尾姉さんが美雪さんに聞きました。

「物干し竿《さお》は、いつもどこにおいてありますかね」

「二階の廊下からでも手に取れますか……？　いつもは一番奥の角部屋の外に立てかけてありますがね」

「へえ、取ろうと思えば取れますね」と美雪さんは怪訝そうに答えました。

「ちょっと、その物干し竿を見せてもらえますかね」

「見てどうするんですかね」美雪さんはなんだか苛々しているようです。

「ちょっと気になることがあるんですよ。とにかく見せてくださいな」と七尾姉さんの口調も思わずきつくなりました。

美雪さんは不服の体《てい》で先を歩きました。

二人が階段を下りて洗濯場に行くと、相変わらず新造さんや禿どんがわいわい言いながら洗濯をしております。

その横で七尾姉さんが物干し竿の検分を始めました。急に静まり返りまして、皆の視線が注がれることになりましたが、七尾姉さんはお構いなく続けました。径二寸ほどの竹の竿でございます。全部で十本ほどありましたでしょうか。七尾姉さんはすべてを具《つぶさ》に見ました。

その中の一本に七尾姉さんは妙な二つの穴があることに気がつきました。竹の先端にあたる所、真ん中を貫くように開けられた二つの穴でございます。錐《きり》で開けられたようで、まだ新しい穴でございます。しかも、よく見ると、染みのようなものが付いております。付いた血を拭き取ろうとして拭いきれなかった染みではないでしょうか。この物干し竿が一件に使われたという証ではないでしょうか。

「ここに穴が開いてますが、だれが開けたか知っておりますかね」と七尾姉さんは洗濯に勤しむ新造さん、禿どんに聞いてみましたが、みな首を横に振りました。

品川楼の美雪さんの座敷から千羽屋の初音さんの部屋まで、丁度、届く長さでしたので勘を頼りに見てみただけでございましたが、それが功を奏したようでございます。

さて、この二つの穴が何を意味するのでございましょうか。ひょっとすると関係ないかもしれませんが、とりあえず、持って帰りますか、と七尾姉さん。と言っても物干し竿を持って帰るわけではありませんのよ。

《 十 》

今、七尾姉さんがなんで頭を悩ませているかと申しますと、万作の首をどうすれば捥《も》げるか、捥ぐように首を落とせるかでございます。物干し竿を使って、果たしてそのようなことができるかどうかでございます。真ん中を貫くような穴二つが鍵となるように思うのですが、いくら考えても解くことができません。お酒をいただいてもおいしいばかりでございます。

「わっちそろそろお暇《いとま》します。事件なんてどうでもよくなってきそうでございます」

「まだいたのかね。留守番ご苦労じゃったな。またお願いするでな」七尾姉さんの頭の中は物干し竿のことでいっぱいでたまきはそっちのけでございました。日が暮れて間もないのですが七尾姉さんは既に出来上がっております。

「わからんな。もうよいわ」と七尾姉さんは半ば投げやりに言いました。

「お酒を飲みすぎると、頭が回らなくなるんですよ。飲みすぎですよ、姉さん」とたまきが気遣って言いました。

「今、なんと申した。もう一遍ゆうてみ」と七尾姉さんは血相を変えました。

「いえ、なんでもありません。お暇させていただきます」とたまきはすっと消えました。

七尾姉さんはにやりと笑いました。

《 十一 》

翌朝、七尾姉さんは宇吉さんの手配を依頼するため一番で面番所の文吉親分のところへと向かいましたがまだ文吉親分は来ておりませんでしたので、ちょうどそこへ顔を出した半次さんに言伝いたしました。

「佐野屋の手代の宇吉ですかね……。ちっとも気がつきやせんでした」と半次は目を白黒させておりました。ですが、手配を依頼したからと言っても、簡単にお縄になるとも思えません。宇吉さんのお顔を知るものは佐野屋の関係者かその周辺の者だけでございます。お縄になるのはいつのことやらわかりません。名前を偽《いつわ》ってどこかで住み込みしながら人足として働いているやもしれません。

ですが、翌日の昼過ぎに半次さんが千歳楼へ転がり込んでこられたことには七尾姉さんも驚きました。その慌てようと言ったら尋常《じんじょう》ではありませんでしたから。

「どうしたんですか、そんなに慌てて。床急ぎですかね。早速、支度しますね」と七尾姉さんは意地悪く笑みを零しました。

「そうじゃありませんよ。大変ですよ。見つかったんですよ、宇吉が」と半次さんは唾を飛ばしながらがなり立てました。

「見つかったんですか。宇吉さんが。でも大変というのはちぐはぐですね」と七尾姉さんはちょっと首を傾げました。

「ええ、大変なんですよ。宇吉はもう仏になっております。もうこの世の者じゃありませんよ。三日前に首を括っておりました」

「なんと……」七尾姉さんは絶句いたしました。

番屋に知らせが入ったのは昨夜の夜遅くであったそうでございます。発端は千住宿の木賃宿の主から、近くの番屋に「客の一人が部屋で首を括って死んでいなさる。とんでもねえことをしてくれやがった」との届け出があったそうでございます。

周辺を預る目明しの親分と同心の佐竹様が駆けつけて、部屋の梁《はり》に帯を掛けて死んでいる男を検分したそうでございます。その男は年のころは二十前後で中肉中背。宿帳には茂吉と記されていたそうでございますが、骸の足元には、宇吉の名で書き残したものがあったそうでございます。これが自害の決め手になったわけでございます。『美也さんのところへ行きます。宇吉』と。

宇吉さんは、その宿にその五日前から一人で泊っておりましたようで、その間、出入りを何度か繰り返していたとのこと。千羽屋の一件があったあの晩は、深夜遅くに宿へと戻ってきたそうでございます。

詳しく検分したところ、宇吉の持ち物から、何通かの手紙が見つかりまして、その中のいくつかの手紙に日本橋佐野屋の宛名が書かれておりまして、それでかつて佐野屋に奉公していた宇吉とわかった次第でございます。そこから日本橋の番屋へと知らせが行き、文吉親分の所へと知らせが来て一件が明るみになった次第でございます。

ですが、宇吉さんが千羽屋の一件に関わったことを示す証というものはありません。

さて、どうしましょう。


夕方になると、文吉親分が半次さんを伴《ともな》って千歳楼の戸を叩きました。遅かれ早かれお話ししないといけませんので覚悟はしておりましたが、憂鬱でございます。お話しすることより、文吉親分と対面することが、でございます。

「おい、七尾、猿でもわかるように、ちゃんと話してくれねえか。宇吉が下手人であることの拠り所だ」と文吉親分が上がり框に半尻を掛けます。半次さんはその前にぼーっと立っています。

「お茶を淹《い》れますね」と七尾姉さんは奥へと行こうとします。

「茶なんて、いらねえ。さっさと話さねえか。江戸っ子は気が短けえんだ」と文吉親分が怒鳴りつけます。

「いりませんか？」

「淹れようとしたんなら途中でやめるな。飲んでやるから、さっさと淹れやがれ」

文吉親分は相変わらず横柄でございます。

七尾姉さんが楚々として淹れたお茶を文吉親分は貧乏ゆすりしながら一口啜ると「じゃあ、聞こうじゃねえか」と文吉親分が言いますので、あまりの態度に七尾姉さんの堪忍袋の緒が切れました。切れやすい緒ですのに、いままで切れなかったのが不思議でございます。

「なんですか、その口の利きようは。わたしは文吉親分の子分じゃありませんよ。なんぜそんな言われ方して只働きさせにゃならんのですか。もっと言い様があるんじゃねえんですか」と七尾姉さんが般若のようなお顔を文吉親分の眼前二寸まで突き出しました。

さすがの文吉親分も面と向かって言われたせいか「……なにを、そんなに怒ってるんでぇ？　いつものことじゃねえか。そんな怖い顔して怒ることじゃねえだろ。茶だって美味しくいただいてるし……」と文吉親分は思わず身を引きました。「なんでぇ」と怒られた子供のように気まずそうにお顔を歪めました。半次さんも気まずそうにしておられます。

七尾姉さんは気を取り直すと腹の虫を宥めながら、調べ上げたひとつひとつを順を追って説明いたしました。

千羽屋の一件は、美也さんへの恋心が引き起こした仇討であること。手代の宇吉さんによる所業であること。所業は千羽屋の向かいの品川楼から行われたことなど。

文吉親分は茶を啜りながらも耳だけは七尾姉さんの話に傾けておりました。

「やっぱりそうか、俺も……」

「俺も、なんですか？」七尾姉さんには文吉親分が言おうとしたことがわかりましたので、これ以上の腹立ちに耐え切れないと思って思わずその口を制しました。

「なんでもねえ、なるほど。そういうことか。で、その先がわからねえ。下手人が宇吉であることはわかったが、どのようにして万作の首を捥いだんだ？」

「それですよ。わかったんですよ」

「勿体《もったい》付けねえで、とっとと喋らねえか」

「ご褒美はなんですかね」と七尾姉さんは文吉親分のお顔に尋ねます。

「お上のお役に立てるんだ、それだけで十分だろ。……よしわかった、俺が自腹きってやる。楽しみに待ってろ」

嫌な予感がしましたが、まあ、あてにしないで待つことにしましょう。ではと七尾姉さんは話し始めました。

「宇吉さんが、どのようにして万作を見つけたのかはわかりませんよ。おそらくどこかで偶然見つけて、その後を追って行動を探ったと思うんです。そこで吉原の千羽屋に出入りしていることを知った。当てずっぽうですが、外れてはいないと思いますよ」

「で、宇吉はどうした」文吉親分はその先が知りたくてうずうずしている様子でございます。犬が餌をねだる様子を想像していただくとよろしいかと。

「話の腰を折らないでくださいね」

「おう、わかってるぜ。俺は話の腰を折るようなちんけな男じゃねえ」と文吉親分が洟《はな》を啜ります。

全然わかってませんねと呆れながら七尾姉さんは話を続けました。

「宇吉さんは、どうにかして敵を討ちたいと考えたんでしょう。そこで考えたのは一件に使われた手法です」

「どんなだ？」と文吉親分は食いつきそうなほどに身を乗り出しました。

「まず、千羽屋の向かいにある品川楼に出入りし、初音さんの部屋の真向かいの部屋の女郎さままである美雪さんを指名します。しますが、とことん嫌われるように芝居をして振られるように仕向けます。新造さんや禿どんにも嫌われれば御の字ですね。だれも近づかなければその部屋は自分一人の部屋として使い放題ですよ。何回もそれを繰り返せば、いつごろに不寝番が油を継ぎ足しにくるかもわかります。不寝番だけは追い払うことはできませんのでね。そして、自分一人になったその部屋で機会を狙っていたわけですよ」

「ふ〜ん」と文吉親分は腕組みをしながらその様子を想像しているようでありました。

「そして、あの晩、機会が到来したのです。向かい側の部屋でも、どうやら振られたらしく、万作が一人ぼっちです。宇吉さんは廊下の様子を見、人がいないことを確認すると物干し竿を一本用意しました。品川楼の二階の廊下からすぐ手に取れるところに立てかけてあったそうですから。それをこっそりと部屋に持ち込み、その先端に真ん中を通すように二つ穴を開けます。穴を開けるための錐を懐に用意していたんでしょうね。すべてはこの日のために練った企てでございます」

「それでどうした」と文吉親分が合《あ》いの手を入れるように促しました。

「どうしたと思いますか」と七尾姉さんはちょっとじらしてみました。

「七尾、俺を馬鹿にしてやがるな。……俺だったら、そこに紐を通して鋸《のこぎり》を結わえ付けて、後は万作が眠るのを待ち、それを見計らうと、鋸で万作の首を切り落とすわな。鋸で切り落とせば、傷口が荒っぽくなるわな。だから捥がれたように見えたわけだ」

「万作は、自分の首が切られながらも気がつきませんかね」

「万作は鈍感なのよ。世の中には途轍《とてつ》もなく鈍感な奴がいるからな。転がってから気づいたかもしれねえ。おっ、天井が回ってやがるなんてな」

「じゃあ、それで解決ということで終わらせましょうか」

「おまえの考えを聞こうじゃねえか。それを聞いてからだ」

しかたがありませんねと思いながら七尾姉さんはお話を続けました。

「宇吉さんは、物干し竿の先端の穴に針金を通しまして、大きな輪っかを作りました」

「輪っかを作ってどうする。針金の輪っかで首は捥げねえ」と文吉親分はしたり顔です。

「その物干し竿で、千羽屋の障子戸を叩きます。何事かと思った万作は障子戸を開けますね。……まあ、この辺りは想像ですがね……で、万作は格子の間から顔を覗かせるでしょうね。その首に輪っかをひっかけます。ひっかければ、もう、こっちのもんです」

「どっちのもんだ?」

「宇吉さんのもんです。そこで、まず竿を力いっぱい引っ張ります。窓には格子がはまっておりますので格子に引き付けられます。万作はもう身動きが取れません。針金の輪っかも細く萎むでしょう」

「おう、そこまではわかるが」と文吉親分。

「輪っかが細くなったら物干し竿を回します」

「トンボの目を回すようにか」

「違います。軸《じく》を回すようにですよ」

「でどうなる」

「針金は捩《ねじ》れますので輪っかはどんどんと小さくなっていくわけです」

　そこでようやく文吉親分もわかったようです。捩れはゆっくりですが、締め付ける力は途轍もないほどの力となって万作の首を締め付けていくわけでございます。やがて、万作は息ができなくなり絶命するでしょう。そして、さらにそれを続けると、針金が首に食い込み始め、肉が切れ、最後には首の骨を切断することになるでしょう。しまいには首が転がり落ちることに……。

　聞き終わった文吉親分はひとつ大きな息を吐きました。そして「なるほど」と納得しました。「だが、なぜ針金と言いきれるんだ」と文吉親分が疑問を呈しましたが、「それ以外に考えられますか」とだけ七尾姉さんはお答えしました。それ以上に都合よく手に入る丈夫な紐状《ひもじょう》のものは他に考えられませんので七尾姉さんはそう断じたまででございます。

「宇吉さんは、それだけの所業を終えると、物干し竿で障子戸を閉め、初音さんの部屋へと引き入れました。針金を解き、血を拭い取ると物干し竿を元の所へと戻して、品川楼を後にしたわけでございましょう」

文吉親分は七尾姉さんとともに品川楼へと行き、殺害に使われたと思われる物干し竿を検分することにいたしました。

穴の開いた物干し竿を手にした文吉親分は「この穴へと針金を通して捩じるように回したわけか……」と感慨深げに言いました。「よく考えたもんだ」と半ば感心の情も含まれているようでございます。

美雪さんの部屋へと行くとそこでもじっくり検分が行われました。よく見ると、所々に血の染みを拭き取ったような汚れが残っております。この部屋がからくりを画策した現場に間違いないと文吉親分を説得できたようでございます。残念ながらその後、どこを探しても、使われたと思われる針金は見つけられず仕舞いでございました。この場を離れる途中にでも、どこか遠くへと捨てたのでございましょう。

そして、もう一つ残念なことがあります。宇吉さんを死なせてしまったことでございます。若い命でございます。美也さんの命を奪った盗賊とはいえ、勝手にその命を奪ったからにはお上からのお咎《とが》めはありましょうが、お慈悲もあったはずでございます。生きて償《つぐな》っていただきたかったと七尾姉さんは心の底から思いました。

宇吉さんは、元々、万作を葬った暁には、自ら命を絶つ覚悟だったに違いありません。お二人の関係がどのようなものだったのかはわかりませんが、あの世で宇吉さんを目の前にしたとき美也さんはどう思うでしょうか。その様子を知りたいと七尾姉さんは思いました。ちょっとたまきに見てきてもらいましょうかと思ったくらいでございます。

その後、文吉親分からもう一匹の金魚が届きました。大きな金魚でございます。トメ吉と仲良く相撲が取れそうなほど立派な金魚でございます。

「これはなオスだ。名前はそっちで付けてくれ」とのことです。これがご褒美のようでございます。まあ、良しとしますか。

居続けの客さまの骸《むくろ》ひとつ

《一》

焦熱地獄《しょうねつじごく》というのを聞いたことがありましょうか。いろいろな死にざまはございますが、人が死んで七日目に三途の川にたどりつくそうでございます。そこで、船頭さんに六文を支払って渡し舟に乗ります。たまきが言うには……このあたりは以前ご説明いたしましたので端折りまして……。

なぜか今、七尾姉さんは焦熱地獄におられます。地獄絵図では何度か見たことはありますが、その様子とは随分と違っております。今日は休日なのでしょうか鬼の姿が見あたらないのは物怪《もっけ》の幸いでございます。

ですが、容赦なく照り付けるお日様の下、立ち枯れた木がところどころ残ってはおりますが、それ以外は砂と岩だらけで、ぺんぺん草の一本も生えておらぬ乾いた大地がどこまでも広がっております。見上げれば濃紺《のうこん》の空も嫌がらせのようにどこまでも広がっております。陽炎《かげろう》を揺らしながら時折吹く熱風が七尾姉さんの身を焦がそうとするかのようでございます。喉も渇いて貼りつきそうで、自慢の黒髪もちりちりと燃え上がりそうで、しかもお顔の皮もひび割れそうで、まるで忘れられた鏡餅のようになっておられます。そういえば、去年の鏡餅がまだ天袋に残っておりました。いつか食べようと思っていてそのまま早《はや》一年……。それは置いておくことにしまして。

七尾姉さんは素足で乾いた大地を一人歩いております。ですが、足の裏は凍えそうに冷たいのはなぜでございましょうか。上は焦熱地獄、下は極寒地獄でございます。

「ここが噂に聞く焦熱地獄かね。どうしてわたしがこのような目に遭わねばならないのかね。わたしがいったい何をしたというんかね。地獄と呼ばれた吉原から出られたと思ったら、その次はここじゃとな。閻魔様に慈悲はないのかね。たまきはおらんかね。わたしを見限ったのかね……」などと呟《つぶや》いた刹那、七尾姉さんは「あちちっ」と声を上げまして、目を覚ましました。

また夢でございました。いい加減、夢であることに気づきそうなものでございますが。目を覚ましましたのは当然のように千歳楼の座敷でございました。ですが、灼熱地獄ではありません。ほどよい暖かさの味気ないお部屋でございます。熱いのは七尾姉さんのお顔だけでございます。

七尾姉さんは昨夜も懲《こ》りずに深酒をいたしまして、うっつらうっつら始めましたが、先日の極寒地獄に懲りまして、火鉢に、ちょっと多めに炭をくべました。そこまではよかったのですが、そのまま火鉢を抱え込むようにしながら暗澹《あんたん》たる夢の中へと落ちて行ったのでございます。

うっつらうっつらと、しばらくはここちよく舟を漕《こ》いでおりましたが、やがて、多くくべた炭に火が付き、炭火はどんどんと大きくなっていきました。七尾姉さんの様子にもお変わりがありまして、舟を漕ぐのも疲れたのか、次第に前のめりになりまして、火鉢に覆いかぶさるような格好になったときが、地獄の始まりでございました。

丁度おでこのところに炭火が当たり、やがておでこと御髪を温め始めました。暖かいだけならよろしいのですが、次第におでこと御髪をじりじりと熱していきます。このころ、夢の中ではちょうど焦熱地獄をとぼとぼと歩き始めたころでございました。初めのころは「暖かいところじゃな。ここが噂に聞く常春の極楽というところかね」などと呑気に歩いておりましたが、この後、四半時もしたころ、熱さで目が覚めたというわけでございました。

七尾姉さんは朦朧《もうろう》としながら我が身に起こった災難を理解いたしました。御髪に手をあてるとぽろぽろと焦げた髪が落ちます。つかんでみますとごっそりと抜けました。抜けるというより、焼け切れた御髪《おぐし》が解けたわけでございます。手のひらの髪を呆然と見つめるばかりでございました。

しばらくして、情けなくて涙が出ました。

外はうっすら明るくなっております。ちらほらと人の通りがあるようでございます。明六ッ（午前六時ごろ）でございましょうか。

七尾姉さんは水に濡らした手拭いをおでこに当てて、今度はお布団の中に潜り込みました、ほとほと自分が嫌になりますがいまさらどうにかなることではございません。もうひと寝いたします。悪しからず。

「姉さん、姉さん。いつまで寝ておるんですかね」

たまきの声で七尾姉さんは目覚めました。気分は悪くはありませんが、おでこがひりひりいたします。

「何時《なんどき》じゃね」と七尾姉さんが嗄《しゃが》れた声でたまきに聞きます。

「もう朝四ツでございますよ。お豆腐屋さんが行っちゃいましたよ」

「追いかけて行って、連れ戻してくれんかね。今晩は田楽にしようと思っておる」

「わっちには無理でございます。後で揚屋町の豆腐屋まで行くしかないでありんす」

「おまえが行ってきてくれればいいんじゃがな」

「行くだけなら行けますがね」

「行くだけじゃ意味なかろう」と七尾姉さんが睨みますとたまきはぺろんと舌を出して笑います。

七尾姉さんはため息とともにむっくりと身を起こしました。

たまきが七尾姉さんのお顔を見て悲鳴を上げました。おでこの右側半分辺りが真っ赤になって、しかもその上の御髪が、刈り上げたみたいに薄くなっております。

「……姉さん」

「なんじゃね」

「お岩さんみたいになっておりますよ」

「お岩さんを知っておるのかね」

「へえ、お芝居で観ました。怖くて怖くて夜も寝られませんでした」

「そうかね。お岩かね……わかっておる」と言いながらも鏡を見て腰を抜かしそうになりました。声が出ません。おでこの右側が赤く腫れあがっております。これほどひどくなっているとは思いもしませんでした。まさにお岩さんの形相でございました。

「……祟りじゃね」とたまき。
「なんの祟りじゃね」と七尾姉さんが聞きます。
「お岩さんですよ」
「あれは作り話じゃよ」
顔を歪めて引きつるたまきに、なにがあったか話して聞かせました。
「じゃあ、お酒の祟りですよ。ありがたくいただかなかった罰があたったんですよ」と
たまきに言われても姉さんには返す言葉がありません。
七尾姉さんは「どこかに、まだ紫雲膏《しうんこう》があったはずじゃ。たまき探してくれんか」と
言いながら手拭いを畳み直しておでこに当てました。
「あい」とたまきは簞笥《たんす》の引き出しを覗き始めました。「この辺りにあったはずですが
ね」と頭を首まで突っ込んで見ております。「ありましたよ。ここにありますよ」と指
を差して教えてくれました。
七尾姉さんはおもむろに立ち上がると、引き出しから紫雲膏を取り出しまして、御簾《みす》
紙《がみ》に取り、湿布《しっぷ》のようにおでこに貼り付けました。ひんやりとして気持ちがよくて楽に
なりますが、どうしましょう。貼り付けたままでは外にも出られません。ですが、千歳
楼には七尾姉さん一人しかおりません。いるといってもたまきはおぼろ娘ですし、トメ

吉は金魚ですし、ウメ吉も金魚ですし。ウメ吉は初めての登場でございますが、このウメ吉というのは前の一件のご褒美でして、文吉親分が持ってきてくれた金魚でございます。一見すると、トメ吉と姉弟《きょうだい》のようでございます。ちょっと見ではどっちがどっちかわかりませんが、既にたまきは見分ける極意を見つけたそうでございます。模様が微妙に違うのと、尾びれの大きさが若干違うとのことでございますが、七尾姉さんにとってはどっちでもいいことでございます。餌をあげるだけでございますので。

「そうじゃ。トメ吉とウメ吉に餌をあげんといかんな」というとおでこに御簾紙を貼り付けたまま、金魚に餌をあげました。

金魚に餌をあげている最中にちょっと気になりましたのでたまきに聞いてみました。

「なんかあったのかね。なにか言いたそうな顔に見えたがね、たまきどん」

たまきはびっくりしたように七尾姉さんのお顔を見まして、思い出したように言いました。「そうそう、そうなんじゃよ。来る途中に辰巳屋《たつみや》さんの前を通ったんじゃよ」

辰巳屋というのは江戸町二丁目に構える中見世の妓楼でございます。

「ほう、それがどうしたね？」

「業者様が、慌ただしく出入りしてましてな、何事かとちょっと見世を覗いたんでありんすよ。そしたら……なんだと思いますかね、姉さん」と、たまきは七尾姉さんに問いかけてまいりました。

「さて、なんじゃろ」と七尾姉さんは首を傾げました。「女郎様の鞍替えか、はたまた見世が潰れましたかね」

妓楼というのは借り物が多ございますので、見世が潰れれば貸してあった物を引き取りに来ませんと売り払われたり、持ち逃げされたりしかねませんので、取り戻しに行くわけでございます。どこから聞きつけるのか、その素早いことといったらなかなかのものでございます。

たまきは大きな口を開けて笑いました。

「残念でありんすな、姉さん。実はと申しますとね、もうすぐ辰巳屋さんの新造さんが水揚げをなさるそうで、その支度とのことでございますよ」

水揚げというのは、十六、七歳になった新造さんが遊女として初めてお客を取ることでございます。と言っても表向きの話でございまして、実のところ初めてかどうかはわかりませんがね。こっそりとお小遣い稼ぎに客様のお相手をすることがありますので、それはともかく……。水揚げのとき、お客となる殿方は、遊女として独り立ちするための道具一式を用意する慣わしとなっております。その品々は玄関近くの目立つところに置かれてこれ見よがしにお披露目されることになっております。

出入りの業者様とは、布団屋、呉服屋、小間物屋、家具屋、酒屋などでございましょう。

「ほう、それはめでたい……かどうかはわかりませんがな」客を取らないうちは衣食住のすべてなんの不自由もないのですが、客を取るようになると辛いことばかりでございます。ここからが本当の地獄が始まるわけでございます。見世にとっては稼ぎ女郎が一人増えるわけですからめでたいのですが、女子にとっては……。

「辰巳屋さんは忙しいでしょうね……それだけかね」と七尾姉さんは慮《おもんぱか》ってか暗い顔となりました。

「あい……いまのところ」

「だれが水揚げなのか、だれが受けたのかくらいは聞いて来なさいよ。……まあ、わたしには関係ありませんがね」と七尾姉さんはおでこの御簾紙をめくってみて、再び紫雲膏を塗り直しました。ひんやりして気持ちよいですが、きれいに治るか心配な七尾姉さんでございました。

《二》

丸一日紫雲膏の湿布を貼っていたおかげでしょうか翌朝には赤みが取れてきれいなお顔に戻っておりました。七尾姉さんはほっとしましたが、焦げた御髪のせいで右側と左側の髪形が異なってしまいまして、なんともみっともないことでございます。これをなんとかしないことには外も歩けません。

「そうそう」と、どこかに髢《かもじ》があったことを思い出しまして、急いで探し始めました。ありました、ありました。箪笥の一番下の引き出しの奥に丸めて突っ込んでありました。

七尾姉さんは引っ張り出しました。少々かび臭いですが、そんなことは我慢です。さっそく形を整えて鬢付け油で貼り付けます。何度もやり直し、半時も手直しを繰り返しましたでしょうか、なんとか形も整いましてひと安心でございます。

手鏡で映しながら「我ながらうまくごまかしたもんじゃな」と悦に入っているところにたまきがやってきました。興奮気味ですが、七尾姉さんの様子を見てちょっとそちらの方に気を取られた様子です。

「姉さん、すっかり良くなりましたね。お酒の呪いも解けましたね。御髪も元通りですね。やっぱり姉さんはきれいでないといけませんよ」とゴマすりも堂に入ったものです。

七尾姉さんも、お世辞とわかっておりましても機嫌は上々でございます。

はっとたまきの顔がいつものネタをつかんだときの顔に戻りました。

七尾姉さんはすぐにそれを察しましたが、またいつもの空回りじゃろくらいにしか思っておりません。

「で、姉さん、姉さん。知っておられますかね、辰巳屋のことでございますよ」と話は昨日にもどったかのようでございました。

「ああ、水揚げのことじゃろ。だれじゃったね？」

「違いますよ、今朝のことらしいですが、大変なことが起こったんですよ」

「ほう、またなにか起こったのかね」たまきの言うことですから大袈裟に話すことを予想しながら七尾姉さんは耳を傾けます。

「今朝方、小火《ぼや》があったそうでございますよ」とたまきは真顔で姉さんに言いました。

「小火かね……」とさすがに七尾姉さんは驚きを隠せませんでした。一つ間違えば大火事でございます。荷物をまとめて大門まで走らなければならなかったところでございます。「いつ時の話じゃね」と七尾姉さん。

「へえ、聞くところによりますと、明六ツ（午前六時ごろ）だそうでございますよ」

そのころといいますと、姉さんは暖かい床でぐっすりと寝ているころでございますが、名のある見世では、女郎さま方が客様と後朝の別れをいたしまして、ようやくゆっくりと寝入るころでございます。その時分に小火などとはそれはそれはご近所中、大騒ぎであったことでございましょう。ですが、半鐘は鳴らなかったようでございます。小火ですから見世の若い衆によってすぐに消し止められたのでございましょう。

「どこから火が出たのかね？」と七尾姉さんが聞きます。

「へえ、それが、えらいことでして、辰巳屋さんの楼主さまのお顔が丸つぶれでございます」

「楼主さまのお顔が燃えたのかね？」と七尾姉さんはきょとんといたしました。

「そうではありませんよ」とたまきは声を殺して肩で笑いました。

「笑っておらんで言いなさいな」と七尾姉さんはたまきを睨みます。

「へえ、水揚げの進上品でございますよ」

「なんと……それはそれは、確かに楼主さまの顔は丸つぶれですな」七尾姉さんは楼主さまの青ざめるお顔を思い浮かべました。

水揚げのお相手を選ぶというのはなかなか大変なことでございまして、ここで失敗しますと女子さんが殿方を怖がるようになりまして、それこそ今後のお仕事に差し支えるのでございます。ですから、ある程度の年齢の場《ば》数巧者《かずこうしゃ》で、しかも支度金が出せるお方を選ぶわけでございますが、「この人なら」と見世側がお選びになられても客様のご都合もあることとですので、受けられるかどうかはわかりません。適任者を選ぶということは大変に骨が折れることとなのでございます。おそらく、楼主さまが頭を下げてお願いしたのでございましょう。

辰巳屋の楼主さまは九左衛門《くざえもん》といいまして、恰幅《かっぷく》のいい強面のお方でございます。商売にはことのほか厳しく、いずれは辰巳屋を大見世へと出世させようと目論んでおるお方でございますから、女郎さまだけでなく、若い衆も普段から兢々としておるほどでございます。

「だれじゃ、わしの顔に泥を塗ろうとした奴は。見つけたらただではおかんぞ。逆さづりの上鞭打ち百回じゃ。いや二百回じゃ」と一町四方に響き渡るような声で怒鳴ったそうでございます。

以前、この見世の噂話をだれかから聞いたような気がしますが、よく覚えておりません。どのようなお話だったでしょうか……。

ただ、古い記憶ですと、数年前に一度九左衛門さまが突然に千歳楼を訪ねて来られまして、「ウチで遣手をやらんかね。給金は弾みますぞ。七尾さんなら打ってつけでしてな」という話を持ちこまれたことがありました。遣手とは俗に遣手婆と呼ばれる憎まれ役でございまして、女郎さま方を、飴《あめ》と鞭《むち》を使って働かせ、見世をうまく回していく、いわば要でございます。酸《す》いも甘いも嚙み分けた元女郎が適任とされますが、七尾姉さんはもう人に使われるのはこりごりでございましたので、丁重にお断りした次第でございます。それでも、「気が向いたらいつでも訪ねて来られるといい」とのお言葉でお帰りになられましたが、今でもその言葉は有効でございましょうかね。それはともかく……。


「水揚げをしなさるのはだれじゃったのかね」と七尾姉さんはたまきに聞きます。

「へえ、振袖新造の千代さんですよ」

「千代とな……」七尾姉さんは記憶を浚《さら》ってみましたが出てきません。「わたしの知らない女子さんですね。で、受けたのはだれかね」

「へえ、両国で米問屋を営む成田屋の若旦那、利平《りへい》さんだとか」

「なんとまあ、豪勢な。さぞかし進上品を奮発されたはずでしょうに」

「そうなんですか？　有名なんですかね。そんなにお金を出されるお方なんですかね」

「見栄もお金もある。江戸でも五本の指に入る米問屋の三代目ですよ。新造さんの水揚げでも二百両や三百両は惜しまず出されるはずですよ」

「へえ……わっちもやっていただきたかったでありんす」とたまきも口があんぐりでご

ざいます。

「おまえさん、わかっておるんかね。客を取るということが」

「さあ、わかっているような、いないような……」とたまきが首を傾げます。

「でも、なぜ進上品が燃えたんですかね」

「今、文吉親分と半次さんが検分しておる最中でございますよ」

「ちょっと、こっそり行って見てきなさいよ。文吉親分には気をつけてな。見つかるとやっかいですからね」

「わっち、あのサル吉親分、苦手なんですがね」とたまきは顔を歪めます。

「とっといってきなさいな。よいネタをつかまなんだら、帰ってこなくてもいいでな」

「……あい」と不服そうにたまきは出かけていきました。

たまきは辰巳屋の玄関の隙間からすっと入ると階段の横で検分する文吉親分の視界に入らないところに身を潜め、聞き耳を立てました。

文吉親分は水浸《びた》しで炭の山のようになった進上品を十手の先で突きながら、「勿体《もったい》ねえことだな。十年分の給金が灰になっちまってるぜ」と言うと、横にいた半次さんが「三十年分じゃねえですかね」と愚痴のように零しました。

たまきが収集した話をまとめますと、小火のあったのは明六ツごろといいますから、女郎さま方が客様を起こし、禿たちがうがい用の半挿《はんぞう》を持って部屋へ行く時分に起こったわけでございます。

「なんだかきな臭せえな。魚を焼く臭いではねえんじゃねえか」とひとりの客様が言い出しまして、通りかかった禿が「ちょっと見てまいりんす」と言って下へ降りてみますと階段横の進上品が燃えているではありませんか。そこで禿が「火でありんす。燃えておりんす」と叫んだことから、朝の辰巳屋は大騒ぎとなりまして、聞きつけた若い衆が手桶に水を汲《く》んでぶっかけましてようやく消し止めた次第でございました。

そこに置いてありましたのは酒樽四つと、厚さ一尺の敷布団、額仕立ての掛布団、鏡台、三点の着物、数本の反物、簪、櫛などでございました、それらが燃えてしまったのでございます。燃え残った物もありますが、もはや使い物にならない状態となってしまいました。これらはすべて利平さんからの進上品なのでございました。金額にして二百両は下らないとか。勿体ない話でございます。お酒は飲めましょうが、それ以外の物は焦げや染みで台無しになったわけでございます。

火の気のないところでございましたので、失火というより放火であろうと誰しもが考えるところでございます。

楼主の九左衛門さまが利平さまに、どのように申し開きしようかと頭を悩ませているとき、たまたま見世の前を通りかかった文吉親分が「おい、なんか臭わねえか」と半次さんと顔を突き合わせまして、周辺の見世を一軒一軒覗き込んで発覚した次第でございます。できれば隠し通せればと思っていたのでございますがまことに運がありません。

「なにがあった。隠し立てすると……」といういつもの台詞《せりふ》で楼主九左衛門さまに十手を突き付けたそうでございます。

「へえ、隠し立てなど滅相《めっそう》も……」と大きな体を平身低頭されながら説明されたそうでございます。

「うっかり、行灯の火を燃え移らせてしまったようでして……」と苦し紛れの言い訳をしますが、文吉親分にはそんな見え透いた嘘は通用しません。そこのところはさすがでございます。というより、文吉親分は人が言うことはまず嘘と決めつけてかかりますので、通用するもしないもないのでございます。ですが、そこで文吉親分は「油の臭いがするが。これは付け火ではないのか」と勘繰りましたそうです。着物や布団には油染みのようなものが付いておりますし、臭いもします。お上から十手を預かる以上、付け火であればただで済ませるわけにはいきません。しかし、うっかり油が掛かったところに火が落ちることもありますので、何とも言えないところでもあります。

「火を落としたのはだれでぇ」と文吉親分はなおも九左衛門さまに食いつきます。

「へえ、年端《としは》もいかぬ禿の起こした不始末でございまして、なにとぞご容赦を」と、九左衛門さまは文吉親分の袖に一分銀を一つ放り込みました。

すると文吉親分のお顔も穏やかになりまして「まあ、内々で消し止めたんだ。大っぴらにすることもあるめえ。その禿に言っておくんだな。火には十分気をつけるようにとな」と形だけの検分を済ませると、そそくさと出ていったそうでございます。まあ、文吉親分に限らず、目明しというのはこんなふうに事を済ませることがあるようでございます。

あとは、九左衛門さまが成田屋利平さまにどのように申し開きするかで落着するはずでしたが、事はそれほど簡単に済むことではなかったのでございます。さらにその続きがありました。

九左衛門さまが御内所で、ことの経緯《いきさつ》を知らせるための手紙を書いておりましたところ、廊下をけたたましい足音を響かせて走って来たのは二階廻しの与一でございました。

「何事じゃ。廊下を走るでないわ。筆が乱れるではないか」と九左衛門さまはご立腹でございます。朝からろくなことがありませんので致し方ありませんが。

「大変でございます。えらいことでございます」と与一さん。普段は物静かで隙のない仕事から他の若い衆からも一目置かれるお人ですが、この時ばかりはその慌てようと言ったら大変なものでございました。

「なんじゃ、ゆっくり話してみんか。いつものおまえらしくない」と九左衛門さんは呆れ顔でございました。

「へえ、へえ……」と言いながらも次の言葉がなかなか出てきません。ようやく、「……吉三郎《よしさぶろう》さまがお亡くなりになっております」と与一さん。

吉三郎さんというのは二日前から居続けのお客様でございまして、座敷持ちの松尾さんのお客様でございます。

《三》

「なんと……辰巳屋で客様がお亡くなりになっておったと?」話を聞いた七尾姉さんも続けざまに起こった事件に驚きを隠せません。思わず御髪《おぐし》を整える手が止まってしまったほどでございます。

「あい。そのようでありんす」とたまきも話しながら驚いております。

「亡くなったのはどんなお方ですかね」

「へえ、口入れ屋を営む……吉三郎とかいうお人でございます」

「なんと……あの吉三郎さんが……なんぜ、お亡くなりになっておったんじゃね？」

「へえ、まだ詳しくはわかりませんが、殺されたかもしれねえと、若い衆が騒いでおりんした」

九左衛門さまも踏んだり蹴ったりでありますなと、七尾姉さんは少々気の毒になりましたが、なんだかご褒美の匂いがしてならない七尾姉さんでございます。このところ相談らしい相談がありませんので懐具合が寂しくなっていたところでございます。ちょっと皮算用をさせていただきましょうか……。

ですが、まずは文吉親分の出方を見なければなりません。困った一件であれば、近いうちに必ず千歳楼の戸を叩くはずでございます。ですが、文吉親分からご褒美は期待できませんので、できれば九左衛門さまのご来訪をお待ちするのでございます。

「たまき、ちょっと様子を見てきなさいな。よい話が聞けなんだら帰って来なくていいでな」

「大丈夫でありんすよ。あの見世にはわっちの友達がたくさんおりますので、期待しててくださいな」とたまきは意気勇んで出ていきました。こんな時に限ってあてにならないのがたまきでございます。友達がいれば当然遊びにおしゃべりに夢中になるわけです。すると肝心なことをすっかり忘れてしまうたまきでございますから。

吉三郎さんというお方についてですが、七尾姉さんは知り得ていることがありますので少々ご披露させていただきます。

このお方は、山谷浅草町で口入れ屋を営んでおられまして、一見、歌舞伎役者のような品のあるお顔立ちでございますが、ところがどっこい、まことに評判のよろしくないお方でございます。亡くなられたお方のことを悪く言うのは憚《はばか》られるのでございますが、この方を恨んでおる女郎さまを数えれば、七尾姉さんとたまきの両手両足の指を使っても足りなくなるほどでございましょう。隣見世の広江姉さんの指を使えば足りるかもしれませんが、広江姉さんの指は二本足りません。それはともかく……。

表向きは口入れ屋と看板を出しておりますが、そこで雇う者のほとんどは女衒でございまして、田舎の貧しい農家から只同然で引き取ってきた女子たちを言葉巧みに法外な金額を上乗せして妓楼へ口入れする輩《やから》の元締めでございます。

七尾姉さんもこの桂屋の女衒に引きずられるようにして能州（石川県）から連れてこられたのでございます。恨み辛みはいかばかりか。

数か月前に、とある事件のことで桂屋へ出向いたときにお会いしておりまして、その時にも、苦言を進呈させていただきましたが、まったく効果効能はなかったようでございます。どのような事情で、このような最期となったのかは、わかりませんが、自業自得ですねと七尾姉さんは胸の奥底でこっそりと思いました。口には出しませんけど。

昼間の日差しがありますころはポカポカしておりまして一月とは思えないような日和《ひより》でございましたが、夕暮れますと途端に肌寒くなりましてやっぱり冬ですなと実感させられます。その時分に、千歳楼の戸を叩く殿方がおりました。障子に映る小男の影から、文吉親分じゃなと七尾姉さんは察しました。ですが、これほど早く来られるとは思ってもおりませんでした。二、三日は頭を悩ましてから来られるのではないかと思っておったんですが、ちょっと早い来訪でございます。

「どなたでございましょうか」七尾姉さんはわかっていながらお聞きいたします。

「俺だ、文吉だ。ちょっと開けてくれねえか」

七尾姉さんが心張り棒を外して三寸ほど戸を開けますと、そこから顔を半分ほど覗かせます。

「あら、文吉親分。今日はお泊りですか」

「なに言ってるんでぇ。ちょっとウメ吉とトメ吉の様子を見に来ただけでぇ」と白々しく言います。千歳楼へ顔を出す口実として金魚を持ってきたんでしょうかと勘繰りたくなります。多分、間違っておりませんでしょう。

「心配なさらずとも、二匹とも元気でございますよ」

「そうは言っても、嫁に出した娘のようでな、心配で心配で夜も寝られねえんだ」と言いますが寝不足のお顔には見えません。「ちょっとだけ、見せてくれねえか」

文吉親分は戸をこじ開けるように入り込んできます。

「すまねえな」と言いながらも「どうぞ」という言葉を聞く前に、雪駄を脱ぐと素早く上がり込みます。窓際に置かれた金魚鉢をちらと見ると「元気そうで何よりだ」と言うと、火鉢の前に腰を下ろしました。

さてどうしましょうかと考えましたのは七尾姉さんでございます。咄嗟に湯のみのお茶で炭火を消そうかとも思いましたが、灰が飛び散るので思いとどまりまして、文吉親分の話に乗りましょうか、それともちょっと突き放して九左衛門さまの来訪を待ちましょうかと頭の隅で算段いたします。やはり、後者の方がご褒美に与れましょう。

どちらにしても、話だけはお聞きすることにいたしました。

「聞いたかい？　辰巳屋の一件だ」と文吉親分の切り出しです。

たまきから聞いてはおりますが、だれから聞いたかを尋ねられると困りますので七尾姉さんは知らない振りをすることにいたしました。

すると、文吉親分は辰巳屋での小火の一件から吉三郎さんの一件まで事細かに話してくださいました。吉三郎さんの一件では、まだ知り得ていないこともありまして、それは興味深いことでございました。

「吉三郎というのは、おまえも知っていると思うが女衒の元締めだ。その頭が叩き割られていたわけだ」

「叩き割られていた。それはそれはお気の毒に」

「そうよ、デコを一発よ」と右の額を指さしました。ちょうど七尾姉さんが火傷をしたあたりでございます。これはなにかの縁なのでございましょうか。嫌な縁でございますこと。

「だがな、これが曲者《くせもの》なんだな」

「ほう、どのように……?」と大して興味はありませんが、とりあえず文吉親分のお顔を立てて聞き入る振りをいたします。

「一見、てめえでつんのめって火鉢の角にデコぶつけておっ死《ち》んだように見えなくもねえ」

「不運によるものというわけですか。躓《つまず》いて頭をぶつけたと」

文吉親分は頷きました。

「この野郎は女衒の元締めだ、たくさんの女の恨みを背負ってきた野郎だ。どのような死に方をしようがいいんだが、……だが、殺しとなれば話は別だ。下手人はひっ捕らえねえといけねえ」

「へえ、さようでございますな。ですが、なんぜ、そこまでわたしのような花魁崩れの女郎にお話ししてくださるんで？」といつものことながら突き離してやります。

文吉親分はしばらく考え込んでおりまして、「ただの独り言だ、いいんだいいんだ。じゃましたな」と重そうに腰を持ち上げなさいました。

文吉親分は呼び止められるのを待っているかのようにゆっくりとした動作で上がり框まで行くと雪駄を履き「じゃましたな。ウメ吉とトメ吉のことよろしく頼むわ。姉さんなら安心だわ」と言い残して辞去されました。

七尾姉さんはしょんぼりしたような文吉親分のお背中を見送りました。背に腹は代えられません、少し待ちましょうと七尾姉さんは思いました。

たまきは何をしておるんじゃろと聞き耳を立ててますが、気配が感じられません。いつものように遊び惚《ほう》けておるようでございます。よいネタは期待できそうにありませんなと七尾姉さんはがっかりいたしました。

辰巳屋にはたまきの友達が多くいるようで、たとえば、奉公に入って十日目に将来を悲観して首を括《くく》ったまきほ、寝小便を繰り返して折檻の挙句《あげく》、庭で凍え死んだかまち、酒に酔った侍に斬り殺されたたのじ、その他にもあわれな死にざまをした禿どんが数人いるそうでございまして、きっと話が弾んでいるのでございましょう。七尾姉さんも古いお友達に会えば盛り上がってしまいますので強く咎《とが》めることはできませんが、いらいらは募《つの》ります。

《四》

翌日になりまして、茄子《なす》の漬物とシジミのみそ汁といういつもながらの朝餉《あさげ》をいただいておるところで、戸を叩く音が響きました。大きな力強い、戸が壊れるかと思うほどの音でございました。七尾姉さんはどきりとしましたが、刹那《せつな》、にやりとお顔がほころぶ自分に気がつきました。はしたないとは思いますが、ほころんでしまいますのでしかたがありません。まだ食べかけでございますが、急いでお膳を片付けまして、ちょっとお茶を啜ります。

三和土《たたき》に立ちますと七尾姉さんは「はい。どちら様で？」といつになく丁寧なお返事で迎えます。

「辰巳屋の九左衛門ですが、覚えておられますかね」口調は丁寧ですが、その声は太くて押しの利くお声でございました。

「はい、もちろん覚えておりますよ」とほころんだお顔を取り繕いながら心張り棒を外して戸を開けます。

大きなお顔でございます。しかも鬼瓦のようなお顔でございます。それを無理に広げて笑顔を作っておりますのでいささか不気味でございます。

「九左衛門さま、ご無沙汰しております。お元気そうでなにより」と味気ない挨拶の後、千歳楼の座敷に上げられた九左衛門さまの口から出た言葉は、七尾姉さんが期待していた通りのお言葉でございました。

「七尾姉さんにお願いがありましてな。実は……」と話し始められたのは昨日起こりました吉三郎さんの一件でございまして、吉三郎さんの死は偶然によるものなのか、それとも何者かに殺《あや》められたことによるものなのか、後者であれば、それが何者によるものなのかを見極めてもらえんじゃろかというものでございました。

「へえ、ご用件はわかりましたが、どうしてまた……」と七尾姉さんは怪訝に思いましてお聞きいたしました。

「そうなんですよ。てっきり偶然によるものとばかり思っておったんですがね」と本当はそのように簡単に片づけたかったわけでありますが、そうもいかなくなったようでございます。その様子が九左衛門さまのお顔から読み取れた七尾姉さんでございます。

「昨夜、暮六ツのことでございますよ。大わらわで昼間の一件の後片づけをすませて夜見世を開いての書き入れ時にですよ、文吉親分が見世にやってきましてね、あの一件がはっきりするまで見世を開くことは許さねえとほざくのですよ。あのサルが……いえ、文吉親分が」怒り心頭の九左衛門さまでございます。鬼瓦が次第に赤くなってまいりました。焼き窯《がま》の中の瓦のようでございます。

「これじゃあ、商売上がったりですわ。わたしに首を括れと言うのですかね。あのサル」と言いまして九左衛門さまは歯ぎしりをされました。

「なるほど」と七尾姉さんは文吉親分の思惑を勘繰りました。つまり、昨日、千歳楼から出た文吉親分は一計を案じたわけでございます。

　文吉親分は七尾姉さんに仕事を頼んでもご褒美が出せませんので、出せるお方を動かそうと考えたわけであります。そのお方こそが、見世の楼主さまでございます。見世としては営業ができなければ潰《つぶ》れる以外にはありませんので、なんとか打開しようと考えます。そこで何かと相談に乗ってくれて、吉原にも精通し、自身も一目置く七尾姉さんに白羽の矢が立つはずと考えたわけでございます。七尾姉さん以外にはこのような面倒なお仕事を引き受けてくれるお人はいませんし、お金でどうにでもなるお方でございますし、そんな噂が吉原界隈《かいわい》にじわじわと広がっているようでございます。サル知恵もなかなかですね。

「三日で何とかならんものですかね。七尾姉さん」

七尾姉さんは驚きまして九左衛門さまのお顔をまじまじと見ました。

「三日ですか……」

「見世としてはそれ以上、女郎や若い衆を遊ばせておくわけにはまいりませんので」と言うと九左衛門さまは懐から袱紗《ふくさ》を取り出しまして七尾姉さんの前に置きました。

目の前にてんこ盛りの餌を差し出された野良犬と同じ心境の七尾姉さんでございました。

「ここに手付金として五両あります。事の真相がわかったとき、これはあくまでも文吉親分が納得したときでございますが、その時にはもう五両をさしあげます。これでなんとかお引き受け願えませんでしょうか。七尾姉さんの噂はかねがね聞いておりましてな、なんとかしてもらえると信じておりますよ」

七尾姉さんに断る理由はありません。待っていたのでございますから。

「そうですね」とすぐに手を出すのはあまりにもはしたないと思いましたので、ちょっと考える振りをいたしまして、三つ呼吸をしてから「解決できるかどうかわかりませんが、他ならぬ九左衛門さまのご依頼でございますから」と引き受けさせていただきました。

ですが、詳しい状況というものがなにもわかりません。さて、なにから始めましょうかと七尾姉さんは頭を悩ませました。


ところで、たまきはどうしておるのでしょうか、あれ以来、姿が見えません。遊び惚《ほう》けるにもほどがありましょう。まあ、留守番などいてもいなくてもいいので、とりあえず、戸締りだけしますと七尾姉さんは辰巳屋へと向かいました。

土埃《つちぼこり》の混じる北風の中、吉三郎さんの顔を思い出しながら、人というのは呆気ないもんですなんて、心の隅で人の命の儚《はかな》さを嘆《なげ》いておりますと、着きました。

土埃を払いながら玄関を入ると、まず、最初に感じたのは焦げ臭いにおいでございました。事件の朝、進上品が燃えたとのことでございましたので、そのにおいがまだ玄関あたりに染みついておるようでございます。職人さんが、焦げや煤のついた床や柱を削ったり磨いたりと作業に追われております。禿どんや新造さんたちもお手伝いに勤しんでおられます。

七尾姉さんはそれを尻目に見世番の伊平さんに案内されまして、吉三郎さんの一件のあったお部屋へ向かいました。

七尾姉さんは階段を上がる途中、そこでちょっと伊平さんに聞いてみました。

「小火があったのは明六ツだとか？」

「へえ、そのころでございます」と伊平さんはちょっと振り返りながら答えました。

「吉三郎さんの一件は、いつごろ起こりましたかね」

「それが、わからないのでございますよ。吉三郎さんが倒れているのに気づいたのは、小火の後片づけをして、各お部屋にお騒がせしてたことをお詫《わ》びに回ったときですから。気がついたのが小火の後としか言えませんがね」と曖昧《あいまい》なお返事でございました。

「どれほどの客様がお泊りでございましたかね」

「へえ、八人の客様が朝を迎えられまして、小火の前に四人様が帰られまして、お二人様が帰り支度をなされておる最中でございました。吉三郎さんは二日前から居続けをなされておりまして、もう一晩居続けなさるとか。もう一方《ひとかた》は前日からお泊りでございまして、その日は初めての居続けのご予定でございましたが、二つの出来事がありましたので朝四ツにはお帰りになられました」

「みな、馴染《なじ》みの客様ですかね」

「へえ……、いえ、お一人様以外は馴染みの客様でございます」

「一人というのは？」と七尾姉さん。

「最後に帰られた客様でございます。初めての客様でして、大坂から来たとか言ってられましたな。そば職人とか……」

「今はどこに？」

「さあどこでしょうか。朝四ツに出ていかれた後は……ただ、まだ住まいが決まっておられないとかで、ひょっとすると裏茶屋辺りに身を寄せておるやもしれませんがね」

吉三郎さんが倒れていた部屋というのは座敷持ちの松尾さんのお座敷でございまして、奥から二つ目でございました。伊平さんが案内してくださいまして、その障子を開けますと、なんとも味気ない普通の座敷でございます。部屋の隅に重ね簞笥がありまして、隣と仕切る襖の前には六曲一隻の屏風が立てられております。季節柄部屋の真ん中あたりに獅嚙火鉢《しがみひばち》が置いてありました。事が起こった昨日今日でございますので使われることなく寒々としておりますが、取り立ててご説明するほどのこともない座敷でございます。

「松尾さんはそのころ、何をされておったんじゃね？」と七尾姉さんは部屋の隅々まで目を凝《こ》らしながら気配だけを伊平さんに向けて聞きました。

「へえ、なんでも、厠《かわや》へ行って、ついでに化粧を直しておったとか。ですが、前夜は回し部屋の方に入り浸っておったようで、こちらへはほとんど……」

「回し部屋の客様というのは、どなたですかね？」

「へえ、先ほどお話ししましたそば職人の客様でございます」

「では吉三郎さんの骸が見つかるまでは、ここへはだれも来てはおらんのですかね」

「いえ、春乃が明六ツにうがい鉢《ばち》と房楊枝《ふさようじ》を運んだはずでございます。その時は不機嫌ながらも朝の挨拶を交わしたそうでございます」

明六ツには、禿や新造が、身支度のための水と鉢、房楊枝などを運ぶことになっております。不機嫌であったのは、振られたことによる当てつけだったのでございましょう。

「その後、吉三郎さまの異変に気付いたのも春乃でございますよ」

「春乃というのは？」

「へえ、振袖新造でございまして、松尾のお手伝いを言いつけております。うちは中見世とはいえ人手が少なく、抱えというようには決めておりません。都合の良い時に手伝いをさせております」

春乃と聞いて、なにか引っ掛かるものがありましたが、なんでしたでしょうか。どこかで、その響きに不吉なものを感じたのでございますが七尾姉さんの気のせいでございましょうか。

そしてもうひとつ気になることがありました。どこからかたまきの気配がうっすらとするのでございますが、その姿が見えません。この辰巳屋のどこかで遊んでいるのでしょうか。七尾姉さんの声や姿を見つければきっと顔くらいは出すはずなのですが。先日、辰巳屋へ行くと言ったまま、いまだに戻ってきておりません。

七尾姉さんは、困ったものですと思いつつ、ちょっと心配になっております。

「吉三郎さまは、このあたりに倒れておったのでございますよ」と伊平さんはその姿を手ぶりで描いて見せてくれました。獅嚙火鉢の横辺りに額から血を流して倒れていたとか。

「与一がお騒がせしたことを詫《わ》びに来たとき、廊下で青くなっている春乃に出くわしまして、そこで倒れている吉三郎さんを見つけたそうです。そのときにはもう、息はしてなかったそうでございます」

「ということは生きている吉三郎さんと最後に会ったのは春乃ということでいいです

ね」

「そういうことになりますね。もちろん、下手人がいるとすればその者が最後ということになりますが」

もちろんですねと七尾姉さんは頷《うなず》きました。

それにしても先ほどからたまきの気配がしてならないのでございますが、どこからでしょうか。それとなく気を配ってみますが、はっきりとしたことがわかりません。

「春乃という新造さんにお話を聞くことはできますかね」と七尾姉さんは伊平さんに聞いてみますが、その顔には困った表情が浮かびました。

「どうしましたね」と七尾姉さんがその顔を覗き込みます。

「へえ、それが、昨日から姿が見えないのですよ。昨晩の引け四ツ（午後十時ごろ）までは確かにいたんですが……」と伊平さんはたどたどしく言いました。

「……あ・し・ぬ・けですかね？」と七尾姉さんは禁句ともいえる言葉を躊躇《ためら》いながらぶつけてみました。途端、思い出しました。「……あのハルですかね？」と喉《のど》の奥で呟《つぶや》きました。

「そうですよ、あのハルですよ、ハルがいたんですよ」とたまきの声が聞こえました。

やはりこの辰巳屋のどこかにたまきがいるようでございますが、気配が薄くて居場所がわかりません。

――どこじゃね？――と七尾姉さんが聞きます。

――どこかわかりません。暗くて狭くて冷たいところでありんす――とたまきが言います。

「ちょっと、見世を回らせていただいてもよろしいですかね」と七尾姉さんは伊平さんにお聞きします。

「へえ、どうぞ。ご自由に。楼主さまのお言い付けですので」とのこと。

中見世とはいえ小ぢんまりとした見世でございますから、見て回るというほどのところではありません。廊下をまっすぐ行って左に曲がるとすぐに突き当たりでございます。廊下の窓の下は小さな中庭になっておりまして、石灯籠が一基鎮座しておりまして、その周囲には手入れの行き届いた庭木が植えられております。池には鮮やかな色の錦鯉が泳いでおります。

たまきの気配はどうやらそちらの方から漂ってくるようでございます。

七尾姉さんは一階へ降りると雪駄《せった》をお借りしまして庭へ出てみます。伊平さんが不思議そうな顔で後を付いてきます。

石灯籠の足元の苔《こけ》が妙な具合に膨《ふく》らんでおりまして、しかもめくった様子がありましたので、七尾姉さんはつま先でちょっと突っついてみます。

べろんと簡単にめくれた苔の下に窪《くぼ》みがありまして、そこに徳利が一本押し込まれておりました。徳利の口には湿らせた御簾紙《みすがみ》が詰め込まれてまして、側面には奇妙な文字の書かれた紙切れが貼ってありました。

七尾姉さんの後ろから伊平さんが「それはなんでございましょう」とお聞きになられますが、七尾姉さんはなんと答えていいものやら。

「なんでございましょうか?」と言いながら紙切れを剥がして詰め込まれた御簾紙を取りました。するとたまきがすーっと出てまいりました。幸いにも伊平さんには見えなかったようでございます。

「どなたかのいたずらでしょうかね。それとも何かのおまじないでしょうかね」と七尾姉さんは徳利を伊平さんに渡しました。伊平さんはそれを手に取ると上にしたり下にしたりし、まじまじと見ておりました。

「春乃さんのことですが、もし、戻ったら知らせていただけますかね。いろいろと聞きたいことがありますので」

「へえ、よろしいですが……ほんとうに、どこいっちまったのか。まさか足抜けでは……」と伊平さんは顔を曇らせました。

《五》

たまきのことをすっかり忘れておりました。

七尾姉さんが千歳楼へ戻るとたまきが部屋の隅で震えておりました。

「おまえさんはあんなところでなにしておりんさったね。寒くて、暗くて、狭かろうに。おまえさんの一番苦手なところじゃろ」と七尾姉さんはたまきを前にし、笑いを堪《こら》えながら聞きました。

「笑い事ではありませんよ。ハルですよ。わっちを徳利に閉じ込めたのはハルなんですよ」とたまきは泣きべそをかきながら言います。

「ハルがあの見世におったのかね」

「あの見世ですよ、ハルが口入れされたとき、姉さんに話したはずでございますよ」

「そうじゃったかね」七尾姉さんは記憶をまさぐると、確かにそんな話を聞いたような……。「ハルはそんな術も使うのかね。大したもんじゃね」

「姉さんとどっこいどっこいでありんすよ」

「言っておくがな、わたしはそんな術は知らんぞ」

「姉さん、前に言ってたじゃないですか。『徳利に封じ込めるぞ』って。その術ですよ」

「言ったが、ただ脅かしただけじゃ。そんな術など知るわけなかろう」

「そうなんですか。はったりでしたか……でも、ハルはそれができるんです。やっぱり只者じゃないんじゃね。おそろしや、おそろしや」たまきは身を縮こまらせて震えました。

「わっち、もう外には出られません。ハルに見つかったらまた封じ込められます。今度はもっと遠くに埋められてしまいます。ひょっとすると大川に流されてしまうかもしれません。そんなことされたら海まで流されてしまいますよ」

「だったら、いっそのこと成仏したらいいんじゃないかね」

「それも嫌ですよ。まだまだ姉さんのそばにいたいんです。あのハルをなんとかしてくださいましな」とたまきは七尾姉さんに縋《すが》ります。

「相手はくノ一じゃよ。人を殺める技を、縦から横から仕込まれておるんじゃ。どうすることもできんでな。封じ込められたら、その時は自分でなんとかしてもらわんとな。だがな、その娘、ほんとうにハルなのかね。わたしはまだ信じられんのじゃがな」

七尾姉さんにとってはまだそのお顔を拝見したこともない、ただ話に聞くだけの娘でございますから、まったく実感がわかないのでございます。

「今度の吉三郎さんの一件も、事を終えたらすぐに姿を消しておりますよね。三国屋の一件と同じでございますよ。そうでしょ」

三国屋の一件と申しますのは、花魁が毒殺されたあの一件のことでございます。あの下手人がハルでございました。といっても何の証もありませんので、そうだったのではないかとの憶測でございますが、七尾姉さんは確信しております。

「そのハルが何をして、おまえさんを徳利に封じ込めたんじゃね」と話は戻ります。

「へえ、わっちが辰巳屋で、成仏できずに住みついておるまきほやかまちに話を聞いていると、いつのまにかわっちだけすっと暗がりに吸い込まれてしまったんでございますよ。気がついたらそんなことに……」

「ハルの仕業かどうかわからんじゃろ」

「絶対にハルの仕業ですよ。姿を消したのがなによりの証じゃないですかね、姉さん」

よほど怖い思いをしたせいか、腹に据《す》えかねたせいか、たまきはいつになく強い調子で言います。

「それで、結局、なにもわからなかったというわけかね」

「……そういうことになりますかね。まきほどんやかまちどんも一件についてよいネタはつかんでおらんようですよ」とたまきはしょんぼりと肩を落としました。

ハルは、妙なことを聞きまわる妙な幽霊をじゃまに思ったのかもしれません。今のうちにたまきを徳利に封じ込めておいた方が無難でしょうと考えたに違いありません。どのような術で封じ込めたのか、できれば教えてもらいたいと思う七尾姉さんでございます。

「今回は、とんだ災難じゃったわけだから、今日は、もう帰って、ゆっくり休みなさいな」と七尾姉さんはたまきを気遣って言いますが「いえ、ここにいます。このままじゃ気が収まりません。仕返しのつもりで七尾姉さんのお頭の助けになりますので」

「助けとな？　いままで、助けになった例《ため》しはなかったと思うが」

「そんな言い方はないと思いますよ。いつもネタ集めもしてますし。なんでも相談してくださいましな。きっとお役に立ちますから」とたまきの顔は、いつになく真剣でございます。

「そう言われてもな」と、七尾姉さんが困ってしまいます。

「このままでは帰るに帰れません。成仏もできません」とたまきは仏頂面でございます。

「好きにするとよいわ」と七尾姉さんは呆れ顔となりました。

七尾姉さんがまず最初に考えたことは、小火と吉三郎さんの殺しは関係があるかということでございます。単なる偶然か、はたまた小火に乗じての所業か。小火が起こりまして、見世の皆が大騒ぎをしている最中に松尾さんの座敷に入り込んで吉三郎さんを撲殺したのでしょうか。

吉三郎さんというお方は前にも述べましたが、山谷浅草町の桂屋の頭でございます。この方というのは、仕事柄、いろいろと気苦労があるせいか、度々《たびたび》吉原へと通いまして、家業そっちのけで一晩二晩、ときには三晩と居続けをしておったそうで、この日も二日前から居続けをしておりまして、この日は三日目になろうとしていたわけであります。

吉三郎さんは座敷持ちである松尾さんのことをいたく気に入っておりまして、本心から身請けを考えていたようでございます。楼主九左衛門さまともご相談されておったそうですが、なかなか身代金の額で折り合いがつかず、長引いていたとか。そんなときに起こった一件でございます。

ここで厄介なのは、吉三郎さんという人は女衒《ぜげん》の頭ということでございまして、その配下の女衒にひどい目にあわされた女郎さまが、ここにもあそこにも、そこら中においでになるということでございます。直接、吉三郎さんが女子を連れてきたわけではありませんが、吉三郎さんに少なからず恨みを抱く女郎さまが数多いらっしゃるわけでございます。それが吉三郎さんを殺めることにつながっていないとは言い切れないことがまことに厄介なのでございます。ちなみに松尾さんは、吉三郎さんの営む桂屋によって連れてこられたのではありませんでした。だからと言って無関係かどうかは今の段ではわかりかねるところでございます。どこでどのように気持ちが捩《ね》じれるかはわからないのが人でございますから。

七尾姉さんは頭を抱えております。たまきは金魚と遊んでおります。

「たまき、帰りなさい」

「姉さんがひとりで悩んでいるから暇なんですよ。トメ吉とウメ吉に餌はやったんですかね」とたまきは膨れっ面になりながらふっと消えました。

「……忘れておった」と七尾姉さんは独り言ちながら金魚の餌を取り出しました。

《 六 》

翌日の早朝、辰巳屋から遣いが来まして、その遣いが言いますには「春乃がおりましてございます」とのこと。実は、奥の大部屋で風邪を拗《こじ》らせて寝込んでいたとか。

「だれも気がつかなかったんですかね」と七尾姉さんは呆れております。

「朋輩《ほうばい》や姉女郎は知っていたようですが、若い衆にはうまく伝わらなかったようでございます。てっきりあれかと勘繰りまして、若い衆が吉原の中をあちこち探し回っていたんですが、内儀様が厠でひょっこりと出会いまして、『どこにおったんじゃね』と問い詰めますと、風邪をひいて大部屋で寝てましたと……」

「もうお加減はよろしいのですかね」

「へえ、もうすっかり……元気に仕事に精を出しております」

「では、後ほど、お話を聞きにお伺いしますのでその旨お伝えくださいな」

「へえ、かしこまりました」と遣いの者は丁重に頭を下げると戻っていかれました。

しかし、なんという失態でございましょうか。見世の女が病気で寝込んでいることを知らないとは、はなはだ杜撰《ずさん》ですなと七尾姉さんは思いました。では、ハルはまだ辰巳屋にいるのでしょうか。それはそれで油断なりませんなと七尾姉さんは肝に銘じました。

昼見世が始まりますとなにかと忙しくなりますので、その前にお話を伺おうと七尾姉さんは辰巳屋へと出かけまして、春乃さんを呼んでいただきました。一階の大広間の隅に席を用意してもらいましてお茶を飲み飲みのお話でございます。

春乃を目の前にしまして七尾姉さんは「これが、あのハルですかね」と心の声で自問しました。ですが、目の前にいるということはハルではないのですかねと否定する七尾姉さんもおられました。七尾姉さんはまだ、ハルにはお目にかかったことがありませんので、なんとも答えの出しようがありません。春乃は、おっとりした小柄な娘さんでございます。とてもくノ一の修練を積んだ刺客には見えません。ですがそこが曲者《くせもの》なのでございます。たまきも連れてこればよかったと今になって思いますが、閉じ込められた恐怖で「あい」とは素直には言わないじゃろな、と七尾姉さんは思いました。

「おまえさんが春乃さんかね？」と七尾姉さんは確認の意味を込めて聞きます。

「へえ、春乃でありんすよ。お初にお目にかかります。噂はかねがね」

どんな噂かは聞きません。よい噂ではないと思うからでございます。そんなことはいいんです。慣れておりますので。

「おまえさん、幽霊を封じ込める術を知っておるのかね」と七尾姉さんの話はそちらの方から始まりました。

春乃は顔色を変えて息を呑みました。

「なんの話でございましょう？」

「たまきのことですよ」

「たまき？」春乃は首を傾げて聞き返しました。

「いいんじゃ、きっとわたしの勘違いじゃ」ととりあえずその話はそこまでにします。本当に知らないのか、惚《とぼ》けているのか、判断に迷うところでございます。惚けているのなら、そのお芝居の堂に入ったことといったら歌舞伎役者顔負けですなと七尾姉さんは思いました。それについてはまたお酒を飲みながら考えることにします。

「ところでな、春乃さん。吉三郎さんの件で聞きたいんじゃがな、おまえさんがうがい鉢を持って行ったときには吉三郎さんは確かに生きておったんですね」

「へえ、生きておられましたよ。獅嚙火鉢のところで煙草をくゆらせておりました」

「それでどうしたね？」

「客様が、小腹がすいたので茶漬けでもいいから、持ってきてくれねえかって言われまして、『では早速《さっそく》』と言って、勝手場へと急いだのでございます。それから四半時ほどしてお持ちしたんですが、部屋へ入ってみると客様が獅嚙火鉢の傍《そば》で横になられておりまして、また寝てしまったんでしょうかと思って声を掛けたんですが、うんともすんとも返事がありませんでな、近づいて覗き込んだら、目を開けたまま息が止まっておりんした。びっくりしてわっちは腰を抜かしてしまいんしてな、それで、這《は》うように廊下まで出て、『だれか～』って呼んだんでありんす。すると二階廻しの与一さんが駆けてきて『どうしたんじゃ』って聞くもんですから『死んでござる』って言うと『だれがじゃ』

って聞くもんですから『吉三郎さんが』って答えたんでありんす。それからはもう大騒ぎになって、あとのことはよく覚えておりんせん」と春乃は息を呑み呑み話してくれました。

「おまえさんが部屋に入る時、怪しい者を見たかね？」

「いえ、だれも見てませんよ」

七尾姉さんは腕を組みながらその様子を思い浮かべておりました。

「ところで、おまえさん、故郷はどこかね」と七尾姉さんは唐突に聞きました。

「わっちですか、わっちは信濃（長野県）でありんすが」

「おまえさんを連れてきた女衒は吉三郎さんの店の者かね？」

「わっちは親類の者にこちらへ連れて来られまして、それで奉公が決まったのでございます。なんでも親類の者の知り合いがこちらの楼主さまとお知り合いだとか」

どこかで何かが食い違っておりますなと七尾姉さんは感じました。どうやら春乃は自分が思っていたハルではないと合点しましたが、ではハルはどこにいるのでございましょうか。それともたまきの早合点でございましょうか。しかし、たまきを徳利に封じ込めるような術を操《あやつ》るような者が、あちらにもこちらにもいるとは思えませんし。

「身体の方はもうよいのかね」と七尾姉さんは春乃を気遣いました。

「ええ、もう大丈夫でありんす」と春乃は屈託《くったく》のない笑顔を見せてくれました。それを見て、七尾姉さんは春乃はハルではないと確信しました。甘いと言われる方がいるかもしれませんが、それでいいんです。笑顔に騙されるのは罪ではないと七尾姉さんは思っております。

七尾姉さんは、特に得るものもないまま辰巳屋を引き上げますすと、帰り道の途中でぱたと足を止めました。

「ちょっと寄っていきますかね。憂鬱ですがね」と独り言ちながら今の道を引き返しますと大門の方へ向かいました。

番屋の前で意を決めて大きく息を吸い深呼吸なのか溜息なのか、ふーと息を吐き「おじゃましますよ。七尾ですよ」と戸を開けます。文吉親分と半次さんが上がり框に腰を掛け、向かい合って茶を啜っておりました。何とも不思議な光景に映りました。

「おう、そろそろ来るころだろうと思っていたぜ。お待ちかねだ」と文吉親分がにやりと零しました。

「適当なことを言わないでくださいな。なにを根拠にそろそろ来るころだと思ったんですかね」と七尾姉さんは不機嫌を露《あら》わにして腕を組みました。

「だって、そうだろ。行き詰まりゃ、ここへくるしかねえだろ。お待ちかねだ」

「だれがお待ちかねなんですかね。わたしを待っている人でもいなさるんで？」

「ああ、そこにいるぜ」と文吉親分が顎《あご》で指したところに筵《むしろ》のふくらみが横たわっておりました。それはもちろん吉三郎さんの骸でございます。「医者がなかなかこれなくてな。今日まで待ってもらったんだ。待ちくたびれてるぜ。はやいとこ会ってやってくれねえか」

「勘弁してくださいな」と七尾姉さんは項垂《うなだ》れました。

「今日の夕方にも桂屋の者が引き取りに来ることになっているんでな。それを見越してきなさったんだろ」

「わたしはそんなこと知らされておりませんがね」

「だったら天の巡り合わせだ。幸運だぜ」と文吉親分は不敵な笑みを零します。なんと気味の悪い笑みでございましょうか。

文吉親分は、どうしても七尾姉さんと骸さまを引き合わせたいわけでございます。

「わたしね、昼飯前なんですがね」

「だったら、昼飯食ってからにするか。なんならおごるぜ」

「いいえ、結構でございます。……わかりました。今、お会いいたしましょう。ですが、それで一件が解決となるかどうかなんてわかりませんからね」

「いいんだ、いいんだ。そんなことは気にすることじゃねえ。とにかく会ってやってくれ」と文吉親分は半次さんに顎で促しました。半次さんは近くで見るようにと手で促して、筵をはぎ取りました。

吉三郎さんでございます。薄く目を開けております。口もぽかんと開いております。どう見ても骸でございます。

七尾姉さんは元気だった吉三郎さんを思い出しました。そうそう、煙管の吸口を舐めながら話すしぐさがまるで歌舞伎役者のようでございました。それが、今はぽかんと開いたままでございます。

「ここだよここ」と文吉親分は土間にしゃがみ込むとおでこの辺りを指さします。

右のおでこのあたりが黒ずんで凹んでおります。血が滲んでいるようでございますがほとんど血は流れておりません。

「全身くまなく検分したが、傷はここだけだ」と文吉親分。

「文吉親分はこの死に不審があると思うのはなぜですかね」

「それよ、それなのよ」文吉親分は食いついたとばかりににやりと笑います。

七尾姉さんの二の腕に鳥肌が立ちました。

「あのな、デコの骨が凹《へこ》んでいるんだがな、そばにあった獅噛火鉢の縁の形に合わねえんだ」

「頭を叩かれた時には、その凹みはぴったりと合うものですかね」

「ぴったりとはいかねえが、何となく納得するくらいには合うもんだ。だが、これはまったく合わねえ。たとえば、茹《ゆ》でたまごの殻《から》を、箸《はし》で叩くと、箸の形に凹むわけだ。匙《さじ》で叩けば匙の形に凹むわけだ」

「つまり、簡単にいうと、どういうことなんですかね」と七尾姉さんはわかりきったことを聞いてみました。

「これは殺しだ」と文吉親分は尚も不気味に笑います。殺しであることが嬉しいように。

「その下手人は誰ですかね」

「それを見つけるのが俺とおまえの仕事だ」

「わたしも入っているんですかね」

「もちろんだ」

「目星は付いているんですかね」

「まったく付いていてねえ」

「殺しの得物については……」

「まったく付いてねえ。ただ、言えることは、硬くて丸い物だ」

「たとえば?」

「こん棒のような……」

「探したんですか?」

「もちろんだ。探したが、そんなものはどこにもねえ」

「だれかが持ち出したんですかね」

「かもな。殺されたのは明六ツだ。それまでは生きていたことは確かだ」

《 七 》

また桂屋へ向かうことになるとは思ってもおりませんでしたが、これぱかりは仕方がないことのようでございます。前回は去年の四月でございましたでしょうか、三国屋の件で足を延ばしました。吉三郎さんに、話を聞きに伺ったのでございますが、その吉三郎さん本人がこの度不幸に見舞われまして、まさかこのようなことになるとは夢にも思うておりませんでした。日ごろの行いの悪さがこのような不幸を招いたのでございましょうか、それであれば自業自得ではございます。

桂屋は以前と変わりない佇《たたず》まいでございます。何事もなかったかのようにひっそりとしております。既に、吉三郎さんの骸は引き取られているはずでございますが、葬式の支度というものがまったく見当たりません。

七尾姉さんは、なるほどと思いました。こちらではたとえ店主が亡くなろうと口入れ屋の稼業がありますので、閉めることはできないようで、そう思っている最中にも、女衒らしき人相の悪い殿方が娘を連れて入っていきます。きっと、どこかのお寺で盛大に行う手筈を整えているのでございましょう。

吉三郎さんが亡くなった後、だれがその後を継ぐのかは、わかりませんし、そもそもそんなことには興味のない七尾姉さんでございました。確か、息子さんがおられたようで、きっとその方が継ぐのではないでしょうか。

七尾姉さんは桂屋の暖簾《のれん》を潜ると、店の人を探しました。こんな時でも店を取り仕切るのは……六郎さんのはずですが……と見回しますと、いました。気難しいお顔をなさっております。こんな時ですので無理はありませんが、もともとのお顔にさらに輪をかけての仏頂面でございます。笑顔というものを想像することのできないお顔でございます。七尾姉さんが故郷から連れて来られた時も、一度として見たことはありません。

「六郎さん、お忙しい時に申し訳ありませんがね」と七尾姉さんは、今しがた戻った女衒の応対を終えた六郎さんに声をおかけしました。

「七尾姉さんですか。御無沙汰いたしております。今、なにかと立て込んでおりまして、お相手することは難しいんですがね」既に用件を察したかのような言い草でございます。

「お頭さまの葬儀はどちらで？　浄閑寺さんですかね」

「いえ、そこではなにかと女郎衆がうるさいでしょうから、幸龍寺の方にお願いしました。吉三郎の檀那寺でもありますので」と六郎さんは薄らに笑いまして、七尾姉さんは不思議な物を見たような気分になりました。なんだか六郎さんが怪しく見えなくもありませんね。

「うちの裏の……」うちというのは吉原のことでございまして、裏手にあるお寺でございます。

「立て込んでいることをご存じであれば……」

「百も承知で伺ったのでございます。実は、その件で伺ったのでございますよ、六郎さん。辰巳屋さんもはやくこの件を収めないことには見世を開くことができないと困っておるのです。わたしはその件の依頼をされましてね、ちょっとお話を」

「また、厄介なことに首を突っ込まれましたな。これに関しては立ち入らない方が…

……」とそこまで言うと六郎さんは、口を閉ざしました。

「というと、また、あの一件に関りがあると？」

「さあ、わたしの口からはなんとも……」

七尾姉さんは上がり框にちょっと腰をかけますと「お茶は結構ですので、ちょっとお話を」

六郎さんは困った顔を作りましたが、しかたなかろうとの顔に変えられまして、その場に腰を下ろしました。

「吉三郎さんがあちらこちらから恨まれていたことは存じ上げておりますが……」と七尾姉さんが切り出しました。

「このような稼業でございますので、仕方がないことでございます。そんなことを気にしていたら主人、奉公人家族ともども飢え死にしてしまいますので」

「それ以外に、このような件になった心当たりはありますかね。ありますよね。先ほどのお言葉からすると」

「ですからね、七尾姉さんのお身を案じてのことでございますよ」

「へえ、わたしのことをそれほどまでに気遣っていただけるとはね。二十八年前にもそれくらいの気づかいがほしかったですね」とつい昔の恨み言が出てきてしまいます。六郎さんのお顔が俄《にわ》かに歪みます。それに満足した七尾姉さんは続けます。「心当たりがおありですね」

「七尾姉さんにも立場がおありのようで、このままでは埒《らち》が明かないと思いますので、ひとつだけお話しいたしますが」と六郎さんは、らしからぬ表情で辺りを見回すと、声を潜めました。

「十日ほど前に、大番頭の幸二が殺されましてね」

七尾姉さんは、幸二さんにお会いしたことはありませんが、大番頭ということは六郎さんの上役にあたる御仁でございましょう。

「殺された……？　だれにですか？」

「それがわかれば苦労はしませんがね。不忍《しのばず》の池に浮いていたんですよ」

「浮いていたんでしたらお酒に酔って落ちて溺れ死んだとも考えられませんかね。殺されたというのはいかがなもんでしょうかね」

「背中に刺し傷があったんですよ。それも急所を正確に狙いすました手練《てだ》れの刺し傷がね」

「手練れですか……」七尾姉さんはちょっとぞくりとしました。

「ですがね、お役人どころか、目明かし連中も、猫の子一匹動かないんですよ」

「猫の子もですか……」と七尾姉さんは驚きました。

「つまり、どこからか押し返せぬほどの力が働いておるということですよ。わかりますよね」と六郎さんは七尾姉さんのお顔三寸の所まで寄りました。六郎さんは近くで見るとそれなりにいい男でございます。女衒でなければさぞかしおもてになったはずでしょうに、おしいことでございます。

「つまり、吉三郎さんも同じ輩《やから》に殺られた《や》かもしれないと？」

「そういうことでございますよ。ですから、あまり深入りしない方がよいかとご忠告させていただくわけでございます。昔の罪滅ぼしを兼ねましてね」

「そんな程度のことでは罪滅ぼしにはなりませんよ」七尾姉さんは最後に突き返してやりました。女の恨みは一生もんでございますからお忘れなく。

六郎さんはへの字に口を曲げて不満の顔を作っておりました。

二年半ほど前のことでございます。某国の大名様が参勤の折、吉原へ赴き《おもむ》きまして、ある花魁にぞっこんとなりまして、それを知った奥方様が、差し向けた刺客に女郎さまを殺害させたという悍《おぞ》ましく、痛ましい一件がございまして、そのことに関わったのが、桂屋のお頭吉三郎さんでございました。関わっただけならよかったのですが、知りすぎたわけでございます。

「幸二さんもその件については知り得ていたんでしょうかね」

「知っていたようでございます。お頭と大番頭はどんなことでも相談し合える間柄でございましたから」

「つまり、これは口封じということでございますかね」

「見せしめの意味もあるかもしれませんね。まあ、わたしの口からは、なんとも……」

どうやら、吉三郎さんは幸二さんが殺されたことから怖くなって身を隠すために吉原へ逃げ込んだようでございますが、ですが、刺客とやらはどのようにしてその場所を探りあてたのでございましょうか。

「吉三郎さんが辰巳屋へ通い始めたのはいつごろからでございましょうかね」

「そうですな、もうかれこれ三年になりますかね。それ以前に贔屓《ひいき》にしていたのは和泉《いずみ》屋《や》の楓《かえで》姉さんでした。一年半ほど通われましたかね、些細なことから大喧嘩になったそうで、切れ文を叩きつけたとか、その前は寺田屋の……」

「そこまで詳しくはよろしいですよ。そうですか……」七尾姉さんはちょっと考え込みました。つまり、最初から吉三郎さんを殺す目的だったということでしょう。そのために、ハルは半年も前からその見世に奉公に入っていたわけでございましょう。そのとき、たまきが見ております。

ところでハルはどこにいるのでございましょうか。七尾姉さんはまだハルにお目にかかったことがありませんので、どのようなお顔をしているかわかりません。道ですれ違ってもわかりませんので捕まえることもできません。もっとも、捕まえるつもりなど毛頭ございません。相手はくノ一でございますので。

《八》

七尾姉さんは桂屋から戻るその足で吉原大門を潜ると、再び辰巳屋へと立ち寄りました。

他の見世は昼見世の準備に追われておりまして、てんやわんやでありますが、いまだ開くお許しが出ません辰巳屋は、ひっそりとしておりまして、見世番の伊平さんが暇にまかせて見世の前を箒《ほうき》で掃くばかりでございます。伊平さんは既にきれいになったところを何度も何度も掃いておられまして穴を掘っているようにも見えました。

「そんなに掃きますと、水たまりになりますよ」と声を掛けると伊平さんは途端に嫌な顔をされました。

「なんだよ、また姉さんか……」

「お忙しいところすいませんがね」

「忙しそうに見えるのなら別の機会にしてもらいてえんですがね」

「忙しいんですかね」

「忙しそうに見えるのかね?」

「去年の四月か五月ごろに奉公に入った娘がいたと思うんですが、ちょっと会わせていただけませんかね」とできる限りの笑顔でお願いしました。もともとは辰巳屋の楼主九左衛門さまのご依頼で動いているんですがね。それでも迷惑がられるんですから七尾姉さんというお人は、よほど嫌われているのでございましょう。

「四月か五月ごろに奉公に入った娘……?」と伊平さんはちょっと天を仰ぎました。

「ああ、それなら晴美のことですかな」

「晴美さんでございますか……今、おられますかね?」

「いるはずだが。いなけりゃ大事だ」といい、箒を玄関先に立てかけると、上がり框の拭き掃除をしていた十二、三歳と思われる禿どんに「おい、晴美を呼んできてくれねえか。こちらの姉さんがお目にかかりてえとよ」と声を掛けました。

「あい」と禿どんは心当たりへと駆けていきました。

伊平さんは箒を手に取ると掃除の続きを始めました。

「まだ掃くんですかね」と七尾姉さん。

「後で、埋めりゃいいんだろ。いいんだよ、どうせ暇なんだから」と伊平さん。

「犬みたいですね」

「なんだと？」

七尾姉さんは呆れながらその後姿を何となく見ておりますと、先ほどと同じ足音が近づいてまいりましたが、その様子が変でございます。なんだか慌てたような足取りとなって戻ってまいりました。

足音の主が言うには「晴美さんはおられませんよ。いつもなら大広間で姉さま方とおしゃべりしているはずですが、お姿が見えません」

「姉さま方はなんとおっしゃっているんだい」と伊平さんの箒が止まりました。

「へえ、そういえば、今日は見てないねと。足抜けしたんじゃないかと笑っておいでですが」

「馬鹿なこと真に受けるんじゃねえ。部屋は見たのか」

「へえ、見ました」と禿どんは真顔でございます。

「そんなはずはねえだろ」と伊平さんは顔色を変えます。「今は、だれも出てないはずだ」

伊平さんが見世の前で始終掃き掃除をするのは、女郎さま方の出入りを見咎める意味もあったようでございます。

辰巳屋は、大きな見世ではありませんので、ぐるりと駆け足で見て回ればいるかいないかは一目でございます。

そこで聞くのはどうかとは思いましたが、「どうしましたかね」と七尾姉さん。からかうつもりなど毛頭ございませんが、聞かずにはおれません。

伊平さんは七尾姉さんのお顔をまじまじと見つめます。そしてぼそりと言いました。

「足抜けだ」と。

「待ってくださいな。こないだも姿が見えなかった春乃さんはその後すぐに見つかったじゃありませんか。早合点というのもありますよ。簡単に決めつけると後々厄介なことになるんじゃないですかね」

「あのな、ここに長くいると、なんとなくわかるんだよ。気配というのか……空気というか……あの娘、前々から目つきが怪しいと勘繰っていたのよ」と伊平さんは言うと、箒をその場に投げ捨てて見世へと飛び込んでいかれました。そして見世中に響き渡るように叫びました。

「晴美がいなくなった」と。

するると、静かだった見世が、あたかも地震でも起きたかのように響き始め、それに交じって怒号までが飛び交いました。

「だれが最後に見た?」とか、「私物はどうなってる?」とか、「金目のものは無事か?」とか、「門番へ知らせろ」とか、蜂の巣を突いたとはまさにこのことを言うんですねと七尾姉さんは思いました。

もう、話を聞くどころではありませんので、七尾姉さんは諦《あきら》めて千歳楼へと戻ろうとしまして踵《きびす》を返しました。

「やってくれますね、ハル」と七尾姉さんは思わず呟きました。手筈通り仕事を終えて、ずらかったのでございましょう。この時点でハルがいなくなったのであればその可能性は高いと考えていいのではないでしょうか。不忍《しのばず》の池の殺しはどうかはわかりませんが、少なくとも辰巳屋の件に関してはそのように見ていいのではないでしょうか。

不忍の池の件は……ハルにも仲間がいましょうから、すべてをハルの仕業とするのは少々乱暴かもしれません。あちらは既に偶然死として落着しておるようですので、こちらの件だけに集中することにしましょうと七尾姉さんは思いました。

ひょっとすると、こちらの件に関しても、どこからかなんらかの力が加えられて不運による偶然死となるやもしれませんが、そのときはそのときでございます。

帰り際、ふと気になりまして玄関から見世を覗き込んで「最後にひとつ、尋ねたいことがあるんじゃがね」と七尾姉さんが慌ただしい辰巳屋の中で、走り回る若い衆に声を掛けますが、だれも振り向いてくれません。

「あのな……」と大声で一人の若い衆の袖《そで》をつかむと「なんじゃ。それどころじゃねえんだ」と振りほどこうとします。

「吉三郎さんの一件があった朝のことを聞きたいんじゃが、詳しい人はいますかね」

「なんだって……あの朝のことだって？」とその若い衆は首を傾げます。「二階廻しの与一が詳しいはずだ。受け持ちだからな。最初に吉三郎さんの死を見極めたのも与一だ」

「そうそう、その与一さんを呼んでいただけませんかね」

その若い衆はちょっと考える素振りを見せ「……待ってな」と吐き捨てるように言うと走っていかれました。

どれほど待ちましたでしょうか四半時も待ったでしょうか、六十がらみのしょぼくれた若い衆がとぼとぼとやってまいりました。遅まきながらご説明しますと、妓楼で働く男の方のことを、若い衆といいます。若くても、歳を取っていてしょぼくれていても若い衆でございます。

「二階廻しを仰《おお》せつかる与一でございますが、どのようなご用件で？」

「当日の朝の様子を詳しくお聞きしたいのですがね」

「朝の様子と言われましても、朝は慌ただしいですので、一部始終を見ているわけではありませんがね」

「わかるところだけでいいですよ」と七尾姉さんは渋る与一さんから聞き出すことにしました。

「ですがね、特に変わったことのない朝でございました。わたしが仕事に取り掛かったのはいつものように暁七ツ（午前四時ごろ）でして、そのころにはもう禿や新造がうがいの準備を始めておりました。下の勝手場では湯を沸かし始めておりまして、この日は寒い朝でしたのでいつもより熱い湯を作っておりましたね」

「その中に晴美さんはいらっしゃいましたかね？」

「ええ、もちろん。ほかの新造といっしょに甲斐甲斐しく仕事に勤しんでおりました」

七尾姉さんにはなぜかその様子を思い浮かべることができません。なぜでしょうか。

七尾姉さんは晴美さんのお顔を知りません。ですが、お会いしたことのない人でも想像することはそれほど難しいことではないはずですが、なぜか七尾姉さんには見えないのでございます。おそらくくノ一という得体の知れない偽りの姿だからではないかと姉さん自身は思っておりました。与一さんは話を続けました。

「朝湯を楽しまれるお客様もおりますので、お風呂も沸かしておりましたが、どういうわけか、この日に限って湯がぬるいと苦情を言われましたね。ですから急いで薪《まき》をくべさせましてご機嫌伺いをしました。出られるときにはいい湯だったとお褒《ほ》めに与りました」

「小火《ぼや》があったのは？」

「その後でございますよ。そろそろお帰りになられるお方がおられるだろうと、見世の玄関で履物のご用意をさせていただこうとしたとき、焦げ臭《くさ》いにおいとともに、『火事だ』との声が上がりましてね。それからはもうてんやわんやでございます。『火事はどこだー』っていうんで『階段の横だ』とのことで、若い衆が桶に水を汲んで、順番に水を掛けたのでございますな。何杯掛けたでしょうか。十杯？　二十杯？……」

その辺りの様子は七尾姉さんにもちゃんと想像できます。七尾姉さんが奉公していた時にも小火騒ぎは何度もありましたので、その時の様子を重ね合わせることができるわけであります。

「九左衛門さまが烈火《れっか》のごとく怒りましてね、あんなに怖いお顔を見たのは久しぶりでございますな。以前は、何年か前に、女郎さまが立て続けに首を吊ったときでしたな。不寝番を捕まえて振り回しておりましたな。壁に何度か叩きつけて、壁に穴が開きましてな、みな、震え上がりましたよ。あの時以来でございます」

「九左衛門さまは大きなお人ですからな。暴れ始めたら手が付けられませんわな」

「へえ」と与一さんは困った顔を作りました。

「その後は……」と七尾姉さんが話を促します。

「へえ。わたしが、お騒がせしたことのご説明とお詫びをしに各部屋を回ったときに春乃が廊下で腰を抜かしておりましたので、どうしたのか聞いて、そこで吉三郎さんが倒れているのを見つけたわけでございます。わたしが近づいて脈を診てみると、もう止っておりましたな」

「与一さん」

「なんでございましょう?」と与一さんは怪訝そうに七尾姉さんのお顔を見つめました。

「おまえさんが下手人ではないじゃろうね」と、七尾姉さんはとりあえず手順通りの問いかけをしました。

与一さんはきょとんとして七尾姉さんを見つめました。

七尾姉さんはにやりと笑みを作って「冗談じゃよ。とりあえず聞いたみただけじゃ」

「…………」

与一さんは苦い虫を口いっぱいに入れて咀嚼したようなお顔をされました。当然でございましょう。面と向かって下手人ではないかと疑われたわけでございますから。

さてと、考えなければなりません。いろいろなネタを仕入れたはいいですが、それがただ並んでいるだけとなっております。すべての辻褄が合うように組み立てないといけないのでございますが、これがなかなか骨の折れる作業なのでございます。文吉親分のように単純なお頭の持ち主なら手っ取り早く「こいつが下手人だ」と決めつけて引っ括ることもできますが七尾姉さんの場合はそうはまいりません。

七尾姉さんが火鉢を抱えていろいろとお考えを練っておりますところに足音が近づいてまいりまして、戸を叩きました。この叩き方は半次さんでございましょうか。

「姉さん、よろしいでしょうか」と戸越しに恐縮するような声で問いかけます。

「どうぞ、どうぞ、半次さんなら大歓迎ですよ。文吉親分なら追い返そうと思っておったんですがね」と七尾姉さんは半次さんを快く招き入れました。

半次さんは文吉親分の真似をするように半尻を上がり框にかけますと「実はですね、文吉親分が下手人を引っ括りましてね」

「なんと、下手人を……その下手人とは、どこのだれですかね」と七尾姉さんの口から突拍子もないお声が飛び出しました。七尾姉さんもだれが下手人かわからないのに……ハルとは思っておりますが、どこにいるのかわかりません。文吉親分にはわかって、しかも引っ括ったとは、それは聞き捨てなりませんなと七尾姉さん。まさかハルを捕まえたということなのでございましょうか？

「へえ、下手人はそば職人の末吉という男でございまして」

「末吉……さんですか。初めて耳にするお名前ですな。ですが、どうしてまたそのお人が下手人と目星を付けたんですかね、文吉親分は」

半次さんは上がり框にしっかりと尻を据《す》えると話し始めました。

「へえ、この男、なんでも、江戸でそばの店を持つために大坂から遥々《はるばる》やってきたんですがね、江戸へ来てまず最初に立ち寄ったところが吉原だったようで。そっちの方が、なによりも好きな男でして」と半次さんは困ったような呆れたようなお顔で話されました。「江戸と言えば吉原と思っておるくらいの男でしてな、我慢できなかったんでしょうね」

呆れる半次さんの気持ちもわかりますが、吉原というところはそのような殿方によって支えられておるところであることも間違いないのでございます。半次さんの話は続きます。

「で、江戸へ出てくると、すぐに大門を潜りましてな、一軒一軒張見世をご覧になりまして、何百という女の中から松尾に目をつけたんですよ。一目惚《ぼ》れしたんでしょうね。一も二もなく指名しましてね……腰に引っ張られるように辰巳屋へ揚がったそうでございます。ですが、吉三郎が松尾の部屋を陣取ってますから、当然回し部屋ということになりますわな。で、一件の前夜は松尾の二人回しとなったわけでございますよ」

「そうなりますわな」と七尾姉さんは納得します。

「この末吉という男が、好き者の割にはなかなかの男前でございましてね。醜《ぶ》男ならこのようなことにはならなかったと文吉親分は言いますがね、……松尾がたちまちぞっこんとなりましてな、回し部屋の方に入り浸ってしまって、吉三郎の方は後回しとなったわけです」

「なるほど」と言いながら七尾姉さんにオチが見えてまいりました。ですが……。

半次さんの話が続きます。

「面白くないのが吉三郎ですよ。『いつまでなにをやっているんでぇ松尾は』てな具合で、回し部屋の方へ覗きに行ったわけでして。このような野暮はやっちゃいけねえんですが、我慢できねえお人はどこにでもいますわな。吉三郎は躊躇《ためら》いながらも、ちょっと障子戸を開けて二人の様子を覗いて、その二人の仲のよさにかっと頭に血が昇ってしまったようでしてな、『いつまで待たせるんでぇ。こんな優男とイチャイチャしやがって』と怒鳴り込んでしまったわけでして。末吉もそんなことをされて黙っているような男じゃなかったみたいで『野暮《やぼ》にもほどがあるやろ。すっとこどっこい』と、そこで取っ組み合いの喧嘩《けんか》になりましたそうで、ですが、見世の若い衆に押さえられまして『まあまあ、ここは楽しく遊ぶところでございますので……』と一旦は収められたんですが、ですが、楽しいところをじゃまされた末吉の方にもやもやが残ってしまったようで……」

「で、翌朝の一件ということですか」

「へえ、文吉親分が言うのは……」

「何で叩いたんでしょうかね」

「それですよ。あったんですよ。棒が」

「棒ですか？　どんな」

「そば打ち棒ですよ。長さが三尺ほど太さが一寸ほどですよ」

「なぜそば打ち棒なぞ持ち歩いていたんですかね」

「へえ。肌身離さず持ち歩いていたとか。なんせ、大坂から出てきたばかりで住まいも決まっておりませんので、一切合切を持ち歩いていたとか」

「その棒で吉三郎さんのデコを叩いたと？」

「そのようで。朝、周囲の人の気配を見ながら松尾の部屋まで行くとこっそりと忍び込んで、背後から近づいて、振り向いたところをガツンと……」

下の階で若い衆が大わらわでしたので、その小火のどさくさに紛れればそれほど難しいことではなさそうでございます。

「職人にとっては命の次に大事な道具ですよね。そのような大事な道具で人を殺めますかね」

「へえ、わたしもそう言ったんですが、かっとなれば人は何をするかわからねえ。というのが文吉親分の言い分でございまして。『侍は大事な刀で人を斬る』との理屈でして」

「なるほど、文吉親分らしいですね」

「ですがね、吉三郎のデコの傷を見ると、おいらは、もっと太い物で叩かれたように思うんですよ。七尾姉さんはどう思います？」と半次さんは七尾姉さんのお顔を覗き込みました。半次さんも納得はしてない様子でございます。

「話を聞くだけでは何とも……末吉さんはなんとおっしゃっているんですかね？」

「滅相《めっそう》もねえ。血が付いた棒でそばなぞ打てるわけおまへんと」

「そうでっしゃろな」と七尾姉さん。「で、その棒には血は付いていたんですかね」

「いいえ、付いてませんでしたね。吉三郎のデコからはほとんど血は出てませんので、やってないとも言えませんね」

「確かに、末吉さんには吉三郎さんを殺める動機らしきものがありますが……」と七尾姉さんの言葉がそこで止まってしまいました。

「ところで半次さん。半次さんは、自らの判断で、わたしの所へ来られたんですかね」と七尾姉さんはちょっと勘繰って聞いてみました。

「へ？」と半次さんはちょっと戸惑いを見せました。

「ここへは、文吉親分の指示ですかね？」

「は？」と半次さん言葉に困っております。

はは～ん、と七尾姉さんは思いました。つまり、文吉親分も自信が持てず、半次さんに千歳楼へ行って、この考えを聞いてもらってこいとの指示だったようでございます。

半次さんは気まずそうに七尾姉さんのお顔を見つめておりました。

《九》

「姉さん、わっちの敵《かたき》をとってくださいましな。このままでは成仏できんせん」とたまきが懇願《こんがん》します。

「成仏する気などこれっぽっちもないくせに……」と言いながらも七尾姉さんは何とかしてやろうかなと思いました。ですが相手はくノ一でございます。

話を戻しまして、なぜに早朝に吉三郎さんは殺されなければならなかったのでございましょうか。吉三郎さんは、その晩は松尾さんに振られ、一人で寂しく床に就いていたはずでございます。そこを狙って襲ってもよかったわけでございます。朝目覚めてから思い立ったのでございましょうか。それはちょっと考えられませんね。そこになにか取っ掛かりがあるような気がしてならないのでございます。

朝でないといけない何かが……。

お酒はありましたでしょうかと、七尾姉さんが天袋を探ってみますと、ありましたありました。大徳利に、半分ほど残っておりました。少々物足りないですが、今夜はこれで我慢しますか。これだけあればどうにか一晩が過ごせそうでございます。凍え死にしませんように、焼け死にしませんように、と思いながら、まずは一杯いただきます。

一杯いただいたところで、さて、肴はありましたでしょうか？　そうそう、お隣からいただいたわかさぎの佃煮がまだ少し残っていたはずでございます。なんだか急に嬉しくなってまいりました。よい考えがひらめきそうでございます。

あらためて火鉢の前を陣取りまして、と言っても七尾姉さんお一人でございますから取り合いになることはありません。たまきはもう帰ったはずでございます。ぐるりと部屋を見回しますが、姿は見えません。ではと、もう一杯。

「姉さん、飲みすぎてはだめでありんすよ。わっち帰りますがね」

「いたのかね。びっくりさせなさるな。心の臓が口から飛び出るかと思いましたよ」

「飛び出た姉さんの心の臓を見てみたいですよ。毛が生えてますかね。ぴょんぴょん跳《は》ねますかね」と言うとたまきは笑いながら消えました。

やれやれでございます。まだいたのでございます。いないと寂しいですが、いると煩わしいのがたまきでございます。

再び話を戻しますが、なぜに早朝に吉三郎さんは殺されなければならなかったのでございましょうか。朝でいけない理由があるような気がしてならないのでございます。なにかを利用するために朝でないといけなかったのではないでしょうか。

朝は……眠いですね。まだ布団の中で寝ていた人もおられました。まだ眠いところを襲う魂胆だったのでしょうか？　ちょっと合点がいきません。

朝は……人の目が少ないですね。まだ部屋で帰り支度をしている人もおられました。

夜中の方が人目はもっと少ないですね。これも合点がいきません。

朝は……寒いですね。外は霜が降りていたり、水たまりには氷が張っていたりしました。氷……？

…………ははーん。これですかね。

進上品にはなにがありましたっけと品々を思い出してみますと、確かにそこには人を殺めることのできそうな品がありました。どうしてもっと早くそれに気づかなかったのでしょうか。迂闊でしたね。ですが、お酒の力を借りれば百人力ですねと七尾姉さんはにんまりいたしました。

ですが、下手人を捕まえることができません。このような込んだ仕業はハルにしかできませんので姿を消したこともそれの裏付けになるでしょう。それはそれ。七尾姉さんはそこまでの任を担《にな》っておりませんので、まあ、よしとしますか。

七尾姉さんは、翌朝一番で文吉親分のいる番屋まで出向きました。まだ足元の霜が解け切らない時分でございます。ざくざくという音を聞きながら、さてどのようにお話ししましょうかと考えているうちに番屋へと到着してしまいました。

なんだか憂鬱でございます。なぜでございましょうか？ また文吉親分のお顔に面と向かわないといけないのでございますから仕方がありません。

「とんとん、七尾姉さんでございますよ。文吉親分はいらっしゃいますか」

「おう、いらっしゃるぜ」と戸を開けるといきなり文吉親分がそのお顔を突き付けてきました。「下手人をこのままにしておいて家に帰れねえからな。金魚は心配だが、大丈夫だ。金魚は二、三日餌を食わなくても平気だ。餌はやりすぎの方がいけねえ」と聞かれてもいないことを話します。

「お縄にした末吉さんとやらは、お元気ですかね？」

「ああ、元気だ。この奥の部屋で丁重にもてなしているぜ」と文吉親分は薄気味悪い笑みを湛えます。末吉さんは七尾姉さんを動かすための人質のようなものなのでしょう。まんまと文吉親分の術中にはまりました。

「あんさんが七尾姉さんでおますか？ 早くなんとかしておくんなはれ。寒くて死にそうですがな」と末吉さんが奥の方から叫んでおります。腰ひもと両手を結ばれた末吉さんでございます。どうやら柱に繋《つな》がれているようでございます。

「おまえさんがどう思っているかは知らねえが、俺はあの野郎が下手人だと確信しているぜ」

七尾姉さんの心の声が聞こえたのでしょうか、釘を刺された形となりましたが、そのようなことで怯《ひる》むわけにはいきませんが、憂鬱でございます。

「下手人はわかっておりますが、まずは、どのように吉三郎さんを殺めたかをご講釈します。そば打ち棒でたたかれたのではないことは最初に言っておきます」

奥の方から「そうだよ、早くそのわからず屋の親分さんに説明してくんなはれ」とお声がかかりました。

「猿でもわかるように説明してもらいてえな」と猿を自覚しての言葉なのか、そこのところはわかりません。聞き返すわけにもいきませんので流します。

「なぜ、朝にこの所業が行われたかというと、もっとも寒い刻限が朝だからでございます」

「わからねえな。寒い刻限が朝。それが殺しにどう関わるんだ」

「辰巳屋の階段脇には進上品が、披露するために積み上げられておりましたね。振袖新造の千代さんの水揚げするために成田屋の利平さんが進上したものです。下手人は、まず、前夜にその中から一本の反物《たんもの》を取ります。たくさんありますので一本くらい減っていてもわからなかったんでしょう。それを見越して企てたんですよ」

「反物なんかでぶっ叩いても……」

「まず準備が必要です。前の晩、その反物の中までしっかりと水を染み込ませます。そして、外の人目に付かないところに出しておきます。ここのところすっかり冷え込みまして、朝には霜柱が立つくらいでございましたから、水を染み込ませた反物はすっかり凍ってかちんこちんになりますね。それを持って松尾さんの部屋まで行き、吉三郎さんを叩いたわけですよ」

「反物に水を染み込ませて凍らせた……じゃあ、その反物はどこへ行ったんだ」

「そこからがなかなか凝っているんですよ。得物である凍った反物を隠さないといけません。そこで下手人は、お湯の張ってある風呂に浸けたんですね。反物を広げながら融《と》かせば氷はすぐに融けてしまいます。それほどの苦労はしなかったと思いますよ。ですが、風呂の湯がぬるくなってしまいました。二階廻しの与一さんが客様からお叱りを受けたそうでございますから、それが証ですね」

「それからどうしたんでぇ」と文吉親分は腕組みをしながら七尾姉さんの話に耳を傾けました。

「凍った反物を融かしても、濡れたままです。それをそのまま元の進上品の中に入れておくわけにはまいりません。一目で勘繰られますからね。そこで考えたのが、それに火を付けるわけです。そうすれば、『火事だ！』って騒ぎになって、見世の若い衆が寄ってたかって水をかけますからね。すべてが濡れてしまって、吉三郎さんを殺めた得物は他の物と見分けがつかなくなるわけですよ」

　文吉親分は黙って聞いていましたが、突然口を開きました。

「あの野郎がやったのか？」と文吉親分は末吉さんを指さしました。

「末吉さんではありませんって」

「だれだ？」

「さあ、だれでしょうか」

「おまえ、知っているんだろ。隠すとためにならねえぞ」と文吉親分の常套文句を口にしながら十手を抜こうとしますが、七尾姉さんがその手を制しました。

「知らない方が文吉親分の身のためでございますよ」

「どういうことだ」

「これはですね、ある一件の口封じなのでございます。ですから知らない方がいいかと……」

「口封じ……だと」

「へえ。……ですから下手人を知ると文吉親分の身も危なくなるわけでございます。それでもよろしければ、お教えいたしますが。お耳の用意はよろしいですかね」

「待ちな、……いいから、待ちな。ちょっと待ちな。考えるからな」と文吉親分のお顔の色が少々青ざめたように見えました。「言いたくなければいいんだ。無理に聞き出そうとは思わねえ。だがな、俺は目明しだ。下手人を捕らえるのが役目だ……どうすればいい？」と情けない顔になりました文吉親分でございます。

「いずれこの件は不運による偶然死として扱うことと奉行所から遣いが来ると思うんですがね」

「そんなもの来るわけねえだろ」と文吉親分は憤慨したように言いました。

とそこで半次さんが文吉親分の袖《そで》を引っ張っております。

「なんだ半次。女みてえにつんつん引っ張るんじゃねえ」

「表に奉行所から遣いが来ておりやす」と半次さんが耳元で言うと、文吉親分は戸惑いながらも外へと出ていきました。しばらくして戻ってきた文吉親分が言うには、「偶然死だそうだ。落着だそうだ。めでたしめでたし」と気が抜けたようにおっしゃいました。

末吉さんもその場で解放されることになりましたが、鬼のようなお顔で文吉親分を睨《にら》んでおいでです。

「結局はなんだったんでおますか？　文吉親分の早とちりでわたしは引っ括《くく》られたわけ

でおますか？」

「江戸というところはな、大坂とはなにもかもが違うところよ。いろいろなことがあるんでぇ。ここでうまくやっていきたければ、それに慣れるこった。まあ、うどんでもそばでも、しっかりやりな。一番で食いに行ってやるぜ」と文吉親分は苦し紛れにおっしゃいました。

「江戸とは恐ろしいところでんな。三十六年生きてきてこんなこと初めてでおます」と不平を呟《つぶや》きながら末吉さんは番屋を出ていかれました。

そのお姿を見ながら、七尾姉さんはなにかを忘れているような気になりましたが、さてなんだったでしょうか。

ハルのことでございましょうか。ハルは仕事を終えてとっととトンヅラしております。今どこにいるかはわかりませんが、吉三郎さんが真相を知っていることを理由に口封じされたのであれば、その口から聞いた七尾姉さんもその標的なのでございましょうかと今になって心配になっております。さて、どうしましょうか。

女郎衆や若い衆相手の喧嘩なら受けて立ちますが、くノ一相手の命を懸けた喧嘩など、とても歯がたちそうもありません。しかも、ハルには仲間もたくさんおるらしくて、あらゆる方面からの知らせを受けながら仕事にかかっておるようでございます。逃げ隠れしても仕方がありませんねと思いました。逃げるにしても吉原以外に行くあてなどありませんし。

《 十 》

一件落着しまして、なんとか九左衛門さまからご褒美がいただけそうな運びとなりまして、身も心も軽やかに千歳楼へと戻ってまいりました七尾姉さんの前にたまきが鎮座しております。

「姉さん、敵《かたき》は取っていただけたんでありんすか」とたまきは七尾姉さんに詰め寄ります。

「敵ですか……ハルはどこかへ逃げたらしいわ。くノ一が逃げたんじゃ、素人のわたしが追いかけても見つけられるわけがなかろう。諦《あきら》めるしかなかろう」と言いながらも七尾姉さんも気にはなっております。

「わっち、怖い思いをしたんでありんすよ。真っ暗で狭いところに閉じ込められたんでありんすよ。この恨みは一生忘れません」

「おまえはとうに死んでおるがな」

「許せないってことでありんす」

「だったら、自分で恨みをはらすことですな」

「また、閉じ込められたらどうしますか」

「自分で何とかするしかなかろう」

「もういいです。姉さんには頼みません」

どうにかなるものでもないので、放っておくしかないようでございます。

七尾姉さんは、その晩は、おいしいお酒をいただきまして、暖かいお布団でゆっくりと休むことができました。

朝の目覚めはことのほかよかったのですが、ふと枕元を見ると、見慣れないものが畳に立っております。立っているというより突き刺さっておるのでございます。

はて、なんじゃろうと思い、よくよく目を凝らしてみると、一本の短刀が畳に刺さっているではありませんか。

「なんじゃね、この短刀は……」七尾姉さんは息が止まりそうでございました。

以前、目覚めると簪《かんざし》が天井に刺さっていたことはありますが、それは酔って七尾姉さん自身が刺したものでございまして、驚きはしましたが、それほどでもありませんでした。ですが、枕元に刺さっている短刀は、七尾姉さんの見たこともない短刀でございました。この千歳楼のものではございません。

だれかが、七尾姉さんの寝ている隙《すき》に忍び込んで、ここへ刺していったとしか考えられません。だれが……との問いが七尾姉さんに伸し掛かりました。

玄関の心張り棒は嚙ましたままでございますし、窓も閉まったままでございます。だれが、どのようにしてこのようなことを……？

「ハルかね……ハルしかおりませんな」

お目にかかったことはありませんので人相はわかりませんが、その後姿がぼんやりと見えます。霧の中に消えていくハルの後ろ姿でございます。

この短刀の意味は……七尾姉さんにはすぐにわかりました。口止めでございましょう。余計なことを話せば命はありませんよと。おまえさんの命くらいいつでも取れますよと。

七尾姉さんはいつぞやのおみくじを思い起こしました。

『凶。春、身にキケンあり。刃物近し。酒におぼれるべからず』

もうじき春でございますが、春は春でもくノ一のハルのことでございましたようで。

さすがの七尾姉さんも、ここは大人しくするしかありません。しかも七尾姉さんはどうやらハルの手の中にいるようでございます。なんだかこの先が思いやられる七尾姉さんでございました。

まだまだ、七尾姉さんとたまき、そしてハルの複雑な関係は続きそうでございますが、そろそろお開きにしとうございます。

ところで、文吉親分が寝起きざま口にした定吉とはだれなんでございましょうか？　ちょっと気になりますね。それについてはいずれまた。

語りは前回に続き里《さと》でございました。それでは……。

本書は書き下ろしです。

姉さま河岸見世相談処

志坂 圭

四十近くで容色おとろえないのは吉原七不思議——酒好きの元花魁の七尾姉さんは、落籍されたのに吉原に舞い戻り、千歳楼という見世を営む変わり者。人の情がめっぽう深く、諸々悩み事を解いてゆく。ある日、気がふれた花魁の謎と真っ黒こげの骸があがった騒動が……酒呑みの度胸一つで難事を丸く収めてみせる。

ハヤカワ
時代ミステリ文庫

寄り添い花火

薫と芽衣の事件帖

倉本由布

札差の娘で岡っ引きの薫と、同心の娘なのに薫の下っ引きをする芽衣はともに十五歳。ある日、芽衣が長屋の前に捨てられた赤子を見つける。ふたりで親捜しを始めるが、そんな折にある札差で赤子の神隠しがあり、寝床には榎の葉が一枚残されていたという不思議が……ふたりで謎を解き明かす、清々しい友情事件帖。

ハヤカワ
時代ミステリ文庫

風待ちのふたり
薫と芽衣の事件帖

倉本由布

岡っ引きの薫と、薫の下っ引きの芽衣のあいだがちょっとおかしい。薫は芽衣を避け、芽衣は独りで頼みごとを引き受けることに。お稽古ごと仲間の父親が年の離れた若い女に逢っていて、女には小さな子どもがいるらしい。芽衣は薫ぬきで謎に挑むが……。たまにはすれちがうけど互いが好き、薫と芽衣の友情事件帖。

よろず屋お市
深川事件帖

誉田龍一

幼い頃、実の父母が不幸にも殺され、お市は岡っ引きの万七に育てられる。よろず請負い稼業で危険をかいくぐってきた万七だが、彼も不審な死を遂げた。哀しみのなか、お市は稼業を継ぐ。駆け落ち娘の行方捜し、不義密通の事実、記憶のない女の身元、ありえない水死の謎——持ち込まれる難事に、お市は独り挑む。

著者略歴　岐阜市在住，作家　著書『姉さま河岸見世相談処』（早川書房）『滔々と紅』『沖の権左』『天生の狐』

HM=Hayakawa Mystery
SF=Science Fiction
JA=Japanese Author
NV=Novel
NF=Nonfiction
FT=Fantasy

姉《あね》さま河岸《かし》見世《みせ》相談処《そうだんどころ》　未練《みれん》づくし

〈JA1487〉

二〇二一年六月　十　日　印刷
二〇二一年六月十五日　発行

（定価はカバーに表示してあります）

著　者　志《し》坂《ざか》圭《けい》
発行者　早川浩
印刷者　大柴正明
発行所　株式会社　早川書房

郵便番号　一〇一 - 〇〇四六
東京都千代田区神田多町二ノ二
電話　〇三 - 三二五二 - 三一一一
振替　〇〇一六〇 - 三 - 四七七九九
https://www.hayakawa-online.co.jp

乱丁・落丁本は小社制作部宛お送り下さい。
送料小社負担にてお取りかえいたします。

印刷・株式会社亨有堂印刷所　製本・株式会社フォーネット社

ISBN978-4-15-031487-3 C0193

本書は活字が大きく読みやすい〈トールサイズ〉です。